# 롤랑의 노래

# La Chanson de Roland

# 롤랑의 노래

**국내 최초 중세 프랑스어 원전 완역본**

김준한 옮김

## 옮긴이 서문

지금도 사정이 별로 나아지지는 않았지만 내가 중세 프랑스어를 공부하겠다고 마음먹었던 당시는 국내 대학에 중세 프랑스어 강의가 개설되어 있지 않았음은 물론이고 변변한 중세 프랑스어 사전조차 없던 시절이었다. 철 지난 입문서 몇 권과《님의 수레 (Charroi de Nîmes)》라는 짧은 무훈시 한 편을 간신히 읽고 유학 길에 올랐다. 모든 프랑스 문학사의 첫 번째 장에 등장하는《롤랑의 노래》도 책을 구해 읽어보려고 시도는 했으나 도저히 해독할 수 없어 반쯤 포기한 상태였다.

프랑스에 도착하고 얼마 지나지 않아 석사 논문 지도교수인 가스통 쟁크(Gaston Zink) 선생과 첫 면담을 하게 되었다. 쟁크 선생은 내게《롤랑의 노래》를 논문 주제로 주셨다. 그러면서 하신 말씀이 모든 프랑스 사람이《롤랑의 노래》를 안다고 생각하지만 실제로는 중세 연구자들조차 이 작품을 제대로 읽은 사람이 거의 없다는 것이었다. 프랑스어와 프랑스 문학의 시작을 알리는 특별히 중요한 작품이니만큼 중세 프랑스어를 배우기 시작하면서《롤랑의 노래》를 한번 꼼꼼하게 읽는 것이 앞으로의 공부에 많은 도움이 되리라는 말씀도 하셨다.

《롤랑의 노래》의 첫 독서는 그야말로 악전고투였다. 현대 프랑스어 번역의 도움을 받기는 했지만, 문장 구조의 분석은 둘째치고 문장 속의 단어가 무엇인지조차 알아보기 힘들었다. 처음 며칠 동안 읽은 부분의 어휘들을 정리해 중세 프랑스어 대사전을 찾으러 도서관에 갔던 날의 허탈함은 지금도 잊을 수가 없다. 철자법이 없는 시대의 텍스트이다 보니 사전의 어디에 내가 찾는 단어가 나오는지도 알 수가 없었다. 결국 준비해간 목록의 단어 중 절반도 확인하지 못하고 돌아왔다. 두 달 만에 겨우 첫 독서를 마쳤을 때, 머릿속에 남은 것은 거의 없고 어쨌든 작품을 끝까지 다 읽었다는 안도감만이 들 뿐이었다. 나와 《롤랑의 노래》의 만남은 이렇게 시작되었다.

이후로 논문을 준비하면서 작품을 읽고 또 읽었다. 석사 과정 이후 주제가 달라진 다음에도 《롤랑의 노래》는 공부하기 싫은 날이나 잠이 오지 않는 밤에 내 곁을 지켜주는 친구 같은 존재가 되었고, 나중에 번역을 한번 해보자는 생각도 자연스럽게 생겼다.

공부를 마치고 귀국한 후 바로 번역 작업을 시작했고, 내가 중세 프랑스어를 전공하도록 이끌어주셨던 대학 은사 강성욱 선생

옮긴이 서문

께 번역 계획을 말씀드렸다. 선생께서는 "자네가 10년 안에 《롤랑의 노래》 번역서를 낸다면 자네는 사기꾼이거나 천재이거나 둘 중 하나"라고 단언하시더니 곧이어 "그런데 내가 아는 천재는 랭보밖에 없다."라고 덧붙이셨다. 사기꾼이 될 수도 없고 내가 랭보보다 천재라고 우길 수도 없는 노릇이라 결국 10년 이상 번역을 묵히는 도리밖에 없었다.

10년이 넘는 세월 동안 번역의 모습도 여러 차례 바뀌었다. 완전한 산문역으로 시작했던 번역문은 원문 시행을 존중하는 서사시다운 모양으로 변했고, 중세어의 구조에 얽매여 꼬일 대로 꼬였던 문장들을 좀 더 자연스럽게 풀어낼 수 있었다. 무엇보다도 첫 번째 번역의 수없이 많은 오류를 교정하게 되었다. 아직도 내가 미처 깨닫지 못한 오류가 곳곳에 남아 있겠지만, 서두르지 않고 검토를 계속하여 조금이라도 더 완전한 모습으로 번역의 결과를 내놓을 수 있게 된 것이 정말 다행스러운 일이다.

2008년부터 3년간 한국연구재단의 지원을 받아 〈프랑스 명작소설 번역평가〉 사업을 수행하면서 번역출판이라는 것이 번역자의 개인 역량만으로 이루어지지 않으며, 편집자와의 공동 작업 결과물이라는 결론에 도달하게 되었다. 이런 관점에서 볼 때, 휴머니스트 출판사를 만난 것은 내게 크나큰 행운이라고 말하지 않을 수 없다. 인터넷상에서 '막내 편집자'라는 애칭으로 더 유명한 하빛 편집자는 번역본의 대상 독자들과 끊임없이 소통하면서 참신한 아이디어와 기획 능력으로 항상 나를 놀라게 했다. 임미영 편집자는 번역자의 의도와 선택을 존중하면서도 아주 사소한 부분까지 대안을 제시하고 오류를 바로잡게 해주었다. 독자들이 이 번역에서 조금이라도 긍정적인 부분을 찾을 수 있다면, 아마도 상당한 지분이 편집자들에게 돌아가야 하지 않을까 생각한다. 옮긴이 서문을 통해 이들에게 각별한 감사의 마음을 전한다.

2022년 3월
김준한

옮긴이 서문

# 차례

# II 샤를마뉴의 복수

# 일러두기

## - 지명

작품 속 지명 표기의 원칙은 다음과 같다.

1. 현재의 프랑스어권 지역명:
   - 현대식 명칭이 존재할 경우 현대어로 표기한다: 노르망디(Normandie).
   - 현대어에서 사라진 명칭이거나 확인이 불가능한 명칭은 현대 프랑스어 번역본상의 표기를 선택한다: 앙베르(Envers).

2. 프랑스어권 이외의 프랑크 왕국 지역명:

   《롤랑의 노래》는 프랑스 문학작품이고, 특히 롤랑을 중심으로 한 중세 프랑스 영웅들의 무훈을 담은 프랑스 '민족 서사시'이다. 따라서 프랑크 왕국의 지명이나 민족명에는 11세기 프랑스인들의 민족감정이 투영되어 있으며, 이 감정은 우리말로 옮겨 표기할 때도 가능한 한 유지되어야 한다. 작품의 정서는 '프랑스=프랑크 왕국'이라는 것이다. 이 정서를 번역에 반영하기 위해 해당 지역 프랑스어 명칭의 어원인 중세 라틴어 명칭을 활용한다. 이 표기 방식의 장점 중 하나는 현대식 명칭과 중세의 지리적 영역의 불일치 문제를 어느 정도 희석시켜줄 수 있다는 점이다.

   - 중세 라틴어 명칭이 존재하고 한국 독자들이 라틴어 이름과 해당 지역을 충분히 연결시킬 수 있다고 판단될 경우 라틴어식 표기를 사용한다: 바바리아(Bavaria, 바이에른), 프리지아(Frisia)
   - 중세 라틴어 명칭이 한국 독자들에게 지나치게 생소할 경우 현재의 해당 지역 언어로 표기한다: 작센(Sachsen)

3. 프랑크 왕국 외부의 지역명
   - 해당 지역의 현대 언어 발음을 참고하고 국내 서적 출판의 관례를 존중해 표기한다: 사라고사, 팔레르모, 롬바르디아, 잉글랜드, 스코틀랜드

4. 현대화가 불가능한 미상의 지역은 중세 프랑스어 발음을 그대로 적는다.
   - 발 드 뤼네르(Val de Runers)

## - 인명

기본적인 원칙은 지명과 같으나 지명과 달리 어원의 추적이 불가능한 경우가 대부분이라 거의 프랑스어식으로 표기할 수밖에 없었다. 다만 초기 기독교 성인들(베드로, 바실리오), 천사 이름(미카엘), 그리스·로마의 신이나 인물 이름(유피테르, 베르길리우스, 호메로스) 등은 관례를 존중하여 우리에게 익숙한 표기를 사용했다.

## - 주석 내 표기 방식

지명 등 고유명사를 주석에 표기할 때 'Zaragoza(Sarraguce)'처럼 본문 표기에 사용한 현대식 명칭을 먼저 쓰고, 괄호 안에 중세 프랑스어 원문의 표기를 부기했다. 현대식 명칭을 알 수 없는 경우 중세 원문의 명칭만 괄호 안에 제시했다.

## - 동사 시제

《롤랑의 노래》원문에는 주로 과거 시제가 사용되며, 과거 의미의 현재 시제도 섞여 있다. 또한 과거 시제와 현재 시제 형태가 혼동되어 사용되기도 하며, 한 문장 안에서 두 가지 시제를 함께 사용하는 사례도 드물지 않다. 서사시의 리듬과 생동감을 효과적으로 전달하기 위해 현재 시제 위주로 번역했다.

## - 번역 저본

본 번역은 옥스퍼드 대학교 보들레이언 도서관의 딕비 23번 필사본(Oxford, Bodleian Library, Digby, 23)에 근거한 판본들을 바탕으로 하고 있다. 이에 관해 348쪽 '번역 저본 소개'에서 자세히 설명한다.

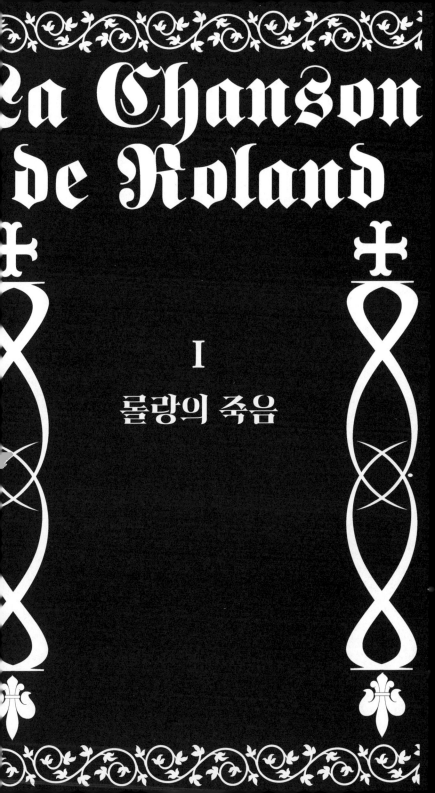

# La Chanson de Roland

## I

## 롤랑의 죽음

# 1장

## 가늘롱의 배반

# ✢ 마르실 왕의 회의

**1**

우리 위대한 황제[1] 샤를 왕[2]께서는

칠 년[3] 동안 내내 에스파냐에 계셨다.

바다에 이르기까지 고지[4]를 정복했고,

이제 그 앞에 저항하는 성이 더는 없다.

성벽도 도시도 함락할 곳이 남아 있지 않으니,

---

1) 샤를마뉴가 교황 레오 3세에 의해 황제로 봉해진 것은 800년의 일이고, 《롤랑의 노래》의 배경이 되는 롱스보 전투가 있었던 시점은 778년이다. 무훈시를 비롯한 중세 작품들에서 역사적 엄밀성이 결여되는 일은 매우 흔하다. 작가가 살던 시대의 관점이 과거에까지 투영되어 샤를마뉴는 이미 황제로 여겨지는 것뿐이다.

2) "**Carles** li reis, nostre emperere **magnes**": 현대 프랑스어에서는 한 단어로 Charlemagne로 쓰고, 번역할 때도 통상 '샤를마뉴 대제'라고 옮기지만 《롤랑의 노래》 시기에는 아직 '샤를'과 '마뉴'가 각각의 의미로 이해되었다. 라틴어 '카롤루스 마그누스(Carolus Magnus=독일어 Karl der Große)'가 음성변화를 거쳐 프랑스어화된 형태인 '샤를마뉴'는 그 자체로 '샤를 대제'이기 때문에 사실 '샤를마뉴 대제'는 '마뉴'를 두 번 번역한 셈이다. 지금과는 달리 '샤를'과 '마뉴'가 두 단어로 분리되어 있다고는 하나, 형용사 마뉴(magne)는 이미 샤를 대제를 표현하기 위한 사실상의 전용 수식어로 자리 잡은 상태였다. 이런 이유로 '위대한 황제'보다는 '위대한 샤를 왕'이라고 옮기는 것이 언어 사실에 좀 더 부합하며, 현대 프랑스어 번역본들에서도 magnes를 Carles와 연결하는 경우가 많다. 하지만 샤를마뉴를 가리키는 '황제(emperere)'나 '왕(reis)'의 경우 형용사 magnes의 직접 수식을 받는 것으로 분석하는 것이 충분히 가능하다. 261연과 262연의 '대왕(reis magnes)'도 여기에 해당한다.

3) 샤를마뉴의 에스파냐 원정은 실제로는 수개월에 불과했다.

4) 높고 험준한 지형에 자리 잡은 요새화된 도시들을 뜻한다.

오로지 산 위에 자리 잡은 사라고사[5]만이 버티고 있을 뿐이다.

이곳은 마르실 왕의 땅, 그자는 하느님을 사랑하지 않으며

마호메트[6]를 섬기고 아폴랭[7]에게 기도하니,

닥쳐오는 재앙을 막을 길이 없다.                    AOI[8].


**2**

마르실 왕은 사라고사에 있다.

그는 공터[9] 나무 그늘로 들어가

---

5) Zaragoza(Sarraguce), 에스파냐 동북부 아라곤 지방에 있는 도시로 에스파냐에서 다섯 번째로 큰 도시다. 실제의 사라고사는 평원에 위치한다.

6) 이슬람교의 창시자 마호메트(570?~632)는 메카(Mecca) 교외의 히라(Hira) 언덕에서 신의 계시를 받아 유일신 알라에 대한 숭배를 가르치기 시작했으며, 정치적·역사적으로도 지대한 영향을 미친 예언자이다. 하지만 이교도와의 대립을 다루는 중세 작품들 속에서는 흔히 아폴랭, 테르바강과 함께 이슬람교에서 섬기는 신 가운데 하나로 묘사된다. 이슬람교에 대한 당시 유럽인들의 무지에서 비롯된 기술로, 중세 텍스트들에서는 이슬람교가 다신교로 그려진다. 또한 우상숭배를 금하는 실제 이슬람 교리와는 달리 신상을 만들어 섬기는 장면이 《롤랑의 노래》에도 여러 번 등장한다.

7) 원래는 그리스신화의 아폴론과는 전혀 상관없는 이름으로, 중세 텍스트에서 아랍인들이 믿는 대표적인 신 가운데 하나로 등장한다. '저주받은 자'라는 의미의 아랍어가 변형된 것으로 보는데, 형태의 유사성으로 인해 그리스신화의 아폴론과 의미 간섭이 일어나기도 한다.

8) 《롤랑의 노래》 텍스트 180곳에 등장하는 AOI라는 표기를 해독하기 위한 여러 가설이 제기되었으나, 그 어느 것도 문헌학적 증거를 제공하지는 못하며, 현재까지도 해독 불가능한 요소로 남아 있다.

9) 원문에 사용된 어휘 verger는 중세 프랑스어에서 '과수원' 또는 '정원'이라는 뜻으로 사용된다. 2연에서의 verger는 왕궁의 정원이라고 이해할 수도 있겠으나, 8연에서 샤를과 프랑스군이 주둔하는 지역은 과수원도 정원도 존재하기

푸른 대리석좌에 몸을 누인다.

그의 주위로 이만 명이 넘는 사람들이 둘러선다.


왕은 신하와 장수[10]들을 부른다.

"경들은 어떤 불행이 우리에게 찾아왔는지 아셔야 하오!

그리운 프랑스[11]의 샤를 황제가

---

힘든 곳이다. 중세 무훈시에서 마주치게 되는 verger라는 단어는 어떤 구체적인 장소라기보다는 서사시적 공간으로서의 추상적인 '정원'을 지칭하며, 인물들이 모여 토의하기 위한 장소(2, 8연), 어떤 시설물을 설치하는 장소(11연)로 등장하는 경우가 많다. '정원'의 이미지를 그나마 연상시킬 수 있는 '풀밭'으로 옮길 수도 있겠으나, erbe나 pree 등의 번역과 구별하려고 '공터'라는 번역어를 선택했다.

10)  원문에 사용된 어휘 dux와 cuntes는 각각 '공작(duc)'과 '백작(comte)'에 해당한다. 하지만 중세 이후의 작위명들과는 그 의미나 쓰임새가 다르고, 작품 내에서 인물들을 부를 때도 상황에 따라 여러 작위명을 구별하지 않고 혼용하고 있다. 이런 이유로 원문 텍스트의 여러 작위명을 문맥에 따라 '경', '장수', '기사', '귀족' 등으로 옮겼다.

11)  Douce France(France dulce 또는 dulce France): '부드러운, 감미로운, 쾌적한' 등의 의미를 갖는 형용사 doux/douce(dulz/dulce)가 '프랑스'를 수식할 때는 '소중한'의 뜻이 된다. 프랑스를 소중하게 생각한다는 이 감정에는 특히 그리움의 대상이라는 뉘앙스가 들어간다. 7년간의 에스파냐 원정에 참전 중인 프랑스군과 기사들 입장에서는 그리워하는 고국으로서의 프랑스, 즉 '그리운 프랑스'라는 의미가 강하게 부각된다(샤를 트레네Charles Trenet의 1943년 상송 〈Douce France〉 역시 어린 시절의 프랑스에 대한 그리움을 노래한다는 점에서 이 의미는 현대에도 그대로 유지된다). 물론 '그리운 프랑스' 외에 '소중한 프랑스', '사랑하는 프랑스', '감미로운 프랑스', '살기 좋은 땅 프랑스', '아름다운 프랑스' 등도 충분히 가능한 번역들이다. 이 번역들 가운데 douce France가 들어가는 《롤랑의 노래》의 모든 문장에 어색하지 않게 어울리는 표현은 '그리운 프랑스'와 '소중한 프랑스'이다. 특히 140연에서 프랑스를 dulz païs라고 부르는 장면에서는 문맥상 '그리운 나라' 또는 '소중한 나라'가 가장

우리를 치러 이 땅에 왔소.

내게는 그에게 대적할 만한 군대가 없소.

그의 군대를 격파할 만한 전사들도 없소.

현명한 신하로서 내게 조언해주시오.

그래서 나를 죽음과 치욕으로부터 구해주시오!"


단 한 마디라도 대답하는 이교도가 없으나

발퐁드[12] 성의 블랑캉드랭만이 입을 연다.


**3**

블랑캉드랭은 가장 현명한 이교도 중 하나로

---

잘 어울린다. Doux/douce가 동시에 의미하는 '그리움'과 '소중함' 중 어느 쪽을 골라 번역에 사용할지를 결정하는 것은 순전히 선택의 문제일 뿐인 것으로 보인다.

Douce France는 하나의 굳어진 표현 단위를 이루기 때문에 사라센인들도 프랑스를 언급할 때 '그리운 프랑스'라고 하는 장면이 여러 번 나온다. 이는 비단 '그리운 프랑스'에 대해서만이 아니라 프랑스인 또는 기독교도의 입장에서 사용하는 어휘들의 경우도 마찬가지다. 예를 들어 사라센인들이 스스로를 '이교도'라고 부르는 대목을 쉽게 발견할 수 있다.

《롤랑의 노래》에서 사용되는 '프랑스'라는 명칭은 노르망디, 브르타뉴, 푸아투, 오베르뉴, 가스코뉴, 부르고뉴, 로렌, 플랑드르, 프리지아, 작센, 바바리아, 알레만니아 등을 모두 포함하는 샤를마뉴의 '제국'을 가리키는 경우가 대부분이다. 하지만 65연의 '우리나라 프랑스의 기사'나 '그들의 조국인 프랑스 출신 기사'(Francs de France, Franceis de France, 직역하면 '프랑스의 프랑스인')에서 보듯이 샤를마뉴가 직접 통치하는 좁은 의미의 프랑스로 보아야 할 때도 있다. 두 경우 모두 오늘날의 프랑스 국경과는 일치하지 않지만, 작품 내의 프랑스 기사들, 그리고 작가에게는 '조국' 프랑스를 의미한다.

12)  (Valfunde), 미상의 에스파냐 지명.

용맹함을 갖춘 훌륭한 기사이다.

자신의 주군을 보좌할 만한 분별력도 있다.

그가 왕에게 말한다. "이제 걱정하지 마십시오.

오만불손한 샤를에게 사람을 보내어

충성과 깊은 우의를 전하십시오.

곰, 사자, 사냥개, 낙타 칠백 마리,

털갈이를 끝낸[13] 참매 천 마리,

금과 은을 실은 노새 사백 마리를 그에게 보내십시오.

수레 오십 대를 주어 그것들을 싣고 가게 하십시오.

샤를은 이것으로 병사들의 급여를 충분히 지급할 수 있을 겁니다.

그는 이 지역에서 꽤 오랫동안 전투를 치렀습니다.

이제는 프랑스의 엑스[14]로 돌아가야 마땅합니다.

전하께서는 성 미카엘 축제 때 그를 따라가셔서,

그리스도교인들의 종교를 받아들이시고,

명예와 재산에 의해 맺어진 신하가 된다고 하십시오.

만약 그가 볼모를 원한다면 볼모를 보내십시오.

---

13)  새끼 때 사로잡혀 사람에게 키워지는 중에 첫 번째 털갈이를 한 사냥용 매를 말한다. 야생의 습성이 남아 있지 않아 길들이기가 수월한 이유로 고급 사냥 매를 지칭할 때 사용하는 말이다.

14)  Aix(Ais), 이 작품에 등장하는 도시 이름 '엑스'는 현재의 프랑스 남부 지역 엑스가 아니라 엑스라샤펠(Aix-la-Chapelle), 즉 독일의 아헨(Aachen)을 말한다. 샤를마뉴가 아헨을 왕국의 수도로 정한 것은 롱스보 전투 훨씬 후의 일이다.

열 명이든 스무 명이든 그가 믿을 수 있도록 말입니다.

우리의 친아들들을 그에게 보냅시다.

죽임을 당할 위험을 무릅쓰고 제 아들도 그에게 보내겠습니다.

아이들이 거기서 죽임을 당하는 것이

우리가 땅과 재산을 잃고

거지 신세가 되는 것보다는 훨씬 나은 일입니다." 　　　　　AOI.


**4**

블랑캉드랭이 말한다. "제 이 오른손을 걸고

또한 가슴 위에 휘날리는 수염을 걸고 말씀드리건대,

곧 프랑스군이 해산하는 것을 보실 겁니다.

프랑스인들은 그들의 나라 프랑스로 돌아갈 겁니다.

그들이 각자 자신의 가장 좋아하는 거처로 흩어지고,

샤를도 그의 궁전이 있는 엑스로 돌아가게 되면

성 미카엘 축일에 매우 성대한 축제를 열 겁니다.

약속한 날이 오고 기한을 넘겨도,

그는 우리에 대해 아무 얘기도 아무 소식도 듣지 못할 겁니다.

샤를 왕은 사납고 심성이 잔인하여

우리가 보낸 볼모들의 목을 칠 겁니다.

그들이 거기서 목숨을 잃는 것이

우리가 찬란하고 아름다운 에스파냐를 잃고

고통과 궁핍을 겪는 것보다는 훨씬 나은 일입니다!"

이교도들이 말한다. "아마도 그럴 것입니다!"

**5**

마르실 왕은 회의를 끝낸 후

발라게르[15]의 클라랭,

에스타마랭과 그 동료 위드로팽,

프리아몽과 '털보' 가를랑,

마시네르와 그의 숙부 마외,

쥐네르와 바다 건너에서 온 말비앵,

그리고 블랑캉드랭을 불러 결정한 사항을 설명한다.

그가 부른 자들은 가장 고약한 열 명이다.

"그대들, 샤를마뉴에게 가시오.

그는 도시 코르드르[16]를 포위하고 있소.

손에 올리브 나뭇가지를 들고 가시오.

이는 평화와 복종을 뜻하오.

그대들이 능력을 발휘해 그와 나 사이를 화해시키면,

그대들에게 많은 금과 은,

---

15) Balaguer(Balaguet), 현재의 카탈루냐 자치 지역 레리다주에 있는 자치시.

16) (Cordres), 에스파냐 남부 안달루시아 지방 가운데에 있는 도시로 중세 에스
파냐의 수도였던 코르도바(Córdoba)로 보는 것도 불가능하지는 않다. 중세
무훈시들에서 코르도바를 흔히 Cordres로 표기하기 때문이다(실제 프랑스어
표기는 Cordoue). 그런데 코르도바는 사라고사나 롱스보에서 지나치게 멀
리 떨어진 곳인 것도 사실이다. 작가가 실제 거리를 무시하고(또는 알지 못하
고) 무훈시에 자주 언급되어 유명해진 도시명을 가져다 썼을 가능성도 물론
있겠지만, 샤를마뉴군의 이동 경로를 비교적 명확하게 복원할 수 있는 작품
속의 동선을 고려하면 사라고사와 발테른 사이에 있는 미상의 도시 이름으로
보는 편이 논리적일 것이다(14연 '세지유' 관련 주석 참조).

　　　　　　　　　　　　　　　1장 가늘롱의 배반

그리고 그대들이 원하는 만큼의 땅과 영지를 주겠소."

이교도들이 말한다. "대단히 감사하옵니다." AOI.

**6**

마르실 왕은 회의를 끝낸 후

신하들에게 말한다. "경들은 여기서 출발해

올리브 나뭇가지를 손에 들고 가서

샤를마뉴 왕에게 나를 대신해 전하시오.

그가 섬기는 신의 이름으로 내게 자비를 베풀어달라고 말이오.

이달이 지나기 전에 천 명의 신하를 데리고 그를 따라가서

그리스도교를 받아들일 것이며,

사랑과 신의로서 그의 신하가 될 것임을 전하시오.

그가 볼모를 원한다면, 반드시 볼모를 보낼 것이라고 말하시오."

블랑캉드랭이 말한다. "협상은 잘 이루어질 것입니다." AOI.

**7**

마르실은 쉬아틸[17]의 왕이 보내준

흰 노새 열 마리를 대령시킨다.

재갈은 금으로 만들었고, 안장에는 은장식이 박혀 있다.

사신으로 떠나는 자들이 그 위에 오르고,

손에는 올리브 가지를 든다.

---

17) (Suatilie), 미상의 왕국.

그들은 프랑스를 통치하는 샤를 왕에게로 간다.

그들이 어떻게든 샤를을 속이는 것을 막을 길이 없다.　　AOI.


## ✛ 이교도 사신

**8**

황제는 유쾌하고 즐거운 기분이다.

코르드르를 함락시켰기 때문이다.

성벽을 허물고 투석기로 성루를 무너뜨렸다.

그의 기사들은 금, 은, 값진 장비 등

엄청난 전리품을 얻었다.

성안에는 이제 이교도들이 남아 있지 않다.

모두 죽임을 당했거나 그리스도교인이 되었다.

황제는 넓은 공터에 자리 잡고,

롤랑과 올리비에,

상송 공과 용맹한 앙세이,

국왕기를 드는 앙주[18]의 조프루아가 함께한다.

또한 제랭과 제리에도 있다.

---

18)　Anjou(Anjou), 현재의 멘에루아르(Maine-et-Loire)에 해당하는 프랑스의 옛
　　지역명. 루아르강 하류에 있는 농업 지대.

이들 외에도 많은 사람이 모여 있다.

그리운 프랑스 출신이 만 오천에 이른다.

나이 들고 연륜 깊은 기사들은

흰 비단 천[19]을 깔고 앉아

주사위 놀이를 하거나 장기를 두고 있다.

혈기 왕성한 젊은 수습 기사들은 검술 연습을 한다.


한 그루의 소나무 아래 들장미 나무 옆으로

순금 왕좌가 마련되어

그 위에 그리운 프랑스를 다스리는 왕이 앉아 있다.

흰 수염에, 꽃이 핀 듯 하얗게 센 머리[20],

품위 있는 풍채와 위엄 있는 자태를 갖추고 있어,

누가 그를 찾는다면 굳이 가르쳐줄 필요가 없을 정도이다.


사신들이 노새에서 내려

예를 갖추어 왕에게 경의를 표한다.


**9**

블랑캉드랭이 가장 먼저 입을 열어

왕에게 말한다. "우리가 마땅히 경배해야 하는

---

19)  갑옷 위에 두르는 망토이자, 방석이나 이불 대용으로도 사용하는 다목적 천.

20)  샤를마뉴는 742년생(747년이나 748년생으로 보기도 함)이므로 롱스보 전투
가 벌어진 778년 당시 30대 중후반의 나이였다. 하지만 무훈시 속의 샤를마뉴
는 프랑스와 그리스도교를 위해 평생을 헌신한 노황제의 모습으로 그려진다.

영광스러운 하느님의 가호를 받으소서!

폐하께 용맹스러운 마르실 왕의 말씀을 전합니다.

그는 구원의 종교를 매우 갈구했습니다.

폐하께 많은 재산을 드리고 싶어 하여서,

곰, 사자, 잘 훈련된 사냥개[21],

낙타 칠백 마리, 털갈이를 끝낸 참매 천 마리,

금과 은을 실은 노새 사백 마리,

이들을 실어 나를 오십 대의 수레를 바치고자 합니다.

순금으로 만든 비잔틴 금화가 충분하니,

병사들의 급여를 넉넉히 지급하실 수 있을 겁니다.

폐하께서는 이 땅에 오랫동안 계셨습니다.

이제는 프랑스로, 엑스로 돌아가셔야 합니다.

저희 주군께서도 그곳으로 폐하를 따라가시겠다고 합니다.”


황제는 하느님을 향해 두 손을 뻗더니,

고개를 숙이고 생각에 잠긴다.                    AOI.


**10**

황제는 고개를 계속 숙이고 있다.

그는 절대로 성급히 말하는 법이 없다.

말하기 전에 깊이 생각하는 습관이 있다.

---

21)  원문은 '사슬 목줄을 한 사냥개(veltres encahaignez)'라는 의미로, 이미 훈련이
     끝나 사냥에 투입할 준비가 되었음을 뜻한다.

그러다 다시 고개를 들고,

그는 매우 단호한 얼굴로 사신들에게 말한다.

"좋은 말씀이오. 그런데 마르실 왕은 나의 큰 적이오.

그대들이 지금 한 말을 내가 어떻게 믿을 수 있겠소?"

사라센[22] 사신이 대답한다.

"볼모를 보내 보장하고자 합니다.

열이든, 열다섯이든, 스물이든 볼모를 데려가십시오.

죽임을 당할지라도 제 아들 역시 보내겠습니다.

가장 지체 높은 집안의 아들들을 볼모로 받으실 것으로 생각합니다.

폐하께서 궁전에 돌아가 계시면,

성 미셸 뒤 페릴[23] 대축제 때,

제 주군께서 폐하를 뵈러 가시겠다고 말씀하십니다.

하느님께서 폐하를 위해 만들어주신 세례당에서

---

22) 중세 아프리카, 에스파냐, 동방의 모든 이슬람교도를 통칭하는 표현.

23) (Seint Michel del Peril), 성 미셸, 즉 대천사 미카엘의 별칭이다. 대천사 미카엘이 아브랑슈(Avranches) 주교 성 오베르(Saint Aubert)의 꿈에 나타나 지금의 몽생미셸(Mont-Saint-Michel)인 몽통브(Mont-Tombe)에 자신의 성소를 지으라는 명을 내렸고, 이곳에 수도원이 생기면서 이름도 '몽생미셸'로 불리게 된다. 몽생미셸은 간만의 차가 15미터에 이르는 지역에 위치해 물이 들어올 때는 섬으로 변모하는 지역이라 '바다의 위험(péril)'이 상존하는 곳이었기 때문에 중세 내내 '몽 생 미셸 오 페릴 드 라 메르(Mont-Saint-Michel-au-péril de la mer)'라는 명칭으로 불렸다. 여기에서 성 미셸 뒤 페릴이라는 별칭이 유래한다.

그리스도교인이 되고 싶어 하십니다."

샤를 왕이 대답한다.

"아직은 그가 구원을 받을 수 있소."                    AOI.


**11**

석양은 아름답고 태양은 빛나고 있다.

샤를 왕은 열 마리의 노새를 외양간으로 데려가게 한다.

넓은 공터 위에 천막을 세워

열 명의 사신들을 묵게 하고,

열두 명의 하인들이 그들을 잘 보살핀다.

거기서 사신들은 아침이 밝아올 때까지 밤을 지낸다.


황제는 아침에 일어나자

미사와 아침 기도를 드린 후,

소나무 아래로 가서

신하들을 소집하여 회의를 연다.

어떤 일이든 프랑스인들의 의견을 듣고 행동하고자 함이다.

AOI.[24]

---

24) 지면의 한계로 'AOI.'가 다음 줄로 밀려났다. 원전에서는 다른 'AOI.'와 마찬
가지로 앞 문장과 같은 줄 오른쪽 끝에 위치한다. 이후 등장하는 'AOI.' 중 행
갈이 된 것들은 모두 이러한 경우이다.

**12**

황제는 소나무 아래로 가서

신하들을 소집해 회의를 연다.

오지에 공과 튀르팽 대주교,

'노인' 리샤르와 그 조카 앙리,

가스코뉴[25]의 용맹한 아슬랭 경,

랭스[26]의 티보와 그 사촌 밀롱,

그리고 제리에와 제랭도 있다.

그들과 함께 롤랑 경과

용맹하고 기품 넘치는 올리비에도 온다.

프랑스 기사들만 천 명이 넘는다.

반역을 저지른 자[27], 가늘롱도 온다.

~~~~~~~~~~~~~~

25)  Gascogne(Gascuigne), 프랑스 남서부, 가론강 좌안의 지방. 778년의 실제 롱
     스보 전투에서 샤를마뉴의 후위군을 공격한 무리를 가스코뉴인(Gascons) 또
     는 바스크족으로 보는데, Gascons과 Basques는 사실 같은 어원에서 나온 이름
     들이다. 두 명칭 모두 라틴어 Vascones(와스코네스)에서 비롯된 형태들인데
     Basques의 첫 자음은 [w]〉[v]〉[b]로 변화하고, Gascons의 경우 [w]〉[gʷ]〉[g]
     의 단계를 거친다(65연 괄테르/고티에 관련 주석 참조). 따라서 롱스보 기록
     에 나오는 Wascons이라는 이름만으로는 가스코뉴인인지 바스크족인지 구별
     하는 것이 불가능하다.

26)  Reims(Reins), 프랑스 북부 샹파뉴아르덴 지역에 위치하는 도시. 프랑크 왕국
     이래로 프랑스 왕들의 대관식이 거행된 랭스 대성당으로 유명하다.

27)  이 시점에는 아직 가늘롱이 반역을 저지르지 않았지만, 시인에게 있어 가늘
     롱의 반역은 확정된 사실이다. 또한《롤랑의 노래》의 낭송을 듣는 청중들 역
     시 가늘롱의 배반을 이미 알고 있다. 무훈시라는 장르 자체가 대중들에게 널
     리 알려진 실제 또는 가상의 무훈을 바탕으로 하고 있기 때문이다.

이제 재앙의 출발이 되는 회의가 시작된다.　　　　　AOI.


**13**

샤를 황제가 말한다. "경들은 들으시오.

마르실 왕이 내게 사신을 보내왔소.

그의 재산 중 많은 부분을 내게 주겠다고 하오.

곰과 사자, 잘 훈련된 사냥개,

낙타 칠백 마리와 털갈이 전에 잡은[28] 참매 천 마리,

아라비아[29] 금을 실은 노새 사백 마리,

그리고 오십 대가 넘는 수레를 함께 보내겠다는 것이오.

그 대신 나더러 프랑스로 돌아가라고 하오.

그러면 내 거처 엑스로 나를 따라올 것이며,

구원의 길인 우리의 종교를 받아들여

그리스도교인이 되고,

나에게서 영지를 받아 신하가 되겠다고 하오.

하지만 나는 그의 본심이 뭔지 모르겠소."

---

28) 3연과 9연에서는 '(사람의 손에 잡혀 온 후) 털갈이를 끝낸' 참매였고, 여기
　　서는 '털갈이를 할 수 있는(muable)', 즉 '털갈이를 하기 전에 잡아 온'으로 말
　　하고 있다. 표현 방식은 약간 다르지만, 그 의미는 같다. 또한 중세 프랑스어
　　에서 접미사 -able이 과거분사 어미 -é의 의미로 쓰일 수 있다는 점도 상기할
　　필요가 있다. 이 경우 mué와 muable은 동의어가 된다.

29) Arabia(Arabe), 작품 속에 등장하는 '아라비아'는 지리상의 특정 지역이 아니
　　라 이슬람 세계 전체를 가리킨다.

프랑스인들이 말한다.

"조심해야 마땅한 줄로 아룁니다."                                    AOI.


**14**

황제가 말을 마치자,

화약(和約)에 동의하지 않는 롤랑 경이

자리에서 일어나 반박하고 나서며

왕에게 말한다. "절대로 마르실을 믿으시면 안 됩니다!

우리가 에스파냐에 온 지 만 칠 년이 되었습니다.

신은 폐하를 위해 노플과 코미블을 정복했으며,

발테른[30]과 핀 지역, 발라게르,

투델라[31], 세지유[32]를 점령했습니다.[33]


---

30) (Valterne). 미상의 에스파냐 도시. 무아녜와 세그레 판본 주석에 따르면 사라고
    사 북서쪽에 위치하는 발티에라(Valtierra)일 가능성이 크다(53연 주석 참조).

31) Tudela(Tuele). 에브로(Ebro)강에 면해 있는 에스파냐 나바라주의 도시.

32) (Sezilie). 쇼트와 뒤푸르네 판본은 에스파냐 남부 안달루시아 지방의 과달키
    비르강 연안에 있는 항구 도시 '세비야(Sevilla)'로 이해하고 있는 반면에 다
    른 판본들은 미상의 도시명으로 간주해 Sebilie 또는 Sezille로 적고 있다. 세비
    야로 보는 것이 불가능하지는 않지만 에스파냐 남부에 있는 도시라 사라고사
    와는 너무 멀리 떨어져 있다는 문제가 있다. 지리적 고려 없이 작가가 에스파
    냐의 유명한 도시 이름을 가져다 쓴 것인지, 아니면 사라고사 근처의 다른 도
    시인지는 확인할 길이 없다. 일단 옥스퍼드 필사본 표기를 현대화해 '세지유'
    로 적는다(5연 '코르드르' 관련 주석 참조).

33) 에스파냐의 도시로 인용된 노플(Noples), 코미블(Commibles), 핀(Pine)은 미
    상의 지명이다. 에스파냐어 이름은 물론 지금의 어느 지역인지도 알 수 없으
    므로 중세 프랑스어식 발음 그대로 표기한다.

그때 마르실 왕은 매우 큰 배신을 저지른 바 있습니다.

이교도 열다섯을 보내왔었지요.

모두 올리브 나뭇가지를 들었고,

그들은 이번과 똑같은 말을 전했습니다.

폐하께서는 프랑스인들에게 의견을 구하셨고,

그들은 폐하께 다소 경솔한 조언을 했습니다.

폐하께서는 두 명의 장수를 이교도 왕에게 보내셨는데,

한 명은 바장이고, 다른 한 명은 바질이었습니다.

마르실은 알틸[34] 아래 언덕에서 그들의 목을 베었습니다.

전쟁을 시작하셨으니 계속 싸우십시오.

폐하의 휘하에 모인 군대를 사라고사로 몰고 가시어

평생이 걸리더라도 포위하여 공략하십시오.

그래서 그 불충한 자에게 죽임을 당한 이들의 복수를 하시옵
소서." AOI.


**15**

황제는 고개를 숙인 채

턱수염을 쓰다듬고, 콧수염을 매만질 뿐

조카의 말에 가타부타 대답이 없다.


프랑스인들 모두 입을 다물고 있으나,

---

34) (Haltilie), 에스파냐 내 미상의 지역.

가늘롱만은 일어나 샤를 왕 앞으로 나서더니

매우 늠름하게 자신의 의견을 피력하며 왕에게 말한다.

"망나니의 말을 믿으시면 아니 됩니다.

소신이든 다른 누구의 말이든

폐하를 위한 것이 아니라면 말입니다.

마르실 왕이 폐하께 전하는바,

두 손을 모아 폐하의 신하가 되고,

폐하의 성은으로 에스파냐 전역을 봉토로 받을 것이며,

또 우리가 믿는 종교를 받아들이겠다고 하는 마당에,

이 화약을 거부해야 한다고 폐하께 권하는 자는,

폐하, 우리가 어떻게 죽든 상관하지 않는 자입니다.

오만함의 충고가 득세해서는 아니 되옵니다.

미친 자들은 제쳐두고, 현명한 이들의 의견을 따르소서!"

AOI.


**16**

다음으로는 넴이 나선다.

그보다 뛰어난 신하는 궁정에 없다.

그가 왕에게 말한다. "잘 들으셨을 줄로 압니다.

가늘롱 경이 폐하께 드린 대답을 말입니다.

그의 말을 이해하셨다면, 그것이 현자의 대답임을 아실 겁니다.

마르실 왕은 전쟁에 패했습니다.

폐하께서는 그의 모든 성을 점령하셨으며,

투석기로 성벽을 허무셨습니다.

그가 다스리던 도시들을 불태웠고,

그의 부하들을 굴복시키셨습니다.

그가 폐하께 자비를 구하는 이상,

더 공격한다면 죄가 될 것입니다.

볼모를 보내 폐하를 안심시킨다고 하니

이 전쟁은 이제 계속되어서는 아니 됩니다."


프랑스인들이 말한다. "공께서 옳은 말씀을 하셨습니다."[35]

AOI.


## ✛ 가늘롱, 특사로 지명되다

**17**

"경들은 들으시오!

사라고사에 있는 마르실 왕에게 누구를 보내면 좋겠소?"

---

35) 샤를 황제의 책사 격인 넴의 발언과 이에 대한 프랑스 기사들의 반응에서도
알 수 있듯이, 전쟁에 지친 프랑스군은 하루속히 전쟁을 끝내고 프랑스로 돌
아가고 싶어 한다. 호전적인 롤랑과 그를 따르는 전위부대 기사들만이 전쟁
을 지속하고자 하는 것이다. 이런 관점에서 가늘롱은 프랑스 기사들의 입장
을 대변한 것이고, 롤랑과의 대립에도 나름의 정당성이 부여된다.

넴 공이 대답한다. "허락하신다면 제가 가겠습니다.

제게 장갑과 지휘봉[36])을 주십시오."

왕이 대답한다. "그대는 현명한 참모요.

내 턱수염과 콧수염을 걸고 말하니,

그대는 지금 내 곁을 그렇게 멀리 떠날 수 없소.

그대를 지명하는 자 아무도 없으니 가서 앉으시오!"


**18**

"경들은 들으시오!

사라고사를 다스리는 사라센 왕에게 누구를 보낼 수 있겠소?"


롤랑이 대답한다. "제가 기꺼이 갈 수 있습니다."


"절대로 아니 되네!" 올리비에 경이 말한다.

"자네는 심성이 몹시 격하고 사나운 사람이네.

그러니 자네가 가면 되레 싸움이나 벌이지 않을까 두렵네.

폐하께서 원하신다면, 제가 기꺼이 가겠습니다."


왕이 대답한다. "둘 다 입을 다물라!

그대들 중 누구도 그곳에 가지 못하느니라!

---

36) 장갑과 지휘봉은 황제의 권위를 상징하며, 전투에 나서는 휘하의 장수 또는
   황명을 받아 파견되는 특사가 황제를 대신하는 전권을 갖고 있음을 나타낸
   다. 특히 장갑은 영주가 가신에게 내리는 봉토를 상징하기도 한다. 봉토를 받
   은 가신은 기사로서 영주의 명을 따라야 한다.

경들이 보는 이 흰 수염을 걸고 말하건대,

십이 기사[37] 중 누구도 지명해서는 아니 되오."[38]

---

37) Duze Per(Douze Pairs), 전투 시 선봉에 서는 샤를마뉴의 최정예 기사들로 예수의 십이 사도와도 비유된다. 롤랑, 올리비에, 상송, 앙세이, 제랭, 제리에, 이봉, 이부아르, 오통, 베랑제, 앙줄리에, 루시용의 제라르를 말한다.

현대 프랑스어 pair에 해당하는 per는 원래 '동등한 위상의 사람'을 의미한다. 즉, 십이 기사 사이에는 서열이 존재하지 않고 모두 동등한 관계라는 말이다. 또한 왕이나 영주를 모시는 고위 귀족이라는 의미도 갖는다. 778년의 실제 롱스보 전투 관련 기록에서 이들을 국왕의 최측근 고위 귀족을 뜻하는 palatins으로 지칭한 점을 보아도 귀족 집안 출신의 엘리트 기사들임을 알 수 있다. 궁정에서 국왕을 보필하는 신하이면서 국왕군의 장수라는 뜻에서 일역본들에서는 '십이 신장(十二臣將)'이라는 표현을 사용하기도 한다.

11세기에 작성된 《에밀리아누스 수도원 코덱스(Codex Aemilianensis)》 안에서 발견되어 《에밀리아누스 (수도원 코덱스의) 주석(Nota Emilianense)》이라고 불리는 텍스트에서는 샤를마뉴의 '열두 조카'를 언급한다(필사본상으로는 '열두 조카딸(duodecim neptis)'이나 '열두 조카(duodecim nepotes)'의 오류임이 명백하다). 이는 palatins을 지칭하는 카탈루냐어 primos가 '사촌'의 뜻을 가질 수 있고, 열두 기사가 서로 사촌 사이이니 샤를마뉴의 '조카'가 된다는 오해의 연속에서 비롯된 것으로 여겨진다. 이 주석에서 언급되는 인물은 롤랑, 올리비에, 오지에, '굽은 코'(또는 '짧은 코') 기욤, 베르트랑, 튀르팽이며, 이 여섯 기사는 《샤를마뉴의 순례(Pèlerinage de Charlemagne)》에도 등장한다. 《에밀리아누스 주석》에 따르면 열두 명의 조카가 돌아가며 한 달씩 샤를마뉴를 보필했다고 한다.

38) 중세 봉건제도는 영주와 신하 사이의 계약관계에 바탕을 둔다. 신하는 영주에게 충성해야 하며, 군주를 따라 전쟁에 참전할 의무가 있다. 영주는 신하에게 봉토를 내리고 보호해야 한다. 이 보호에는 물리적 보호 외에도 신하의 명예를 지켜줄 의무가 포함된다. 적진에 파견할 특사를 고르는 이 장면에서, 임무에 자원하는 기사를 제지하거나 특정 인물들을 대상에서 제외하는 것은 그들의 명예를 손상하지 않는다. 하지만 누군가에게 지명을 받은 기사를 가지 못하게 막는 것은 그 기사의 명예를 심각하게 손상하는 일이 된다. 샤를마뉴가 롤랑과 올리비에를 포함한 십이 기사의 지명을 금지한 것도 이런 맥락에서 이해할 수 있다.

1장 가늘롱의 배반

프랑스인들은 입을 다물고 아무도 말을 하지 않는다.

## 19

랭스의 튀르팽이 대열에서 일어나 왕에게 말한다.
"폐하의 프랑스 기사들은 그냥 두십시오!
폐하께서 이 땅에 계셨던 칠 년 동안
그들은 많은 고통과 괴로움을 겪었습니다.
폐하, 제게 지휘봉과 장갑을 주시면,
에스파냐의 사라센 왕에게 가서,
그가 어떤 자인지를 좀 보고 오겠습니다."

황제는 노여워하며 대답한다.
"가서 그 흰 비단 천 위에 앉아 계시오!
내가 명하기 전에 더는 그런 말씀 하지 마시오!"[39]     AOI.

## 20

샤를 황제가 말한다. "프랑스 기사들이여,
마르실에게 내 칙서를 전하러 갈

---

39) 샤를마뉴는 최측근 참모 넴, 대주교 튀르팽, 그리고 롤랑과 올리비에를 포함한
십이 기사 등 자신이 각별히 아끼는 신하들을 특사 지명에서 제외한다. 이제
부터 지명되는 기사는 목숨을 건 위험한 임무를 수행해야 한다는 부담 이외에
도 자신을 향한 황제의 애정이 상대적으로 덜하다는 일종의 차별을 감수해야
한다. 가늘롱의 분노와 이어지는 행동들이 롤랑에 대한 적개심이 아니라 황
제가 자신을 하찮게 여긴다는 판단에서 비롯되는 것으로 보는 견해도 있다.

내 휘하의 장수 하나를 지명해주시오."

롤랑이 말한다. "제 계부(繼父) 가늘롱이 좋을 것입니다."
프랑스인들이 말한다. "그라면 과연 잘 해낼 수 있을 겁니다.
그를 거부하시면, 더 현명한 사람은 없습니다."

숨이 막힐 정도로 괴로운 가늘롱은
걸치고 있던 커다란 담비 모피를 벗어 던지고,
얇은 비단옷을 입은 모습을 드러낸다.
번쩍이는 푸른 눈동자에 얼굴은 늠름하며,
체구는 품위가 넘치고, 가슴은 널찍하다.
그토록 당당한 그의 모습은 동료들 모두의 시선을 붙잡는다.

가늘롱이 롤랑에게 말한다.
"정신 나갔나? 이게 무슨 미친 짓인가?
내가 너의 계부라는 것을 다 알고 있는데도
나를 마르실에게 가라고 지명하다니!
하느님께서 도우셔 내가 살아 돌아오게 된다면,
너를 가만두지 않고 반드시 되갚아주마.
평생을 후회하도록 말이다."

롤랑이 대답한다.
"오만방자하고 정신 나간 소리를 하시는구려.
내가 협박을 두려워하지 않는다는 것은 세상이 다 아는 사실
이오.

그렇지만 이 칙서는 현명한 사람이 가서 전해야 하오.
폐하께서 원하신다면, 내가 대신 임무를 맡을 수 있소."  AOI.

## 21

가늘롱이 대답한다. "네가 나 대신 갈 수는 없다!
너는 내 신하가 아니고 나도 네 영주가 아니다.
샤를 왕께서 신하로서의 의무를 이행하도록 내게 명하셨다.
내가 직접 사라고사로 마르실 왕을 만나러 가겠다.
그러나 이 크나큰 분노를 진정시키기 전에
그곳에서 뭔가 일을 꾸미고 말 테다."[40]

이 말을 듣자 롤랑은 웃음을 터뜨린다.                    AOI.

## 22

롤랑이 자신을 비웃는 것을 보자
가늘롱은 너무도 괴로워 분노로 가슴이 터질 것 같고,
정신을 잃기 일보 직전이다.

그는 롤랑 경에게 말한다.
"나는 네가 정말 싫다.
부당하게도 나를 지명하다니.

---

40)  정도를 넘어서는 롤랑의 도발에 적과 내통해서라도 복수를 꾀해야겠다는 가
    늘롱의 의지가 드러나는 행이며, 앞으로 닥쳐올 롤랑의 불행을 암시하고 있다.

공정하신 황제 폐하, 소신 여기 있사옵니다.

폐하의 명을 완수하고자 합니다."


**23**

"소신이 사라고사에 가야 한다는 점 잘 알고 있습니다.    AOI.

그곳에 가는 자는 되돌아오지 못합니다.

그러나 한 말씀만 드리겠습니다.

폐하의 누이동생이 제 처입니다.

저희 둘 사이에는 아들이 하나 있습니다.

이 세상에서 가장 소중한 아이지요.

아이의 이름은 보두앵이고, 훌륭하게 자랄 것입니다.

제 땅과 영지를 그 아이에게 남깁니다.

제 아이를 잘 보살펴주십시오.

저는 그 아이를 다시 보지 못할 테니까요."


샤를이 대답한다. "너무 마음 약한 말씀 하지 마시오.

내 명이니 그대는 가야만 하오."


**24**

왕이 말한다. "가늘롱 경, 앞으로 나오시오.    AOI.

어서 지휘봉과 장갑을 받으시오.

그대가 들었다시피 프랑스 기사들이 그대를 지명한 것이오."


가늘롱이 말한다. "폐하 그것은 모두 롤랑이 한 짓입니다.

제 목숨이 다하는 순간까지 저는 그를 싫어할 것입니다.
올리비에 역시 마찬가지입니다. 롤랑의 동료이기 때문입니다.
또 롤랑을 그토록 사랑하니, 십이 기사 역시 좋아할 수 없습니다.
폐하, 여기 폐하께서 보시는 앞에서 그들에게 도전합니다."

왕이 말한다. "원한이 너무 지나치시오.
이제 어쨌든 가야 하오. 내 명이니 말이오."

"물론 가겠습니다. 하지만 제 생명을 보장해줄 사람은 없습니다. AOI.
바질이나 그 형제 바장의 경우도 마찬가지였습니다."

**25**

황제는 자신의 오른쪽 장갑을 그에게 건넨다.
그러나 가늘롱 경은 여기서 더 지체하고 싶지 않았으리라.
장갑을 받아야 할 순간에 그만 땅에 떨어뜨리고 만다.[41]

프랑스인들이 말한다. "하느님! 이게 무슨 일입니까!
이번 특사를 보내는 일로 우리는 큰 화를 입고야 말 것입니다."

가늘롱이 말한다. "경들이여, 두고 보시오."

---

41) 황제의 권위를 상징하는 장갑을 떨어뜨렸다는 것은, 곧 황명을 거역하는 행위가 이어질 것임을 암시한다.

## 26

"폐하!" 가늘롱이 말한다. "소신은 물러가겠습니다.
어차피 떠나야 한다면 지체해야 할 이유가 없사옵니다."

샤를 왕이 대답한다.
"예수님의 이름으로, 또 짐의 이름으로 명하노니 그렇게 하시오!"
황제는 오른손으로 가늘롱의 죄를 사하고 성호를 긋는다.
그러고는 지휘봉과 칙서를 그에게 건넨다.

## 27

가늘롱 경은 천막으로 가서
자신의 장비 중 가장 좋은 것을 찾아 갖추고
떠날 채비를 하기 시작한다.
발에는 금으로 만든 박차를 달고,
허리에는 애검 뮈르글레[42]를 찬다.
자신의 군마 타슈브룅에 오를 때
숙부 기느메르가 등자를 잡아준다.

---

42) Murgleis(Murglies): 《앙스통의 뵈브(Beuve de Hanstone)》, 《엘리아스의 최후
(Fin d'Élias)》 등 다른 무훈시의 인물들도 동일한 이름의 검을 사용한다. 이
검 이름의 의미는 알려진 것이 없다. 중세 문학작품에서 유명한 기사나 왕의
검에 이름을 부여하는 것은 흔한 일이었는데, 게르만 무사들의 전통과 관련
이 있는 것으로 추정한다. 아서 왕의 검 '엑스칼리버'가 가장 유명한 사례이
며, 《롤랑의 노래》 내에서도 주아이외즈(샤를마뉴), 뒤랑달(롤랑), 오트클레
르(올리비에), 알마스(튀르팽) 등의 예를 찾을 수 있다. 이교도 발리강도 프
레시외즈라는 이름의 검을 사용한다.

― 여러분이 그곳에 계셨다면

수많은 기사의 눈물을 보셨을 겁니다. ―[43]

그들 모두가 말한다.

"영주님의 용맹함이 결국 화를 불렀습니다!

영주께서는 궁정에서 오랫동안 왕을 보필하셨고[44]

훌륭한 신하로 칭송받으셨습니다.

특사로 영주님을 지명한 자는

샤를 왕일지라도 이제 돕거나 보호하지 못할 것입니다.

롤랑 경은 그런 생각을 해서는 아니 되었습니다.

영주께서는 매우 지체 높은 가문 출신이기 때문입니다."

그러고는 다시 말한다. "영주님, 저희도 데리고 가십시오!"

가늘롱이 대답한다. "절대 그럴 수 없소!

혼자 죽는 것이 훌륭한 기사 여럿이 죽는 것보다 나은 일이오.

경들은 그리운 프랑스로 돌아가시오.

나 대신 아내에게 인사를 전해주시오.

---

43) 음유시인이 청중들 앞에서 낭송하는 형식인 무훈시에서는 시인이 개입하여 청중들에게 직접 자신의 생각을 전달하는 대목이 자주 등장한다.

44) 18연의 십이 기사 관련 주석에서 설명했듯이 궁정에서 왕의 최측근 역할을 했다는 것은 그가 왕국 내에서 매우 신분이 높고 중요한 사람이라는 뜻이다. 가늘롱의 부하들 입장에서는 십이 기사에 비해 궁정에서의 지위가 결코 떨어지지 않는 가늘롱이 이처럼 위험한 특사 임무에 지명된 것을 부당한 일로 여길 수밖에 없다.

내 친구이자 동료인 피나벨,

또 모두 알고 있는 내 아들 보두앵에게 인사를 전해주시오.

내 아들을 도와 그를 영주로 섬겨주시오."


그러고는 출발해 길을 떠난다.                    AOI.


## ✤ 배반의 계약

**28**

가늘롱은 큰 올리브나무들 아래로 말을 몰아
사라센 사신들과 합류한다.


블랑캉드랭이 그의 곁을 떠나지 않는다.
둘은 능란한 말솜씨로 이야기를 주고받는다.[45]


블랑캉드랭이 말한다.
"샤를 왕은 대단한 분이십니다!

---

45) 블랑캉드랭과 가늘롱은 능란한 말솜씨로 대화를 이어가며 세 가지 점에서 의
견의 일치를 본다. 우선 샤를마뉴 황제의 대단함, 다음으로 샤를마뉴가 아니
라 전쟁을 부추기는 측근들이 문제라는 점, 마지막으로 그 측근이 바로 롤랑
한 명뿐이며 롤랑이 없으면 전쟁도 없다는 결론에 함께 도달한다. 롤랑을 제
거할 수 있다면, 블랑캉드랭이나 가늘롱 모두 만족할 만한 결과를 얻는다는
말이 된다.

풀리아[46]와 칼라브리아[47] 전역을 정복했고,

바다를 넘어 잉글랜드를 치고

성 베드로 조공을 얻어냈으니 말입니다.[48]

그런데 우리 땅에서 원하시는 게 무엇입니까?"


가늘롱이 대답한다. "그분의 타고난 성품이오.

누구도 그분보다 뛰어날 수는 없소"                               AOI.


**29**

블랑캉드랭이 말한다.

"프랑스 기사들은 아주 고결한 사람들입니다.

하지만 폐하께 전쟁을 부추기는 장수와 신하는

자신의 주군에게 얼마나 큰 해를 끼치는 것입니까!

왕과 다른 이들을 괴롭히고 힘들게 하니 말이오."


가늘롱이 대답한다.

"사실 그런 자는 아무도 없소.


---

46) Puglia(Puille), 이탈리아 남부에 있는 주. 아드리아해와 타란토만(灣) 사이에 있으며, 이탈리아 제일의 올리브 생산지다.

47) Calabria(Calabre), 이탈리아 남쪽에 있는 주. 산악지대로 삼림이나 목초 따위가 풍부하며, 올리브와 밀의 산출이 많다.

48) 풀리아와 칼라브리아를 정복한 것은 노르만족 로베르 기스카르(Robert Guiscard)이며, 영국에서 교황에게 성 베드로 주화를 바치는 조공을 복구시킨 것은 정복자 기욤(=윌리엄)이다.

롤랑을 제외하고는 말이오.

그는 언젠가 그 대가를 치를 것이오.

어제 아침 황제께서 그늘에 앉아 계실 때

그의 조카가 갑옷을 입은 채 그에게로 왔소.

롤랑은 카르카주안[49] 지역을 노략질하고 오는 길이었소.

손에 진홍빛 사과[50]를 들고 롤랑은 자신의 숙부에게 말했소.

'폐하, 이것을 받으십시오.

이 세상 모든 왕의 왕관을 폐하께 바칩니다.'라고 말이오.

그는 그런 오만함 때문에 파멸할 것이오.

왜냐하면 매일같이 죽음을 무릅쓰기 때문이오.

누군가 그를 죽인다면 우리는 완전한 평화를 얻을 것이오."

AOI.


**30**

블랑캉드랭이 말한다.

"롤랑은 아주 포악한 자로군요.

---

49) (Carcasonie), 프랑스 남부의 카르카손(Carcassone)과 철자가 유사하나 에스
파냐 원정 중에 롤랑이 갑자기 멀리 떨어진 프랑스 도시를 침략하고 돌아오
는 것은 불가능하다. 정확히 어느 지역인지를 특정할 수 없어 현대 프랑스어
번역들에서는 카르카손과 구별하려고 '카르카주안'(Carcasoine, 베디에, 무아
네) 또는 '카르카수안'(Carcassoine, 쇼트)이라고 적는다(다만 뒤푸르네는 프
랑스 도시 Carcassone으로 표기). 사라고사에서 멀지 않은 곳에 있는 타라소
나(Tarazona)로 보는 견해도 있다.

50) 진홍빛 사과는 당연히 '유혹'을 상징한다. 이 세상 모든 왕국을 정복해 바치
겠으니 전쟁을 계속하라는 유혹을 상징적으로 표현한 것이다.

1장 가늘롱의 배반

모든 백성을 굴복시키려 하고

모든 나라를 정복하려 드니 말입니다!

그는 누구와 함께 그렇게 큰 전과를 얻고자 하는지요?"


가늘롱이 대답한다.

"프랑스 기사들과 함께요.

그들은 롤랑을 너무도 사랑해서 결코 그를 저버리지 않을 거요.

그는 프랑스 기사들에게 금과 은,

노새와 군마, 비단과 무구를 아낌없이 선물하오.

황제조차도 롤랑 덕분에 모든 것을 원하는 대로 얻고 있소.

롤랑은 황제를 위해 여기서부터 동방에 이르기까지 모든 땅을
정복할 거요."                                        AOI.


**31**

가늘롱과 블랑캉드랭은 한참 나란히 길을 가며

롤랑을 죽음에 이르게 할 방도를 찾기로

서로 마음을 주고받아 약속한다.[51]


긴 여정 동안 여러 길을 따라 말을 몰아

그들은 사라고사에 도착하고는 한 그루의 주목 아래 내린다.


---

51) 가늘롱에게 있어서 롤랑에 대한 복수와 황제의 특사 임무는 별개의 사안이
    다. 특사로서의 임무를 충실히 수행하여 신하로서의 도리를 다하면서도 롤랑
    에게 개인적 복수를 할 수 있다는 논리다.

알렉산드리아[52]산 비단을 덮은

왕좌가 소나무 그늘에 놓여 있고

거기에 에스파냐 전역을 다스리는 왕이 앉아 있다.

그 주위에는 이만 명의 사라센인들이 모여 있다.

그들은 기다리던 소식을 듣고자 하는 마음에

모두 입을 다물고 있을 뿐 아무도 말을 꺼내지 않는다.

드디어 가늘롱과 블랑캉드랭이 이들 앞에 나선다.


**32**

블랑캉드랭이 가늘롱 경의 손을 잡고

마르실 왕의 앞으로 나와서는 말한다.

"우리가 그 성스러운 율법을 따르는

마호메트와 아폴랭의 구원받으소서!

샤를 왕에게 전하의 말씀을 전했습니다.

그는 두 손을 높이 들어 자신의 신에게 감사를 드릴 뿐

다른 대답은 하지 않았습니다.

그는 전하께 지체 높은 기사 하나를 여기 보내왔습니다.

프랑스 기사이며 매우 중요한 인물입니다.

평화를 얻게 될지는 그에게서 들으실 겁니다."

---

52) Alexandria(alexandrin 형용사), 이집트 북부에 있는 이 나라 제일의 무역항.
기원전 332년 알렉산드로스 대왕 때 건설되었으며, 오랫동안 고대 이집트의
수도였다. 발리강 함대가 출정하는 장면을 그린 189연을 제외하면 '최고급
비단'을 의미하기 위한 수식어로 사용된다.

마르실 왕이 대답한다. "그렇다면 들어봅시다. 말씀하시오."

AOI.

**33**

가늘롱 경은 무슨 말을 할지 이미 생각해놓은 터라

해야 할 일을 잘 알고 있는 사람답게

수완을 발휘하여 왕에게 이야기하기 시작한다.

"우리가 마땅히 경배해야 하는

영광된 하느님의 구원을 받으시오!

용맹한 샤를마뉴 폐하께서 다음과 같이 전하셨소.

그대가 거룩한 그리스도교를 받아들인다면,

에스파냐의 절반을 영지로 내리실 것이오.[53]

만약 그대가 이 협정에 동의하지 않는다면,

무력으로 사로잡아 결박한 후

수도 엑스로 끌고 갈 것이고,

그대는 재판에 넘겨져 그곳에서 최후를 맞게 될 것이며,

치욕과 수모 속에 죽임을 당할 것이오."

이 말에 마르실 왕은 몹시 흥분하여

황금 깃이 달린 투창을 집어 들고

---

53) 마르실이 샤를마뉴에게 사신을 보내 회군을 조건으로 그의 신하가 되겠다고
   전했을 때, 비록 거짓 제안일지언정 에스파냐를 다른 사람과 나누어 통치하
   겠다는 생각은 하지 않았다.

그를 후려치려 하나 옆에서 만류한다.                    AOI.


**34**

마르실 왕은 안색이 변하여

창 자루를 잡고 흔들어댄다.


이를 본 가늘롱은 검의 손잡이를 잡고

손가락 두 개만큼 검집에서 뽑는다.

그러고는 자신의 검에게 말한다.

"나의 아름답고 빛나는 검이여!

너를 허리에 차고 오랫동안 궁정을 출입할 수도 있었으리라![54]

하지만 프랑스 황제께서는 결코

내가 이국땅에서 홀로 죽었다고 말씀하시지 않으리라.

내가 죽기 전에 최고의 기사들이 너에게 대가를 치를 것이니!"


이교도들이 말한다. "싸움을 막읍시다!"


**35**

최고의 사라센 신하들이 간청하여

마르실 왕은 다시 왕좌에 앉는다.

---

54) 실현되지 않을 미래에 대한 추측의 표현으로, 여기에 오지 않았다면 검을 차
   고 궁정을 드나들 수 있을 테지만 이곳에서 죽게 될 것이니 프랑스로 돌아가
   왕궁을 출입할 일은 없을 것이라는 뜻이다.

칼리프[55)]가 말한다.

"저 프랑스인을 치려고 드신 것은

저희의 처지를 곤란하게 만드시는 겁니다.

그자의 말을 들어주어야 합니다."


가늘롱이 말한다.

"이 정도는 각오하고 왔소.

하느님께서 만드신 모든 금과

이 나라에 있는 모든 부를 다 준다 해도,

내게 말할 기회가 주어진다면,

권세 막강한 샤를 왕께서 숙적인 마르실 왕에게

나를 통해 전하게 하신 바를 말하지 않을 수 없소."[56)]


---

55)  마르실 왕의 숙부인 마르가니스는 직위명이 '칼리프(algalifes)'이다. 본래 정
    치와 종교의 권력을 아울러 갖는 이슬람 교단의 지배자라는 뜻이지만, 여기서
    는 지방 영주 정도의 위상으로 조카 마르실 왕을 보좌하는 역할을 한다. 1연의
    마호메트 관련 주석에서 보았듯이 중세 문학작품들에 나타나는 이슬람교에
    관한 기술이 매우 부정확한 것은 사실이지만, 이를 근거로 중세 문학이 오류
    로 점철되어 있다거나 무가치한 것으로 깎아내릴 필요는 없다. 중세 문학을
    이해하기 위해 가장 필요한 것은 현대가 아닌 중세 사람들의 세계관 안에서
    작품을 바라보아야 한다는 점이다. 특히 무훈시의 경우, 청중 또는 독자는 서
    사시의 공간 안으로 들어와 있게 된다. 구체적인 묘사 없이 단순히 산은 높고
    골은 깊은 지형에 자리 잡고, 추상적인 공간인 '공터'에서 회의가 열리며, 여
    러 지명은 언급될 뿐 지리적 실제와는 무관하다. 역사적 사실 또한 현실의 것
    과는 다르게 재구성된다. 이교도의 교리나 제도는 이 무훈시의 세계관 안에
    서 규정된 대로 그려지는 데에 불과하다. 이를 역사적 왜곡이나 무지의 산물
    로 비판한다면, 무훈시의 공간 밖으로 뛰쳐나오는 일이 될 뿐만 아니라 중세
    를 현대의 관점에서 재단하는 오류를 범하게 된다.

그가 알렉산드리아 비단으로 겉감을 댄

담비 모피 망토를 걸치고 있다가 벗어 던지자

블랑캉드랭이 그것을 주워 든다.

그러나 가늘롱은 검을 버리려고 하지는 않는다.

오른손으로 금박 입힌 두구가 달린 손잡이를 부여잡고 있다.


이교도들이 말한다. "고귀한 기사로다!"　　　　　　　AOI.


## 36

가늘롱은 왕을 향해 나아가서 말한다.

"화를 내시는 것은 잘못하는 일이오.

왜냐하면 프랑스를 다스리시는 샤를 왕께서

그대가 그리스도교를 받아들인다면,

에스파냐의 절반을 영지로 주시겠다니 말이오.

나머지 절반은 그의 조카 롤랑이 받게 될 거요.

아주 오만한 상대를 얻는 것이오.

만약 그대가 이 협정을 거부한다면,

황제께서는 사라고사로 진군하시어

그대를 포위 공격하실 거요.

무력으로 그대를 사로잡아 결박한 후

---

56) 롤랑에 대한 분노와는 별개로 가늘롱은 샤를마뉴 황제가 명한 임무를 기사답
　　게 완수할 의지를 갖고 있으며, 자신으로 인해 앞으로 벌어지게 될 일도 황제
　　에 대한 반역은 아니라고 생각한다.

곧바로 수도 엑스로 끌고 가실 테고,

그곳에서 그대는 의장마도 군마도

심지어는 노새도 타지 못하고

짐이나 옮기는 초라한 말 위에 던져질 것이오.[57]

그리고 재판을 받아 그곳에서 목을 잃을 거요.

우리 황제 폐하께서 이 서신을 그대에게 보내셨소.”


그는 황제의 칙서를 이교도 왕의 오른손에 건넨다.


**37**

마르실은 분노로 얼굴이 하얗게 질려

봉인을 뜯어 밀랍을 던져버리고는

편지를 펼쳐 내용을 읽는다.


“프랑스를 다스리는 샤를이 내게 전하는 바는

그의 고통과 분노를 상기하라는 것이오.

내가 알틸 언덕에서 목을 친 바장과 바질 형제의 이야기요.

나더러 목숨을 건지고 싶으면

내 숙부 칼리프를 자기에게 보내라는 거요.

그러지 않으면 나를 증오하겠다고 하오.”

---

57) 기사들의 전투용 말인 군마(destrier)는 물론이고, 의장마(palefroi)는 신분이
높은 귀족이나 무장하지 않은 기사, 성직자, 여성들이 타는 값비싼 말이다. 노
새 역시 종류에 따라 의장마를 대신할 수 있다. 짐을 싣는 데 사용하는 말에
적군 또는 반역자를 태우는 것은 모욕을 주기 위함이었다.

그러자 마르실 왕의 아들이 그에게 말한다.

"가늘롱은 무엄한 소리를 했습니다.

그러니 그를 살려둬서는 안 됩니다.

제게 그를 맡겨주십시오. 제가 처단하겠습니다."


이 말을 듣자 가늘롱은 검을 뽑아 위협하며

소나무 아래로 달려가 나무를 등지고 선다.


**38**

가장 충성스러운 신하들을 데리고

마르실 왕은 공터로 향한다.


머리와 수염이 하얗게 센 블랑캉드랭과

그의 아들이자 후계자인 쥐르팔뢰[58],

충성스러운 신하이자 숙부인 칼리프도 데리고 간다.


블랑캉드랭이 말한다.

"프랑스인을 부르십시오.

우리를 돕겠다고 그는 제게 약속했습니다."


왕이 대답한다. "그렇다면 경이 가서 데려오시오."

---

58)  원문상으로는 '쥐르파레(Jurfaret)'. 142연 이후에 등장하는 동일 인물 '쥐르팔
   뢰(Jurfaleu)'를 따라 통일해 표기함.

가늘롱은 오른손으로 블랑캉드랭과 손을 맞잡고,
블랑캉드랭의 인도를 받아 왕에게로 향한다.

거기서 그들은 천인공노할 배반을 모의한다.　　　　AOI.


**39**

마르실이 가늘롱에게 말한다.
"친애하는 가늘롱 경, 내가 좀 경솔했구려.
괜히 화를 내며 그대를 공격하려 했소.
내 충심의 표시로 이 담비 모피를 드리겠소.
모피 가격만 해도 금화 500리브르[59]가 넘을 거요.
또한 내일 밤 전에 넉넉한 보상을 더 해드리겠소."

가늘롱이 대답한다. "거절하지 않겠소이다.
전하께서도 하느님의 보답을 얻게 되실 것이오!"　　　　AOI.


**40**

마르실이 말한다.
"가늘롱 경, 내 진심을 믿어주시오.
나는 그대와 친구가 되고 싶소.
그대에게서 샤를마뉴에 관한 이야기를 듣고 싶소.

---

59)　은 1파운드(livre)의 무게에 해당하던 명목화폐로 20수(sous) 또는 240드니에
　　(deniers)의 가치를 갖는다.

그는 매우 연로하여 여생이 얼마 남지 않았소.

내 생각에 그는 이백 살이 넘었을 거요.

그는 수많은 나라를 돌아다니며

무수히 많은 공격을 방패로 받아내야 했고,

수많은 강력한 군주를 거지 신세로 전락시켰소.

도대체 언제쯤이면 전쟁에 싫증이 나겠소?"


가늘롱이 대답한다.

"샤를 왕은 전혀 그런 분이 아니오.

황제를 뵙고 그분의 됨됨이를 알아보는 자는

누구나 그분이 훌륭한 군주라고 인정하오.

내가 아무리 칭송하고 찬양하더라도

그분의 품격과 덕망을 다 이야기하기에는 부족할 정도요.

그분의 훌륭한 사람됨을 누가 이야기할 수 있겠소?

그와 같은 군주의 덕은 하느님께서 주신 것이라

그분은 신하들을 저버리느니 죽음을 택하실 것이오."


**41**

이교도 왕이 말한다.

"내가 놀라워하는 것은 당연한 일이오.

샤를마뉴는 연로하여 백발이 성성하고

내 생각에 그는 이백 살이 넘었을 거요.

그는 수많은 나라를 돌아다니며 몸을 혹사했고,

수없이 많은 창 공격을 받아냈으며,

강력한 수많은 군주를 거지 신세로 전락시켰소.
도대체 언제쯤이면 전쟁에 싫증이 나겠소?"

"그분의 조카가 살아 있는 한 결코 그런 일은 없을 거요."
가늘롱이 말한다. "하늘 아래 롤랑만큼 용맹한 기사는 없소.
그의 동료 올리비에도 용감하기는 마찬가지요.
샤를 왕께서 그토록 아끼시는 십이 기사가
이만의 기사들과 함께 전위부대를 이루고 있소.
그러니 샤를 왕은 안전하고, 그 누구도 두려워하지 않소."

AOI.

## 42

사라센 왕이 말한다.
"실로 경탄하지 않을 수 없소이다.
샤를마뉴는 머리도 수염도 백발이 되었고,
내 생각에 그는 이백 살이 넘었을 거요.
그는 수많은 나라를 공격해 정복했고,
날카로운 창 공격을 수없이 받아냈으며,
수많은 강력한 군주를 전장에서 죽였소!
도대체 언제쯤이면 전쟁에 싫증이 나겠소?"

가늘롱이 말한다.
"롤랑이 살아 있는 한 결코 그런 일은 없을 거요.
여기서 동방에 이르기까지 그런 기사는 없소.

그의 동료 올리비에 역시 대단한 용맹을 지닌 자요.

샤를 왕께서 그토록 아끼시는 십이 기사가

프랑스 기사 이만을 이끌고 전위부대를 이루고 있소.

그러니 샤를 왕은 안전하고, 살아 있는 어떤 사람도 두려워하
지 않소." AOI.


**43**

"친애하는 가늘롱 경", 마르실 왕이 말한다.

"내게는 아주 훌륭한 군대가 있소.

이보다 더 훌륭한 군대를 보실 수는 없을 거요.

또한 사십만 기사들을 동원할 수 있소.

그러니 내가 샤를과 프랑스군에게 대적해볼 수 있지 않겠소?"


가늘롱이 대답한다. "지금은 아니 되오.

전하의 이교도군은 많은 병력을 잃게 될 거요.

어리석은 짓을 하려 들지 말고 분별력을 가지시오.

황제께 많은 재물을 보내 프랑스인 모두를 감탄시키시오.

스무 명의 볼모를 보내면 왕께서는 그리운 프랑스로 돌아가실
거요.

본군 뒤에 후위부대를 남길 것이며

거기에는 틀림없이 그의 조카 롤랑 경과

용맹하고 정중한 올리비에가 있게 될 거요.

내 말을 믿어주신다면, 두 장수는 죽은 목숨이오.

샤를 왕은 그의 자부심이 무너지는 것을 보게 되고

다시는 전하와 전쟁을 하려 들지 않으실 거요." AOI.


**44**

[마르실 왕이 말한다.][60] "친애하는 가늘롱 경,
어떻게 하면 롤랑을 죽일 수 있겠소?"

가늘롱이 대답한다. "내가 그 방법을 알려드리겠소.
샤를 왕은 험하기로 이름난[61] 시즈 고개[62]를 통과할 테고,
그 뒤에 후위부대를 배치할 것이오.
여기에 그의 조카이자 최강의 기사 롤랑 경과
그의 두터운 신뢰를 받는 올리비에가
이만 명의 프랑스 기사들과 함께 남을 것이오.
전하의 군대에서 십만의 이교도 병력을 보내
프랑스군에게 첫 번째 공격을 가하시오.
프랑스군은 상처를 입고 타격을 받을 것이오.
물론 전하의 군대도 엄청난 희생을 치를 것이오.
같은 방법으로 그들에게 두 번째 공격을 가하시오.
두 번의 공격 중 한 번은 롤랑이 벗어나지 못할 것이오.
그러면 전하께서는 대단한 쾌거를 이루는 것이오.

---

60) 필사본상으로 "마르실 왕이 말한다."에 해당하는 부분이 누락되고 "친애하는"
   부터 "죽일 수 있겠소?"가 하나의 행을 이루고 있다.

61) 원문 표현은 '최고의(meillors) 고개', 즉 '가장 험한 고개'라는 뜻이다.

62) 롱스보에서 생장피에드포르(Saint-Jean-Pied-de-Port)에 이르는 협로.

전하의 여생에 전쟁이 다시는 없을 것이오." AOI.

**45**

"롤랑을 거기서 죽게 만들 수 있다면,

샤를 왕은 자신의 오른팔을 잃는 것이 되고

그 굉장했던 군대도 사라질 것이오.

결코 다시는 그런 엄청난 대군을 일으킬 수 없을 테고

선조들의 땅[63]은 평온을 되찾을 거요."

이 말을 듣자 마르실은 가늘롱의 목에 입을 맞추고

자신의 보화를 가져오도록 명한다. AOI.

**46**

마르실이 말한다. "더 이야기할 필요가 뭐가 있겠소?

제아무리 훌륭한 조약도 신뢰를 갖지 못하면 소용없는 법이

오.[64]

롤랑을 배반할 것을 내게 맹세해주시오."

---

63) 원문 표현 Tere Major는 '드넓은 땅(terra major)'과 '선조들의 땅(terra majorum)' 두 가지 뜻으로 이해할 수 있다. 베디에가 후자를 선택하면서 "더 멋있어 보이기 때문(por ço que plus bel seit)"이라고 말했듯이 순전히 선택의 문제이지만, 111연에 나오는 책 이름 'Gesta Francorum(프랑크족 연대기)'에 착안하여 '선조들의 땅'으로 옮겼다.

64) 필사본상으로 46연 첫 두 행은 문장이 완성되지 않아 의미가 명확하지 않다. 뒤푸르네와 쇼트 판본의 제안을 참고하여 번역했다.

가늘롱이 대답한다. "전하께서 원하시는 대로 하겠소."

그러고는 자신의 검 뮈르글레 손잡이에 들어간 성유물[65]을 걸고

배반을 맹세하여 반역의 죄를 저지른다.[66]                    AOI.


**47**

상아로 만든 왕좌가 놓여 있다.

마르실은 책 한 권을 가져오게 한다.

마호메트와 테르바강[67]의 율법이 적힌 책이다.

이 에스파냐의 사라센인은 맹세한다.

후위부대에서 롤랑을 발견한다면

그의 모든 군대와 함께 싸울 것이며,

가능하다면 롤랑을 반드시 죽이겠다는 것이다.

---

65) 기독교군 기사의 검을 만들 때 손잡이 아래의 둥근 부분(pommeau)에 성자나
   성녀에게 속했던 것으로 전하는 유물의 일부를 부적처럼 넣는 전통이 있었다.

66) 앞에서 말한 바와 같이 가늘롱의 입장에서 볼 때 이 배반은 순전히 롤랑 개인
   에 대한 것이다. 가늘롱은 자신의 행위가 샤를 황제에 대한 배반이라 여기지
   않으며, 오히려 롤랑을 제거함으로써 프랑스군에게 평화를 가져다줄 것이라
   고 믿는다.

67) Tervagant(Tervagan): 작품 속에서 마호메트, 아폴랭과 함께 이슬람교도들이
   숭배하는 신 가운데 하나로, 일종의 이교도판 '삼위일체'를 이루는 듯하다. 이
   름의 정확한 의미는 파악되지 않으며 무훈시뿐만 아니라 성사극(mystère) 등
   이교도와의 대립을 주제로 한 문학작품에 마호메트, 아폴랭과 함께 자주 등
   장한다.

가늘롱이 대답한다. "전하의 뜻이 이루어지길 빌겠소!" AOI.

## 48

그때 발다브룅이라는 이교도가

마르실 왕 앞으로 와 환하게 웃으며

가늘롱에게 말한다. "제 검을 받아주십시오.

이보다 더 좋은 검을 가진 사람은 없습니다.

칼자루만 해도 천 망공[68]의 값어치가 넘습니다.

이 검을 우정의 표시로 경에게 드리니

이번 롤랑 경 일에서 우리를 도와

후위부대에서 그를 찾을 수 있도록 해주십시오."


"그렇게 될 것이오." 가늘롱 경이 대답한다.

그러고는 서로 얼굴과 턱에 입을 맞춘다.


## 49

다음으로는 클랭보랭[69]이라는 이교도가 나서

환하게 웃으며 가늘롱에게 말한다.

"제 투구를 받아주십시오.

---

68) 아라비아 디나르(dinar) 금화에 상당하는 금화 단위로 1망공은 30드니에의
    가치를 가졌다.

69) 필사본상으로는 '클리모랭'(Climorin). 동일 인물이 116연에서는 '클랭보랭'
    (Climorin)으로 나온다. 쇼트 판본의 수정과 뒤푸르네 번역을 따라 클랭보
    랭으로 통일했다.

이보다 좋은 투구는 본 일이 없습니다.

이번 롤랑 경 일에서 우리를 도와주십시오.

어떻게 하면 그에게 치욕을 안길 수 있을지 말입니다."

"그렇게 될 것이오." 가늘롱이 대답한다.

그러고는 서로 입술과 얼굴에 입을 맞춘다.　　　　　AOI.

### 50

그러자 브라미몽드 왕비가 나서 가늘롱에게 말한다.

"경에게 제 우의를 표합니다.

전하와 신하들 모두 경을 높이 평가하니 말입니다.

경의 부인께 목걸이 두 점을 선물합니다.

금, 자수정, 히아신스석으로 만들었습니다.

로마 전체의 보화보다도 값진 것입니다.

경께서 섬기시는 황제도 이렇게 좋은 목걸이는 없을 겁니다."

가늘롱은 목걸이를 받아 장화 속으로 밀어 넣는다.　　AOI.

### 51

왕은 재무관리관 모뒤를 불러 묻는다.

"샤를에게 보낼 재물은 준비되었는가?"

모뒤가 대답한다. "예, 전하, 모두 준비되었습니다.

금과 은을 실은 낙타 칠백 마리,

하늘 아래 가장 지체 높은 집안 출신의 볼모 스무 명입니다."

AOI.

## 52

마르실은 가늘롱의 어깨를 잡고 말한다.

"그대는[70] 용맹하고 현명한 사람이오.

그대가 가장 신성하다고 여기는 종교를 걸고,

우리에게 등을 돌리지 말기를 바라오.

내 재산 중 그대에게 많은 부분을 주고 싶소.

최고의 아라비아산 금을 실은 노새 열 마리를 선물하리다.

매년 빼놓지 않고 같은 선물을 드리겠소.

이 커다란 도시의 열쇠들을 그대에게 드리니

샤를 왕에게 이 도시의 수많은 재화를 바치시오.

그리고 롤랑을 후위부대에 지명해주시오.

---

70) 현대 프랑스어에서와 마찬가지로 중세 프랑스어에서도 2인칭 단수에 tu와 vous 두 개의 대명사를 사용한다. 현대 프랑스어에서와는 달리 동일한 대화 상황에서, 심지어는 같은 문장 안에서도 tu와 vous 사이를 비교적 자유롭게 오갈 수는 있지만, 두 대명사의 의미를 구별하는 것이 아예 불가능해지는 않다. 가늘롱에게 vous를 사용하던 마르실 왕은 배반의 서약을 맺어 가늘롱과 친구가 된 52연의 시점부터 친밀함을 나타내는 tu로 대명사를 바꾸고 있다. 중세 프랑스어 대명사 tu와 vous의 용법은 매우 다양하여 경우에 따라서는 용법 사이에 모순이 발생하기도 한다. 예를 들어 일반적으로 상대에 대한 존중을 의미하는 vous가 상대방과의 심적 거리를 강조하여 경멸을 표현하는 수단이 되기도 한다. 이런 이유로 현대 프랑스어 번역본의 역자들도 현대식 용법으로 2인칭 대명사의 사용을 전환하지 않고 중세 원문의 형태를 그대로 유지하곤 한다.

내가 그를 고갯길이나 협로에서 발견하게 되면
죽지 않고는 빠져나올 수 없는 전투를 벌이겠소."

가늘롱이 대답한다. "시간을 너무 지체한 듯하오."
그러고는 말에 올라 길을 떠난다.                    AOI.

## ✣ 롤랑, 후위부대 지휘자로 지명되다

**53**

황제는 고국으로 돌아가는 길에
발테른[71]이라는 도시에 당도한다.

―――――――――

71) (Valterne), 14연에 처음 등장한 미상의 에스파냐 도시이나 옥스퍼드 필사본
상으로는 Galne으로 나온다. 하지만 Galne은 시행 마지막 강세 모음이 [ɛ]
로 끝나야 하는 53연의 모음 압운 규칙에 어긋나는 단어이다. 모음 압운 문제
를 해결할 수 있는 세그레와 쇼트 판본의 제안대로 citet de Galne 대신 citet
Valterne으로 수정해 번역했다. 모음 압운(assonance)은 시행 마지막 단어 강
세음절에 동일한 음색의 모음을 사용하는 압운 방식을 말한다. 이를테면
plainte/atteinte(플랭트/아탱트)나 sombre/rompre(송브르/롱프르)는 각각 압
운 관계에 있다. 시행 마지막 단어의 강세음절의 모음과 뒤따르는 자음까지
일치해야 하는 각운(rime)과는 다른 개념이다. 또한 구강모음과 비모음을 구
별하지 않아 uvrir와 Turpin도 압운을 이룰 수 있다. 중세 프랑스 문학 초기에
는 모음 압운의 사용이 일반적이었으나 그 이후로는 무훈시를 제외한 대부분
의 장르에서 각운을 이용한 현대적 작시법으로 대체되었다. 유운, 모음운, 모
음 압운, 반해음 등 몇 가지 번역이 있으나 '모음 압운'이 비교적 자주 쓰이는
듯하여, 이후 주석에서도 이 개념을 언급할 필요가 있을 경우 '모음 압운' 또
는 줄여서 '압운'이라는 용어를 쓰기로 한다.

롤랑 경이 함락시켜 파괴한 곳이다.

그날 이후 이 도시는 백 년째 폐허로 남아 있다.


왕은 가늘롱의 소식과

광대한 땅 에스파냐의 조공을 기다린다.

아침이 오고, 새벽 동이 틀 무렵에

가늘롱 경이 숙영지에 도착한다.                                 AOI.


**54**

황제는 아침 일찍 일어나

미사와 아침 기도에 참석한 후,

자신의 천막 앞 녹색 풀밭에 자리를 잡는다.

롤랑과 용맹한 올리비에,

넴 공, 그 외에도 많은 신하가 모여 있다.


배신자 가늘롱, 그 반역자가 이곳으로 와서는

능란한 화술로 왕에게 말하기 시작한다.

---

발테른은 14연에서 본 것처럼 롤랑이 함락시킨 도시 중 하나인데, 1연부터의
내용을 되짚어보면 코르드르 함락 후 이교도 사신을 접견하고 샤를마뉴의 군
대는 프랑스로 돌아가려고 오던 길을 되돌아가는 중이었다. 사라고사와 롱스
보 고원의 위치를 감안하면 사라고사로부터 서쪽으로 코르드르가 있고, 그 서
쪽에 발테른이 위치한다고 볼 수 있다(추정 위치상으로는 무아녜와 세그레가
제안하는 '발티에라Valtierra'일 가능성이 크다). 코르드르에서 사라고사로 출
발했던 가늘롱이 합류하는 지점도 발테른이라는 계산이 나온다. 여기서부터
롤랑과 후위군이 본군 뒤를 호위하며 북쪽의 롱스보를 향해 출발한다.

"하느님의 구원 받으소서!

여기 사라고사의 열쇠들을 가져왔습니다.

그곳의 많은 보화와 함께

스무 명의 볼모를 데려왔으니 잘 지키시기를 바랍니다.[72]

용맹한[73] 마르실 왕은 폐하께

칼리프에 관한 일은 책하지 말아달라고 부탁했습니다.

이유인즉, 제가 보는 앞에서 칼리프는

갑옷을 입고, 투구의 끈을 조이고,

황금 두구의 검을 허리에 찬 사십만 병사를 이끌고

바다 쪽으로 떠나버렸기 때문입니다.

그들은 그리스도교를 받아들여 믿고 싶지 않아

마르실 왕을 피해 달아난 것입니다.

배를 타고 4리외[74]도 가기 전에 폭풍과 풍랑을 만나

모두 물에 빠져 죽었고, 한 명도 살아남지 못했습니다.

만약에 칼리프가 살아 있다면 끌고 왔을 것입니다.[75]

폐하, 이교도 왕에 대해 말씀드릴 것 같으면,

---

72) 이후의 내용에서 마르실의 화친 제안이 계략이었고, 롤랑의 후위부대까지 전멸한 이상 볼모들에 대한 처형 장면이 나와야 마땅하겠지만, 이 스무 명의 볼모는 작품 속에서 더는 언급되지 않는다. 시인의 실수일 수도 있고, 개작 과정에서 볼모의 처리 대목이 삭제되었을 가능성도 있다.

73) '용맹한, 기사다운, 고결한'이라는 뜻으로 사용되는 ber는 원칙적으로 프랑스군 기사들에게만 적용된다. 적장인 마르실 왕에게 이 형용사를 쓴다는 것은 가늘롱이 이미 적군과 한 편이 되었다는 뜻이기도 하다.

74) 예전의 거리 단위. 1리외(lieue)는 약 4킬로미터.

안심하셔도 좋습니다. 그는 이달이 가기 전에

프랑스 왕국으로 폐하를 따라가서

폐하께서 믿으시는 종교를 받아들이고,

두 손을 모아 폐하의 신하가 될 것이며,

폐하께 에스파냐 왕국을 봉토로 받겠다고 하옵니다."

왕이 말한다. "하느님께 감사드릴 일이오!

훌륭한 일을 하셨소. 그대에게 매우 큰 상을 내리겠소."

수많은 나팔 소리가 일제히 전군에 울리고,

프랑스군은 숙영지를 정리하고,

짐을 꾸려 역용마에 싣게 한 후

모두 그리운 프랑스를 향해 출발한다.                    AOI.

## 55

샤를마뉴는 에스파냐를 유린했고,

성들을 함락했으며, 도시들도 무너뜨렸다.

왕은 전쟁이 끝났다고 말했다.

황제는 그리운 프랑스를 향해 말을 몬다.

---

75) 가늘롱이 나중에 황제를 배신하지 않았다고 강변하나, 이 대목에서 보는 것
처럼 가늘롱은 황제에게 거짓 보고를 하고 있다. 샤를 황제가 마르실의 최측
근인 숙부 칼리프를 볼모로 요구했으나, 그가 도망치다가 물에 빠져 죽었다
고 둘러댄다.

롤랑 경이 언덕 꼭대기 한 곳에 군기를 꽂아

하늘을 향해 높이 세운다.

프랑스군은 그 지역 일대에서 숙영한다.


이교도들은 깊은 골짜기를 따라 말을 달린다.

갑옷을 입고, [……][76],

투구 끈을 조이고, 허리에는 검을 찬 채,

방패를 목에 걸고, 창을 겨누어 잡는다.

그들은 산꼭대기 숲속에서 멈춘다.

그들의 수는 사십만에 달하고 해가 뜨기를 기다린다.


하느님! 프랑스인들은 이 사실을 모르니 어찌해야 합니까!

AOI.


**56**

날이 저물고 밤이 찾아온다.

막강한 황제 샤를은 자고 있다.


꿈속에서 그는 시즈 고갯길의 가장 깊은 곳에 있다.

두 손에 물푸레나무 창 자루를 쥐고 있는데,

가늘롱 경이 창을 빼앗아서는

---

76)  필사본에 시행 마지막 단어가 누락되어 있다. 당시의 필사본 교정자가 fermeez ('채우다')를 적어 넣었지만, 남성명사인 주어 halbercs와 일치되지 않는다.

어쩌나 난폭하게 휘둘러 부러뜨렸는지
부서진 나뭇조각들이 하늘로 날아간다.

샤를은 잠이 들어 깨어나지 않는다.


**57**

그러고 나서 또 다른 꿈을 꾼다.

그는 프랑스 엑스의 궁전에 있다.
사나운 수퇘지 한 마리가 그의 오른팔을 물고,
아르덴[77] 쪽에서 표범 한 마리가 오는 것이 보인다.
표범은 매우 사납게 샤를의 몸을 공격한다.
궁전 깊숙한 쪽에서 멧돼지 사냥개 한 마리가 나와
전속력으로 샤를에게 달려오더니 몸을 솟구쳐 뛰어올라
첫 번째 수퇘지의 오른쪽 귀를 물어 잘라버리고
표범과 격렬하게 싸움을 벌인다.[78]

---

77) Ardennes(Ardene), 프랑스 북동부 벨기에와의 접경 지역.

78) 샤를마뉴의 두 번째 꿈에 등장하는 수퇘지, 표범, 멧돼지 사냥개가 누구를 가리키는지가 명확하지 않다. 수퇘지를 가늘롱, 표범을 피나벨, 사냥개를 티에리로 볼 경우, 이 대목에서 벌써 재판 장면을 보여주는 것이 어색하기도 하지만, 피나벨이 샤를 황제를 물어뜯는다는 묘사도 어울리지 않는다. 샤를이 엑스에 있다고 가정할 때, 아르덴은 에스파냐 방면이기도 하므로(다른 필사본들에서는 "에스파냐 쪽에서"라고 되어 있다) 수퇘지와 표범을 사라센족으로 추정하는 것이 가능하다. 수퇘지는 마르실이라고 볼 수 있지만 표범이 누구인지는 분명하지 않다. 전투에서 마르실의 오른팔을 자르듯 수퇘지의 귀를 잘라버리는 사냥개는 당연히 롤랑이 된다. 수퇘지를 마르실과 1·2차 공격, 표

프랑스인들은 엄청난 전투가 벌어졌다고 말할 뿐,

그들 중 누가 이길지는 알지 못한다.


샤를은 잠이 들어 깨어나지 않는다.                    AOI.


**58**

밤이 지나고 새벽이 밝아온다.

부대 가운데로 [사방을 둘러보며][79]

황제는 매우 늠름하게 말을 몬다.


샤를 황제가 말한다.

"경들은 들으시오.

저 고갯길과 협로들을 보시오!

후위부대에 누가 남을지 내게 지명해주시오."


가늘롱이 대답한다.

"제 계자 롤랑을 천거합니다.

폐하의 휘하에 그만큼 용맹한 전사는 없습니다."

---

범을 마르가니스(마르실의 숙부)와 3차 공격, 사냥개를 롤랑과 올리비에로 해석하기도 한다.

[79] 필사본 원래의 텍스트에는 시행이 완성되지 않은 채 남아 있다. 지휘관이 열병하듯이 부대 한가운데를 지나며 주위에 도열한 병사들을 빠르게 시선을 옮기며 둘러본다는 의미인 suvent e menut reguarded를 후대의 교정자가 추가해 놓았다.

그의 말을 듣자 왕은 무섭게 그를 노려보더니 말한다.[80]

"그대는 악마의 화신이로다!

죽음의 광기가 그대의 몸 안에 서려 있소.

그렇다면 내 앞의 전위부대에는 누가 선다는 말이오?"


가늘롱이 대답한다.

"덴마크의 오지에를 추천합니다.

그보다 전위부대 임무를 잘 수행할 기사는 없습니다."


## 59

자신을 지명하는 것을 듣자                            AOI.

롤랑 경은 기사다운 태도로 말한다.

"계부, 계부를 무척 소중하게 여겨야겠습니다.

나를 후위부대에 지명하셨으니 말이오!

프랑스를 다스리시는 샤를 왕께서는,

내가 아는 한, 왕께서 타셔야 할 의장마, 군마,

노새 어느 하나도 잃지 않을 것이외다.

---

80) 17~27연에서 마르실 왕에게 보내는 특사의 임명 과정에서 보았듯이, 황제라 할지라도 롤랑의 후위부대 지명을 거부할 수 없다. 만약 이를 거부한다면 기사 롤랑의 명예를 크게 깎아내리는 것이 되기 때문이다. 가늘롱의 계략으로 롤랑이 위험에 빠질 수 있다는 점을 알았다면, 후위부대의 장수를 추천받기 전에 십이 기사는 선두에 서야 하니 추천 대상에서 제외해야 함을 미리 알렸어야 한다. 샤를 왕의 분노는 가늘롱이 음모를 꾸미는 것이 분명함에도 불구하고 자신의 힘으로 이 상황을 돌이킬 수 없다는 데에서 나온다.

누구라도 먼저 나와 검으로 겨루어보기 전에는

타는 말이나 짐 싣는 말 어느 것도 가져가지 못할 것이오."


가늘롱이 대답한다. "물론이다. 나도 잘 알고 있다."　　　AOI.


**60**

자신이 후위부대에 지명되는 것을 듣자

롤랑은 계부에게 격분하여 말한다.

"아! 망나니 같은 자! 근본이 더러운 비열한 악당!

네가[81] 샤를 왕 앞에서 지휘봉을 떨어뜨린 것처럼[82]

나도 장갑을 떨어뜨릴 줄 알았더냐?"　　　AOI.


**61**

용맹한 롤랑이 말한다. "공정한 황제시여,


81)　계부인 가늘롱에게 비아냥거릴지언정 경칭대명사 vos(현대 프랑스어 vous)를
　　사용해 격식을 갖추어 말하는 59연과 달리, 격분하여 가늘롱을 비난하는 60
　　연에서 롤랑은 대명사 tu를 사용한다. 52연에서 마르실 왕이 친근함을 표현
　　하려고 가늘롱에게 tu를 사용하는 것과는 또 다른 상황으로 상대를 도발하거
　　나 상대에 대한 분노의 감정을 나타내려고 tu가 사용될 수 있다. 중세 프랑스
　　어에서의 이와 같은 vous와 tu의 갑작스러운 전환은 우리말 번역은 물론 현
　　대 프랑스어로의 번역에서도 그 의미를 살리기 힘들다.

82)　25연에서 가늘롱이 떨어뜨린 것은 지휘봉이 아니라 장갑이었다. 일반적으로
　　는 시인 또는 필사자의 부주의에서 비롯된 오류로 보지만, 장갑과 지휘봉은
　　서로 대체 가능한 상징물이므로 어휘의 교체에 특별한 의미를 부여할 필요는
　　없다는 의견도 있다.

폐하께서 들고 계신 활[83]을 제게 내리소서.

소신은 가늘롱처럼 오른손에서 지휘봉을 떨어뜨려

비난받을 일은 없을 것이옵니다."


황제는 머리를 숙인 채

턱수염을 쓰다듬고 콧수염을 비틀어 꼰다.

눈물이 흐르는 것을 막을 수가 없다.


## 62

그러자 넴이 나서 왕에게 말한다.

그보다 훌륭한 신하는 궁정에 없다.

"잘 들으셨을 줄로 압니다.

롤랑 경은 매우 격분해 있습니다.

후위부대가 그에게 맡겨졌습니다.

어떤 기사도 이것을 바꿀 수는 없습니다.

---

83) 이 대목에서 활이 등장하는 것은 매우 뜻밖이다.《롤랑의 노래》의 배경이 되는 시대의 기사들이 사용하던 무기는 창과 검뿐이었다. 나중에 갑옷이 점점 두꺼워져 검으로 효과적인 공격을 할 수 없게 되면서 철퇴 종류가 기사의 무기로 추가되기는 했지만, 기사들은 활을 사용해 적을 공격하지 않았다. 활은 직접 맞부딪쳐 싸우지 않고 멀리서 공격하는 무기였기 때문에 명예로운 기사가 사용하기에 적합하지 않으며, 상대에 접근할 용기가 없는 비겁한 자들의 무기로 여겨졌다. 무훈시《비엔의 지라르(Girard de Vienne)》에는 "제일 먼저 활을 쏜 자에게 하느님의 저주가 있을지어다. 비겁하여 감히 접근할 용기조차 내지 못했으니(Mal dehé ait qui fu archier. Il fu coarz, il n'osa aprochier)." 라는 대목이 나오기도 한다.

시위를 당겨놓으신 활을 그에게 내리십시오.
그리고 그를 도울 만한 이들을 찾아주십시오!"[84]

왕은 활을 롤랑에게 주고, 롤랑은 이를 받는다.

**63**

황제는 조카 롤랑을 부른다.
"친애하는 조카여, 이 점을 잘 알아두게.
내 군대의 절반을 그대에게 남겨주겠네.
이 병사들을 받아주게. 그들이 그대를 지켜줄 걸세."

롤랑 경이 대답한다. "필요 없습니다.
제가 가문의 전통을 어긴다면 하느님께서 벌을 내리시기를!
용맹스러운 프랑스 기사 이만이면 충분합니다.
폐하께서는 안심하시고 고갯길을 지나가십시오.
제가 살아 있는 한 아무도 두려워하실 필요가 없습니다."[85]

---

84) 롤랑의 후위부대 지명은 거부할 수 없는 일이다. 샤를 황제가 이 상황에서 롤랑에게 줄 수 있는 유일한 도움은 정예 병력을 남기는 것뿐임을 상기시키는 조언이다.

85) 샤토루(Châteauroux) 필사본에는 이 대목에서 롤랑의 반응을 좀 더 자세히 기술하고 있다. 롤랑은 "그런 불명예(샤를 왕 군대의 상당수와 함께 남는 일)를 겪으니 차라리 죽는 편이 낫습니다."(샤토루 판본 68연)라고 말하며 샤를의 제안을 거절한다.

**64**

롤랑 경은 자신의 군마에 오른다.                    AOI.

그의 동료 올리비에가 그의 곁으로 온다.

제랭과 용맹한 제리에 경,

오통, 그리고 베랑제도 합류한다.

아스토르와 '노인' 앙세이,

또 용맹한 기사 루시용[86]의 제라르,

권세 높은 게피에 공도 합류한다.


"내 목을 걸고 말하건대, 나도 가겠소."라고 대주교가 말하자,

고티에 경도 나선다. "나도 대주교님과 같이 가겠습니다.

나는 롤랑의 사람이니, 그를 저버리면 안 될 말입니다."[87]


그들 모두가 함께 이만 명의 기사를 선발한다.                    AOI.


**65**

롤랑 경은 고티에 드 롱[88]을 불러 말한다.

---

86)  Roussillon(Rossillon), 현재 프랑스 남부의 피레네조리앙탈주(피레네 동부)에
     위치하던 루시용 백작령(Comté de Roussillon). 루시용의 제라르(혹은 지라
     르)는 파리 백작 제라르 2세(Gérard II de Paris)를 가리키며, 샤를마뉴의 손
     자들인 대머리왕 샤를, 로테르 1세, 루이 2세 시대의 인물이나 무훈시에서는
     샤를마뉴 시기에 활약한 기사로 그려진다. 무훈시 《루시용의 지라르(Girart
     de Roussillon)》의 주인공이기도 하다.
87)  대주교와 고티에는 롱스보 전투에서 다른 프랑스 기사들이 모두 전사한 후에
     도 최후의 순간까지 롤랑과 함께 싸우게 되는 사람들이다.

"우리나라 프랑스의 기사 천 명을 이끌고

협로[89]와 고지를 확보하여

폐하께서 단 한 명의 사람도 잃는 일이 없도록 하시오." AOI.


고티에가 대답한다. "경을 위해 기꺼이 그렇게 하겠습니다."

---

88) '고티에'는 영어의 '월터(Walter)', 독일어의 '발테르(Walther)'와 같은 이름이다. 원문에는 '괄테르(Gualter)'로 표기되어 있다. 프랑스어 시기로 들어서기전 골(Gaule) 지역에서 쓰이던 로망어가 반모음 [w]를 발음하지 못하던 시점이 있었는데, 이 반모음이 약하게 유지되던 gu-(발음은 [gᵂ])를 붙여 읽게 되었다. 영어 William과 war에 해당하는 어휘가 프랑스어에서 각각 Guillaume, guerre가 된 것도 같은 이유에서이다. 이후 gu-의 반모음 요소가 탈락하고, l의 모음화, t의 구개음화로 인한 반모음 [j]의 추가를 거쳐 현재의 '고티에 (Gautier)'에 이르게 된다.

'롱'은 l'Hum에 대한 표기인데, 정확한 발음을 알아내기가 매우 어렵다. 《롤랑의 노래》 옥스퍼드 필사본의 um(또는 un)은 경우에 따라 '옹' 또는 '욍'으로 구별하여 읽어야 하는데, Hum이 정확히 무엇을 지칭하는지 알 수가 없다. 《롤랑의 노래》의 고티에를 무훈시 《발타리우스(Waltharius)》의 주인공 아키텐의 고티에(Gautier d'Aquitaine)와 같은 인물로 보는 것이 가능한데, 《발타리우스》의 고티에는 어린 시절 볼모로 잡혀가 훈(Huns)족의 궁정에서 자란 인물이다. 뒤푸르네와 무아녜는 l'Hum을 고티에 스스로 자신을 hom Rollant(롤랑의 사람, homme de Roland)이라고 부르는 것과 연관시킬 수 있음을 지적하고 있다. 어느 경우에나 발음은 '롱'으로 표기하는 것이 적절해 보인다.

《발타리우스》에서 주인공 아키텐의 고티에는 산악전의 명수로 그려진다. 롱스보 전투에서 롤랑이 고티에에게 기사들을 데리고 산 위로 올라가 싸우라는 지시를 내리는 것을 보아도 아키텐의 고티에와의 연관성은 뚜렷해 보인다.

89) 필사본의 어휘는 deserz(사막)이고, 무아녜와 뒤푸르네 판본은 이를 그대로 따르고 있다. 다른 판본들은 이를 destreiz(협로)로 수정했다. 해당 단어가 나오는 행 뒤로 고티에가 '협로(destreiz)와 고지로 향한다'라는 문장이 이어지는 것을 보면 deserz를 destreiz로 바로잡아 읽어야 함은 명확하다.

---

그들의 조국인 프랑스 출신 기사 천 명을 이끌고

고티에는 대열에서 벗어나 협로와 고지로 향한다.

칠백 자루의 검이 부딪쳐 싸우기 전에는[90]

아무리 나쁜 소식이 있어도 고티에는 내려오지 못할 것이다.

벨페른[91] 왕국의 알마리스 왕이

그날 그들과 끔찍한 전투를 벌일 것이니.

---

90) 원문을 직역하면 "칠백 자루의 검이 뽑히기 전에는(Enceis qu'en seient .VII.C. espees traites)"이 된다. 칠백은 수많은 검이 부딪치는 격전을 표현하는 것이지 구체적인 숫자를 보이기 위함은 아니다.

91) (Belferne), 미상의 이교도 왕국.

2장

# 롱스보 전투

# ☩ 프랑스로 돌아가는 샤를마뉴

**66**

산은 높고 골짜기는 어둡다.
회색 바위들이 늘어선 협로는 불길한 기운이 감돈다.

그날 프랑스군은 고통스럽게 이곳을 지나간다.
15리외[1] 밖에서도 그들의 행군 소리가 들릴 정도이다.

선조들의 땅에 다다르자
그들 주군의 땅 가스코뉴가 보인다.
그러자 그들은 자신들의 봉토와 영지,
젊은 처자들과 고결한 아내들을 떠올린다.
벅찬 감동으로 울지 않는 이가 없다.

하지만 샤를은 다른 누구보다도 근심에 차 있다.
에스파냐 고개에 조카를 남기고 왔기 때문이다.
감정이 복받쳐 울지 않을 수 없다.                    AOI.

**67**

십이 기사는 에스파냐에 남는다.
이만 명의 프랑스 기사들도 함께한다.

---

1) 약 60킬로미터.

그들은 죽음을 겁내지도 두려워하지도 않는다.


황제는 프랑스로 돌아가고 있다.

망토 속으로 괴로움을 감춘다.

그와 나란히 말을 몰던 넴 경이 왕에게 묻는다.

"무슨 연유로 근심을 하시는지요?"

샤를마뉴가 대답한다. "이유를 몰라서 묻는 것인가!

너무도 괴로워서 내 고통을 더는 감당하지 못할 지경이오.

가늘롱으로 인해 프랑스는 파멸할 것이오.

간밤에 천사가 내게 보여준 꿈속에서

가늘롱은 내가 두 손으로 잡고 있던 창을 부러뜨렸소.

내 조카를 후위부대에 지명한 자가 바로 그요!

나는 이국땅에 조카를 두고 왔소.

주여! 그를 잃는다면, 그를 대신할 자는 결코 없을 겁니다."

AOI.


**68**

샤를마뉴는 눈물을 멈출 수가 없다.

십만 프랑스군이 황제를 동정하며,

롤랑의 신변에 대해서도 예사롭지 않은 걱정을 한다.

불충한 가늘롱이 그를 배반한 것이다.

그가 이교도 왕에게서 받은 선물은 실로 엄청나다.

금과 은, 비단 망토, 금실 은실로 수놓은 비단 천,

노새, 말, 낙타, 사자까지 받아 챙겼다.

한편 마르실은 에스파냐의 모든 신하와

귀족들[2], 알마수르[3], 아미라플[4],

콩토르[5] 집안의 자제들을 소집한다.

사흘 만에 사십만 병력을 모으고,

사라고사에서 북을 울리게 한다.

가장 높은 탑 위에 마호메트 상을 세우니

이교도 중 기도하고 경배하지 않는 자가 없다.

그러고는 말을 몰아 강행군하여

안전지대[6]와 골짜기를 지나고 산을 넘는다.

---

2) 2연의 작위명과 관련한 주석에서 보았듯이, 《롤랑의 노래》에서 사용되는 작위 명들에는 일관성이 결여되어 있다. 롤랑만 하더라도 백작, 후작 등 여러 명칭으로 불린다. 넴 공만이 거의 유일하게 항상 '공작(duc)' 칭호가 붙는 인물이다. 이교도 귀족에 대해 이야기하는 이 대목에서도 원문은 백작(cuntes), 자작(vicomtes), 공작(dux)을 나열하고 있으나 모두 하나로 묶어 '귀족'으로 번역했다.

3) 알마수르(almaçur)는 원래 '알라의 은총을 입은 승리자(victorieux par Allah, Al-Mansur bi'llah)'라는 뜻으로 아랍 군주들의 별칭으로 사용되던 말이다. 하지만 《롤랑의 노래》에서는 이교도 왕의 고위직 신하들을 가리킨다.

4) 아미라플(amirafle 또는 아뮈라플amurafle)은 군주(émir) 내지는 군주의 고위직 신하를 가리키는 칭호이지만, 당시 아랍권 에스파냐에서는 군대를 지휘하는 장군, 지방 총독의 뜻으로 주로 사용되었다.

5) 의미가 불분명한 중세 작위명. 프랑스 남부지방에만 존재하던 자작 아래의 작위라는 말도 있으나, 실제로는 더 많은 지역에서 이 작위명이 발견되며 귀족 계급 내에서의 정확한 위치를 알기는 힘들다.

6) 원문 표현 'Tere Certeine'의 Certeine을 지명 세르다냐(Cerdanya)의 프랑스어 형태인 세르다뉴(Cerdagne)의 변형으로 보기도 하지만 지리적 거리를 감안할 때 받아들이기 힘들다. 마르실의 군대가 우회해서 롤랑의 후위군을 기습하기에는 세르다냐가 너무 멀리 위치한다. '프랑스군에게 발각될 위험이 없는 안전한 지역'이 가장 무난한 해석으로 여겨진다.

프랑스군의 깃발이 그들의 눈에 들어온다.

십이 기사의 후위부대는 전투를 피할 길이 없으리라.


## ✤ 이교도들의 허세

**69**

마르실 왕의 조카가

작대기로 쳐서 노새를 몰며 앞으로 나서더니,

소리 내어 웃으며 숙부에게 말한다.

"전하, 저는 오랫동안 전하를 섬겼습니다.

그동안의 제 노고와 괴로움을 보시어,

또 제가 참여해 승리를 거둔 모든 전투를 생각하시어

제게 선물을 하나 주십시오.

제일 먼저 롤랑을 공격하는 임무 말입니다.

제 날카로운 창으로 그를 죽이겠습니다.

마호메트께서 저를 보호해주신다면,

에스파냐 고개에서 뒤레스탕[7]에 이르기까지

에스파냐 전역을 해방하겠습니다.

샤를은 지치고 그의 프랑스군은 돌아갈 것입니다.

---

7) (Durestant), 미상의 에스파냐 지명.

그러면 전하의 여생 내내 더는 전쟁이 없을 것입니다."

마르실 왕은 그에게 장갑을 건넨다.                    AOI.

**70**

마르실의 조카는 장갑을 받아 쥐고
숙부에게 자신만만하게 말한다.
"전하, 제게 크나큰 선물을 내리셨습니다.
제게 전하의 기사 열두 명[8]을 지명해주십시오.
그들과 함께 십이 기사를 치겠습니다."

가장 먼저 팔사롱이 대답한다.
그는 마르실 왕의 동생이다.
"친애하는 조카님, 나와 함께 가십시다.
이 전투를 우리 둘이 함께 치릅시다.
샤를의 대군을 보호하는 후위부대는
우리에게 말살당하게 되어 있소."              AOI.

---

8) 열두 명의 기사를 지명하면 마르실의 조카를 포함해 열세 명이 된다. 그런데
70~78연에서 거명되는 이교도 기사는 열한 명뿐이다(팔사롱, 코르살리스 왕,
브리갈의 말프리미스, 발라게르의 아미라플, 모리안의 알마수르, 토르틀로즈
의 튀르지스, 발테른의 에스크레미스, 에스토르강, 에스트라마리트, 세비야의
마르가리트, 뮈니그르의 셰르뉘블). 즉, "제게 전하의 기사 열두 명을 지명해주
십시오."는 자신을 포함해 열두 명을 지명해달라는 뜻으로 이해해야 한다. 이
교도판 '십이 기사'를 구성하는 장면이니 총 열두 명의 기사를 선발하는 것이
논리적이기도 하다.

**71**

코르살리스 왕이 반대편에 자리를 잡고 있다.

마법에 능통한 베르베르인[9]이다.

그는 훌륭한 신하다운 태도로 말하고,

이 세상 금을 다 준다 해도 비겁하게 행동하기를 원치 않는다.

[······················································]10)

브리갈[11]의 말프리미스도 갑자기 나타난다.

말보다 빨리 달릴 수 있는 자이다.

마르실 왕 앞에서 목소리를 높여 외친다.

"이 몸도 롱스보[12]로 가겠습니다.

---

9) 튀니지·알제리·모로코 따위의 북아프리카 일대에 사는 함어계의 원주민.

10) 코르살리스 왕의 대사를 포함해 최소 한 행 이상이 필사본에 누락되어 있다.

11) (Brigal), 필사본상으로는 '브리강(Brigant)'이지만 96연에 나오는 동일 인물 브리갈(Brigal)의 말프리미스에 따라 표기를 통일했다. 에스파냐 북부 아라곤 지역의 베르베갈(Berbegal)을 가리키는 것으로 보기도 한다.

12) Roncevaux(Rencesvals), 롱스보의 에스파냐어 명칭은 론세스바예스(Roncesvalles) 로, 현재는 에스파냐 북부 나바라주에 속한다. 확인된 에스파냐 지명은 에스파냐어식으로 적는 것을 원칙으로 하지만, 롱스보의 경우 롱스보 전투로 워낙 널리 알려져 있기도 하고,《롤랑의 노래》라는 작품의 핵심 구성 요소이기도 하기 때문에 프랑스군과 기사들의 관점을 반영해 프랑스어식으로 표기한다. 또한 168연에 나오는 롱스보의 에스파냐쪽 언덕 위 표석 네 개는 프랑스와 에스파냐의 영토 경계를 표시한다. 즉, 롱스보는 이 당시 프랑스 영토였으므로 에스파냐어식보다는 프랑스어식으로 표기하는 것이 옳다.
롱스보는 해발 900~960미터에 위치한 길이 6킬로미터, 너비 4킬로미터의 고원이며, 주위로는 낮은 언덕들이 둘러싸고 있다. 《롤랑의 노래》에서 묘사되는 전투가 벌어지기에는 적당한 장소이지만, 778년 샤를마뉴의 후위군이 공 롤랑을 만나게 되면 틀림없이 그를 쓰러뜨리겠습니다!"


**72**

발라게르의 아미라플도 와 있다.

체구는 당당하고, 얼굴은 늠름하고 환하다.

일단 말에 올라 무기를 들면

그의 모습은 사납기 이를 데 없다.

그는 용맹함으로 찬사를 받았으며,

그리스도교인이었다면 훌륭한 기사였을 것이다.


마르실 앞에서 그가 외친다.

"이 몸도 롱스보에 가겠습니다.

만약 제가 롤랑을 만나게 되면, 그는 최후를 맞게 될 겁니다.

올리비에와 십이 기사 모두 마찬가지입니다.

프랑스군은 고통과 치욕 속에서 죽어갈 겁니다.

샤를마뉴는 노망난 늙은이인지라

전쟁을 계속하는 데에 지쳐 있을 것입니다.

그러니 에스파냐는 우리 땅으로 남을 것입니다."


마르실 왕은 그에게 매우 고마워한다.　　　　　　　　　AOI.


---

격받은 실제 지점은 좀 더 북쪽 알토비스카르(Altobiscar) 능선이었을 것으로
추정한다. 샤를마뉴 시대를 기술한 초기 역사 기록에는 전투 장소가 명시되
지 않았고, 11세기 《에밀리아누스 (수도원 코덱스의) 주석》(18연 주석 참조)
에서 'Rozaballes'라는 표기로 롱스보라는 지명이 처음 나타난다.

**73**

모리안[13]에서 온 알마수르가 나선다.

에스파냐 땅에서 가장 사악한 자이다.


마르실 앞에서 호기롭게 외친다.

"롱스보로 제 부대를 이끌고 가겠습니다.

방패와 창으로 무장한 이만 병력입니다.

롤랑을 만나게 되면 그를 반드시 죽이겠습니다.

샤를이 그의 죽음을 슬퍼하지 않는 날 하루도 없을 것입니다!"

AOI.


**74**

다른 한쪽에서 토르틀로즈[14]의 튀르지스가 나선다.

그는 도시 토르틀로즈의 영주로

그리스도교의 멸망만을 바라는 자이다.


마르실 앞으로 나와 다른 자들과 합류하며

왕에게 말한다. "두려워하지 마십시오!

마호메트는 로마의 성 베드로보다 위대하십니다.

---

13) (Moriane), 에브로강 상류의 모리아나(Moriana)일 가능성이 있으나 확실하
지는 않다.

14) (Turteluse), 미상의 에스파냐 도시. 에브로강 하류에 위치한 현재의 토르토사
(Tortosa)로 보기도 한다.

마호메트를 섬긴다면, 전장의 영예는 우리 것입니다.

제가 롱스보로 롤랑을 만나러 가겠습니다.

누구도 그의 죽음을 막지 못할 것입니다.

제 검을 보십시오. 멋진 장검이옵니다.

이 검을 가지고 뒤랑달[15]과 겨루겠습니다.

누구의 검이 이겼는지 듣게 되실 겁니다.

프랑스군이 우리에게 도전한다면 죽음을 면치 못할 것입니다.

늙은이 샤를은 고통과 치욕만을 겪게 될 것이며

살아 있는 한 결코 왕관을 쓸 수 없게 될 것입니다."

**75**

이번에는 발테른의 에스크레미스가 나선다.

사라센인으로 발테른을 다스리는 영주이다.


마르실 앞에 모인 사람들 가운데서 외친다.

"롱스보로 가서 제가 오만한 적들을 쳐부수겠습니다.

저와 마주치면 롤랑은 목이 날아갈 것입니다.

다른 기사들을 이끄는 올리비에도 마찬가지입니다.

십이 기사 모두 전멸할 운명입니다.

---

15) Durendal, 롤랑의 애검. 원래는 '낫' 종류의 도구를 가리키는 dail를 '칼날'의
의미로 해석하고, '단단한, 강한'의 뜻인 durant을 덧붙인 조합으로 보기도 하
는 등 여러 해석이 존재하지만 모두 추정일 뿐 정확한 근거를 갖춘 설명은 되
지 못한다.

프랑스 기사들은 죽어 사라지게 될 터이고

샤를에게는 쓸 만한 가신이 얼마 남지 않을 것입니다." AOI.


**76**

다른 쪽에서 에스토르강[16]이라는 이교도가

그의 동료 에스트라마리트[17]와 함께 나선다.

둘 다 불충하고 교활한 배신자들이다.


마르실이 말한다. "두 분은 앞으로 나오시오!

그대들은 롱스보의 고개로 가서[18]

내 군대의 지휘를 도와주시오."


두 사람이 대답한다. "명을 받들겠습니다.


---

16) 필사본상으로는 에스튀르강(Esturganz). 101연(Estorgans)에 따라 통일함.

17) 필사본상의 철자 -z를 그대로 유지하는 베디에와 조냉 판본을 제외하면, 무아네는 -s, 뒤푸르네와 쇼트는 -t로 마지막 자음을 교체하고 있다. 중세 프랑스어 철자법에서 어말 -z는 -ts의 표기인 경우가 대부분이라는 점에서 격어미이거나 복수 어미인 -s를 삭제하고 -t를 복구해 적는 것이 옳다고 판단해 에스트라마리트(Estramariz〉Estramarit)로 표기한다. 77연의 마르가리트(Margariz〉Margarit)도 마찬가지다. 그런데 75연의 에스크레미스(Escremiz)는 무아네는 물론 뒤푸르네와 쇼트 역시 Escremis로 적고 있다.

18) 번역 저본으로 삼은 무아네 판본에서만 동사를 1인칭 단수 irai로 읽어 "내가 (마르실) 롱스보 고개로 가겠소."로 이해하고 있다. 열두 명의 사라센 기사가 이끄는 선발대가 먼저 프랑스군을 공격하고, 이어서 마르실이 지휘하는 본군이 공격을 이어간다는 점, 그리고 세그레나 뒤푸르네 등 다른 판본들은 모두 동사를 2인칭 복수 irez로 읽고 있는 점을 감안하면 무아네 판본의 오독으로 보인다.

저희가 올리비에와 롤랑을 공격하겠습니다.

십이 기사는 죽음으로부터 구원받지 못할 것입니다.

저희의 검은 강하고 날카롭습니다.

이 검을 적의 뜨거운 피로 붉게 물들이겠습니다.

프랑스군은 죽고 샤를은 고통에 빠질 것입니다.

전하께 '선조들의 땅'[19] 프랑스를 선물로 바치겠습니다.

전하, 전장에 오시면 직접 보시게 될 겁니다.

저희가 전하께 황제를 선물로 바칠 것입니다."

## 77

세비야[20]의 마르가리트가 뛰어나온다.

카즈마린[21]까지의 영토를 다스리는 자이다.

잘생긴 외모로 귀부인들을 친구로 두었으며,

그를 보고 얼굴이 밝아지지 않는 여인이 하나도 없다.

그를 보는 여인은 자신도 모르게 웃음을 보일 정도이다.

또한 이교도 가운데 그보다 더 기사다운 자는 없다.

---

19) 원문에서는 단순히 '선조들의 땅(Tere Majur)'이라고만 언급한다. 프랑스인들이 조국 프랑스를 부를 때 사용하는 명칭을 이교도들도 프랑스에 대해 그대로 사용하고 있다.

20) Sevilla(Sibilie), 에스파냐 남부 안달루시아 지방의 과달키비르강 연안에 있는 항구 도시. 14연에 나오는 '세지유(Sezilie)'와 같은 도시일 가능성도 있다.

21) (Cazmarine), 아마도 갈리시아 북부의 항구 카마리나스(Camarinas)를 가리키는 것으로 보인다.

마르가리트는 사람들 앞에 나서더니

다른 이들을 압도하는 목소리로 왕에게 말한다.

"전하, 두려워하지 마십시오!

제가 롱스보로 가서 롤랑을 죽이겠습니다.

올리비에 역시 목숨을 부지하지 못할 것입니다.

십이 기사 또한 말살당할 것입니다.

황금 날밑이 달린 제 검을 보십시오.

프림[22]의 아미르께서 하사하신 검입니다.

이 검을 붉은 피로 적실 것을 약속드립니다.

프랑스군은 죽고 프랑스는 치욕을 당할 겁니다.

흰 수염의 늙은이 샤를은 앞으로

고통과 분노 없이 지내는 날이 하루도 없을 것입니다.

일 년 안에 우리는 프랑스를 수중에 넣을 것이며,

생드니[23] 마을에서 잠을 잘 수 있을 것입니다."


이교도 왕이 그에게 깊이 머리를 숙인다.                    AOI.


**78**

이어 뮈니그르[24]의 셰르뉘블이 나선다.

---

22) (Primes), 미상의 사라센 도시 또는 지역.

23) Saint-Denis(seint Denise), 현재 프랑스 일드프랑스 지방 센생드니주에 속해
있으며, 파리 중심에서 9.4킬로미터 떨어져 있다.

24) (Munigre), 아마도 사라고사에서 멀리 떨어지지 않은 로스 모네그로스(Los

그의 긴 머리는 땅에 스칠 정도이고,

흥이 나면 노새 네 마리[25]분 짐보다도 무거운 것을

장난삼아 들어 올릴 정도의 장사이다.

그의 말에 따르면 그가 다스리는 나라에는

햇빛도 비추지 않고, 밀도 자라지 않으며,

비도 이슬도 내리지 않는다고 한다.

새까맣지 않은 돌이 하나도 없을 정도이며,

어떤 이는 그곳이 악마들이 사는 나라라고 한다.


세르뉘블이 말한다.

"저는 좋은 검을 차고 있습니다.

롱스보에서 이 검을 붉게 물들이겠습니다.

만약 용맹한[26] 롤랑과 마주쳤는데

그를 공격하지 않는다면 저를 믿지 않으셔도 좋습니다.

제 검으로 뒤랑달을 꺾을 것입니다.

프랑스인들은 죽고, 프랑스는 그들을 잃을 것입니다."

---

Monegros)에 대한 표기인 것으로 보인다.

25) 세그레와 쇼트 판본은 '일곱 마리'로 수정하고 있으나 본 번역에서는 무아네, 베디에, 뒤푸르네를 따라 옥스퍼드 필사본의 '네 마리'를 유지한다.

26) 이교도가 적장인 롤랑의 용맹을 인정하고 존중하는 뜻으로 하는 말이 아니라, 단순히 프랑스인들의 관점이 적군의 언어에도 투영된 표현이다. 무훈시는 물론이고 중세 작품들에서 작가가 프랑스군 또는 기독교도들의 관점에서 모든 대사를 운용하는 것은 흔한 일이다. 이교도 스스로 자신들을 '이교도'라고 부르는 장면을 쉽게 볼 수 있고, 프랑스군을 '좋은 편', 자신들을 '나쁜 편'이라고 부르는 일이 드물지 않다.

이 말을 끝으로 그들의 '십이 기사'가 모인다.

그들은 싸우고 싶은 열망으로 서두르는

십만 사라센군을 이끌 것이다.

모두 전나무 숲 아래서 무장을 갖춘다.


## ✢ 용맹한 롤랑과 지혜로운 올리비에

**79**

이교도들은 사라센 갑옷으로 무장한다.

이 갑옷은 대부분 삼중으로 되어 있다.[27]

견고한 사라고사산 투구 끈을 조이고,

비엔[28]산 강철로 만든 검을 허리에 찬다.

단단한 방패와 발렌시아[29]산 창을 드니

창에 매단 흰색, 푸른색, 진홍색 깃발이 나부낀다.

---

27) 《롤랑의 노래》 배경이 되는 시기의 기사들은 사슬 갑옷으로 무장한다. 사슬
을 세 겹으로 짠 두껍고 견고한 갑옷임을 나타낸다.

28) 오스트리아의 빈(프랑스어 발음은 '비엔')이 아니라 프랑스 중서부의 비엔
(Vienne) 지방을 말한다. 무훈시에서 흔히 최상급 강철 또는 그 강철로 제조
한 검이나 무구의 산지로 언급된다. 현재 프랑스 오베르뉴론알프 지방 이제
르주에 속한다. 과거 로마 제국의 주요 중심지였다.

29) Valencia(valentineis 형용사), 에스파냐 동부 발렌시아주의 주도.

모두 노새와 의장마에서 내리더니,

군마에 올라 밀집대형으로 말을 몰아간다.[30]

밝은 햇살이 내리쬐고 태양은 빛나고 있다.

햇살을 받아 번쩍이지 않는 무구가 없다.

여기에 더하여 수많은 나팔 소리가 울려 퍼진다.

이 엄청난 소리는 프랑스군에게도 들린다.


올리비에가 말한다.

"롤랑 경, 사라센인들과 전투를 치러야 할 것 같네."


롤랑이 대답한다.

"하느님께서 전투를 허락하시길!

우리는 폐하를 위해 이곳을 지켜야 하네.

신하는 주군을 위해 고통을 감내하고

무더위와 혹한도 참아야 하며,

가죽과 털을 잃을 각오를 해야 하네.


각자 최선을 다해 용맹하게 싸우도록 하라!

나중에 우리를 조롱하는 노래가 불리지 않게끔 할지어다!

이교도들은 악의 편이고, 그리스도교인들이 정의의 편이오!


---

30) 장거리 이동 중에는 기사들이 무장하지 않는다. 타는 말도 전투용 군마가 아
   니라 의장마나 노새를 이용한다. 이동 중에 전투 상황이 발생하면 타고 있던
   말에서 내려 무장을 하고 군마에 오르게 된다.

Hommes d'armes
IXᵉ Xᵉ et XIᵉ SIÈCLES

vers 1150    vers 1214    vers 1260
Chevaliers XIIᵉ et XIIIᵉ SIÈCLES

### 11~12세기 기사들의 갑옷

11세기까지는 사슬 갑옷과 함께 첫 번째 그림에서처럼 가죽에 금속판 등을 부착한 형태의 갑옷(broigne)도 기사의 무장으로 널리 사용되었다. 사슬 갑옷도 기본적으로 동일한 형태였다. 두 번째 그림 속의 12세기 사슬 갑옷은 길이가 더 길어지고 팔과 정강이 부분까지 사슬로 보호해준다는 점에서 11세기 갑옷과 차이가 난다. 이 시기에는 손바닥은 가죽, 손등은 사슬로 만든 장갑도 사용되었다. Maxime Petit, *Histoire de France illustrée* (Larousse, 1909), p.187.

내가 잘못된 본보기를 보이는 일은 절대로 없을 것이오!"

AOI.

**80**

올리비에가 언덕 위로 올라가서[31]

오른편으로 풀이 무성한 계곡을 내려다보니

몰려오는 이교도군이 보인다.


그러자 그는 동료 롤랑을 부른다.

"에스파냐 쪽에서 다가오는 엄청난 소음과 함께

번쩍이는 수많은 갑옷과 빛나는 투구들이 보이네!

저자들은 우리 프랑스군을 고통으로 몰아넣을 걸세.

황제 폐하 앞에서 우리를 지명한 가늘롱,

그 배신자, 그 반역자는 이것을 이미 알고 있었네."


"그만하게, 올리비에." 롤랑 경이 대답한다.

"그래도 내 계부일세.

자네에게서 그에 대한 말을 듣고 싶지 않네."[32]


---

31)  원문 "Oliver est desur un pui" 다음에 2음절 단어가 누락되어 있다.

32)  롤랑의 의도를 파악하기가 쉽지 않다. 얼핏 보기에 이 대목에서 롤랑이 올리
비에게 하는 말은, 자신을 후위부대에 지명한 사실에 분노하면서도 아직
가늘롱이 이교도와 결탁하여 자신을 제거하기 위한 배반의 계략을 꾸몄을 거
라고는 의심하지 않고 있으며, 단지 자신의 가문에 대해 나쁘게 말하지 말라
고 경고하는 것처럼도 보인다. 하지만 잠시 후 전투태세로 돌입하는 장면(90

**81**

올리비에가 언덕 위로 올라가니

에스파냐 왕국이 보이고,

엄청난 숫자의 사라센인들이 모습을 드러낸다.

황금 테두리의 보석으로 장식한 그들의 투구와

방패, 그리고 금세공 장식을 박아 넣은[33] 갑옷,

창과 거기에 매달린 깃발들이 햇빛을 받아 빛난다.

부대의 규모를 가늠할 수조차 없다.

수를 셀 수 없을 정도의 병력을 보고

올리비에는 대경실색한다.

그는 가능한 한 빨리 언덕에서 내려와

프랑스 기사들에게 가서는 본 것을 모두 이야기한다.

---

연)에서 롤랑은 가늘롱을 배신자라고 부르며, 배신의 대가로 마르실레에게 재
물까지 받았음을 올리비에에게 상기시킨다. 그렇다면 여기서 롤랑의 말은 가
늘롱의 배신 여부와 상관없이 눈앞에 보이는 규모 정도의 적군쯤은 쉽게 물
리칠 수 있다는 자신감의 표현과 함께 짐짓 의연한 태도를 보이기 위함이라
고 해석하는 편이 오히려 타당해 보인다.

33) 《롤랑의 노래》에 등장하는 기사들의 갑옷을 묘사할 때 여러 곳에서 safret,
safree라는 형용사가 사용된다. 지금까지의 판본들에서는 '노란색', '사프란
색', '금칠을 한', '사프르(청색 유리 또는 사파이어)로 장식한' 등의 의미를 제
시하고 있지만, haubert safré는 금이나 은을 세공하여 장식한 갑옷을 말한다.
텍스트 내에서 특히 갑옷 자락을 언급할 때 이 표현이 자주 사용된다는 점을
감안하면 갑옷 자락 테두리를 금과 은으로 장식한 것으로 이해하는 것이 가
장 타당한 해석일 것으로 생각된다.

**82**

올리비에는 말한다. "이교도들을 보았소.

아무도 그렇게 많은 이교도를 본 적이 없을 거요.

우리 앞으로 십만의 병력이 방패를 들고,

투구를 조여 매고, 번쩍이는 갑옷을 입고,

날이 서 빛나는 창의 손잡이를 세워 잡고 있소.

그대들 모두 전투를 치르게 될 것이오.

지금까지 겪어본 적이 없는 전투를 말이오.

프랑스 기사들이여, 주님께서 그대들에게 힘을 주시길!

우리가 패하지 않도록 자리를 굳게 지키시오!"


프랑스 기사들이 말한다. "도망하는 자에게 저주 있을지어다!

죽는 한이 있어도 아무도 그대 곁을 뜨지 않을 것이오." AOI.


**83**

올리비에가 말한다.

"이교도들은 그 군세가 엄청난데,

우리 프랑스군은 숫자가 터무니없이 모자라네.

내 동료 롤랑 경, 그러니 어서 상아 나팔[34]을 불게.

---

34) 원문 어휘는 olifant이 아닌 cor. 작품 속에서 상아 나팔(olifant)은 롤랑을 상징하며, 오직 롤랑만이 사용한다. 롤랑이 죽은 후 그의 자리를 대신하는 기사가 상아 나팔을 부는 것도 이 상징성 때문이다. 여기서는 압운을 맞추려고 olifan(t) 대신 cor(n)가 사용된 것일 뿐 지칭하는 대상이 상아 나팔임에는 변함이 없다.

샤를 왕께서 상아 나팔 소리를 들으실 테고, 본군이 되돌아올 걸세."[35]

롤랑이 대답한다.

"그런 미친 짓은 하지 않겠네!

그렇게 하면 그리운 프랑스에서 나는 명성을 잃을 것이네.

나는 이제 곧 뒤랑달을 무섭게 휘둘러 싸우겠네.

뒤랑달의 날은 황금 날밑까지 피로 젖을 걸세.

배신자 이교도들이 이 고개에 온 것은 그들의 불행일세.

─────────────

《롤랑의 노래》에서 뿔 나팔(cor)은 지휘관급 기사들이 사용하는 것으로 보인다. 샤를은 지시를 내릴 때 여러 개의 뿔 나팔을 불게 명하고, 국왕기를 드는 조프루아도 뿔 나팔을 사용한다.

우리말 '피리'가 드물게 '속이 빈 대에 구멍을 뚫고 불어서 소리를 내는 악기를 통틀어 이르는 말'의 뜻으로 사용될 수 있으니 '뿔피리'라는 번역이 아예 불가능한 것은 아니다. 하지만 '피리'는 연주 악기를 지칭하는 데에 특화된 어휘이니 군대에서 사용하는 신호 악기임을 보다 강조하기 위해 모두 '나팔'이 포함된 번역어로 옮겼다. 즉, olifant과 이를 대신해 사용된 cor는 모두 '상아 나팔', 그 외의 인물이 사용하는 cor는 '뿔 나팔'이라고 번역했다.

금속제 나팔을 가리키는 graisle(greisle, gresle)와 busine는 구별하지 않고 모두 '나팔'로 옮겼다.

35) 83연부터 85연까지 3연에 걸쳐 올리비에가 롤랑에게 상아 나팔을 불 것을 권하고, 롤랑이 이를 거절하는 장면이 마치 같은 주제를 변주하는 것처럼 조금씩 모양을 달리하며 반복된다. 현대 독자들의 눈에는 얼핏 쓸데없는 반복으로 보일 수도 있겠으나, 중세 프랑스 문학작품, 특히 무훈시에서 결정적인 장면을 묘사할 때 사용되던 기법이다. 상아 나팔을 불라는 올리비에의 제안을 롤랑이 거절함으로써 야기되는 비극적 결말을 생각할 때, 롤랑과 올리비에가 대립하는 이 긴박한 순간은 강조되어야 마땅하고, 반복을 통한 변주는 이를 위한 가장 효과적인 수단이다.

자네에게 장담하건대 그들 모두 죽음을 면치 못할 걸세."

AOI.


## 84

"롤랑 경, 내 동료여, 어서 상아 나팔을 불게!
샤를 왕께서 그 소리를 들으시면 회군해 오실 걸세.
폐하께서 모든 기사와 함께 우리를 구해주실 걸세."


롤랑이 대답한다.
"우리 주 하느님께 맹세컨대
내 잘못으로 부모를 욕되게 하거나
그리운 프랑스의 명예를 떨어뜨릴 수는 없는 일!
나는 뒤랑달을 맹렬히 휘둘러 싸우겠네.
내 허리에 차고 있는 이 애검 뒤랑달 말일세.
칼날이 온통 피범벅이 되는 것을 보게 될 걸세.
배신자 이교도들은 자신들의 불행을 위해 모인 걸세.
자네에게 장담하건대 그들은 모두 죽음을 면치 못할 걸세."

AOI.


## 85

"롤랑, 내 동료여, 어서 자네의 상아 나팔을 불게나.
고갯길을 지나고 계신 샤를 왕께서 그 소리를 들으실 걸세.
장담하건대 프랑스군이 즉시 되돌아올 걸세."

롤랑이 그에게 대답한다. "하느님께 맹세컨대
이 세상 누구도 고작 이교도 따위 때문에
내게 상아 나팔을 불라고 말할 수는 없는 일!
내 부모님은 어떤 비난도 들을 일이 없으실 걸세!
내가 맹렬한 전장 한복판에서
검을 천칠백 번 휘둘러 공격할 때,
자네는 피로 물든 뒤랑달의 강철 칼날을 보게 될 걸세.
프랑스인들은 용감하네. 그들은 기사답게 싸울 걸세.
에스파냐인들은 결코 죽음을 피할 수 없을 걸세."


**86**

올리비에가 말한다.
"이것이 왜 비난받을 일이겠는가?[36]
나는 에스파냐의 사라센인들을 보았네.
골짜기와 산이, 그리고 언덕과 평원 전체가
그들로 뒤덮여 있네.
저 이방 민족의 군대는 엄청난데
우리는 아주 소수의 병력뿐이네."

---

36) 원문 "D'içо ne sai jo blasme"의 içо(이것)를 어떻게 해석하느냐에 따라 두 가
지 의미로 이해할 수 있다. 대명사 içо를 '지금 상황에서 상아 나팔을 불어 본
군이 돌아오게 하는 것'으로 이해할 수도 있지만, '롤랑이 보이는 결전의 의
지'로 보는 것도 가능하다. 후자의 경우, "용감하게 싸우려는 것을 뭐라고 하
는 것이 아니네." 정도의 의미가 된다.

롤랑이 대답한다.

"그렇다면 더욱 전의가 불타오르는군!

우리 주 하느님과 천사들께 맹세컨대

결코 내 잘못으로 프랑스가 가치를 잃어서는 안 되네!

치욕을 감수하느니 죽는 편이 낫네.

황제께서 우리를 아끼시는 것은

바로 우리가 용감하게 싸울 줄 알기 때문일세."


**87**

롤랑은 용맹하고 올리비에는 지혜롭다.[37]

그들 모두 놀라운 용기를 지녔다.

무장을 하고 말에 오르면,

죽음이 두려워 전투를 피하는 일은 없다.

두 장수는 용감하고, 그들이 하는 말에는 자부심이 넘친다.


사악한 이교도들은 무섭게 말을 몰아온다.

---

37) 프랑스 문학 스스로 중세 작품들을 저급하고 가치 없다고 폄하하던 시절에 호메로스의 서사시들과 비교하며 중세 무훈시에 가하던 비판 중 하나가 인물들의 성격 묘사가 절대적으로 부족하거나 아예 결여되어 있다는 것이었다. 《롤랑의 노래》에서도 주인공 롤랑과 올리비에의 성격 묘사는 "롤랑은 용맹하고 올리비에는 지혜롭다."라는 단 한 행으로 요약되어 있다. 하지만 이 하나의 시행이 문학사상 가장 효과적이고 압축적으로 주인공의 성격을 묘사하는 대목 중 하나라는 데에는 이제 누구도 이의를 제기하지 않는다. 합리적 판단을 기반으로 한 올리비에의 지혜와 만용의 다른 이름이라고까지 볼 수 있는 롤랑의 용맹 사이의 대립은 이후 펼쳐질 비극적 결말 전체를 예견하고 또 설명하는 열쇠가 된다.

올리비에가 말한다. "롤랑, 그들이 얼마나 많은지 보게나.

저자들은 이제 우리 곁에까지 왔네.

하지만 샤를 왕께서는 너무 멀리 계시네.

자네는 상아 나팔을 불고 싶어 하지 않았네.

폐하께서 계신다면 우리는 어떤 피해도 보지 않을 걸세.

저 위로 에스파냐 고개 쪽을 보게.

이제 자네도 알겠지만, 우리 후위부대는 위기 상황이네.

오늘 여기에 있는 사람들은 모두 죽을 걸세."[38]


롤랑이 대답한다.

"그런 말도 안 되는 소리 하지 마시게!

가슴속에 겁을 집어먹은 자에게 저주 있을지어다!

우리는 이곳에서 굳게 버틸 것이며,

공격과 전투는 우리가 주도할 걸세."                         AOI.




## ✣ 후위부대의 전투 준비


**88**

전투가 벌어질 것임을 직감하자

---

38) "Ki ceste fait, jamais n'en fera altre": 직역하면 "이 후위부대에 속한 자는 (모두 죽을 것이기 때문에) 다른 후위부대에 속할 수 없을 것이네." 정도의 뜻이다.

롤랑은 사자나 표범보다도 사나워진다.

그는 프랑스 기사들에게 외치고 올리비에를 부른다.
"동료여, 내 친구여, 이제 그 얘기는 그만하시게!
황제 폐하께서 우리에게 프랑스 기사들을 남기실 때,
절대로 비겁하지 않다고 여기시는
이만 명의 정예 병력을 따로 선발하신 것이네.
자신의 주군을 위해서는 큰 고통과
가혹한 추위, 찌는 듯한 더위를 견뎌내고
피와 살을 바쳐야 하는 법이네.
그대의 창을 휘둘러 싸우게. 나는 뒤랑달로 싸우겠네.
폐하께서 친히 내리신 내 애검 말일세.
내가 죽은 다음 뒤랑달을 얻는 자는
고결한 기사의 검이었노라고 [말할 수 있을 걸세]³⁹⁾."

**89**

반대편에 있던 튀르팽 대주교가
말에 박차를 가해 언덕 위로 올라간다.

그는 프랑스 기사들에게 설교하기 시작한다.
"프랑스 기사들이여!

---

39) 필사본의 해당 부분이 불완전한 상태이다. "E purrunt dire"에서 E와 dire는 후
대 교정자에 의해 추가된 것이다.

샤를 황제께서 우리를 이곳에 남기셨소.
폐하를 위해 우리는 기꺼이 죽어야 하오.
그리스도교를 지키도록 힘을 보태시오!
그대들이 곧 전투를 치르게 될 것은 확실하오.
사라센인들이 그대들의 눈에도 보일 테니 말이오.
죄를 뉘우치고 하느님께 자비를 청하시오!
그대들의 영혼을 구원하기 위해 내가 죄를 사하여주겠소.
여기서 죽는다면 그대들은 거룩한 순교자가 될 것이며
지고의 천국에 자리 잡게 될 것이오."

프랑스 기사들은 말에서 내려서 엎드려 고개를 숙이고,
대주교가 하느님의 이름으로 그들을 축복한다.
대주교는 그들에게 보속으로 적을 공격하라고 명한다.

**90**
프랑스 기사들이 다시 일어선다.
그들은 잘못을 용서받고 죄 사함을 얻었다.
대주교는 하느님의 이름으로 그들에게 성호를 긋는다.

프랑스 기사들은 자신들의 날랜 군마 위에 오른다.
그들은 진정한 기사답게 무장을 하고,
모두 전투를 치르기 위한 장비를 갖춘다.

롤랑 경은 올리비에를 부른다.

"이보게, 자네도 잘 알다시피

가늘롱이 우리 모두를 배신했네.

그는 배신의 대가로 금과 재물, 돈을 받았네.

황제께서 틀림없이 우리의 복수를 해주실 걸세.

마르실 왕이 우리의 목숨을 놓고 거래를 했네.

하지만 그자는 검으로서 그 값을 치러야 할 걸세."　　　AOI.


**91**

롤랑은 자신의 준마 베양티프에 올라

그의 용맹한 풍채와 잘 어울리는 무기를 든 채

에스파냐 고개 쪽으로 향한다.


이제 롤랑은 창을 잡고 휘두르며

하늘을 향해 창날을 세워 돌려댄다.

창끝에는 순백색 깃발이 달려 있고,

그 술 장식은 롤랑의 손까지 내려와 펄럭인다.

건장한 체구에 얼굴빛은 밝고 환하다.

그의 동료 올리비에가 그 뒤를 따르고,

프랑스 기사들은 그를 자신들의 보호자로 여긴다.

사라센인들을 보는 롤랑의 눈길에는 사나움이 가득하지만,

프랑스인들을 향하는 그의 눈에는 겸손과 애정이 넘친다.

롤랑은 그들에게 정중히 말한다.

"경들은 너무 서두르지 말고 속도를 늦추시오.

저 이교도들은 몰살당하고 싶어 애쓰는 자들이오.

오늘 우리는 훌륭하고 풍족한 전리품을 얻을 것이오.

프랑스의 어느 왕도 이보다 더 값진 전리품을 얻은 적이 없소."

이 말이 끝나자 양쪽 군대가 맞부딪친다.                    AOI.


**92**

올리비에가 말한다.

"이제 아무 말도 필요 없을 것 같네.

자네가 상아 나팔을 불고 싶어 하지 않았으니,

샤를 폐하께서는 오시지 않을 걸세.

용맹한 황제께서는 아무것도 모르시니 그분의 잘못은 아니네.

황제가 계신 곳에 함께 있는 사람들도 비난받을 이유가 없네.

자, 모두 전력을 다해 말을 달리시오!

프랑스의 기사들이여, 물러서지 마시오!

하느님의 이름으로 청하노니 힘껏 쳐부수고

맞받아치는 일에 전력을 기울이시오!

샤를 왕의 전쟁 함성도 잊어서는 아니 되오!"

이 말에 프랑스 기사들은 함성을 지른다.

'몽주아'[40]를 외치는 그들의 함성을 들으면

---

40) 샤를마뉴 군대의 전쟁 함성이자 국왕기의 이름. 직전 행의 '샤를 왕의 전쟁

용맹이라는 것이 무엇인지를 기억할 수 있으리라.

그러고는 말을 달린다.

하느님! 얼마나 사나운 기세입니까!

있는 힘껏 박차를 가해 전속력으로 돌진하며

공격을 시작한다. 달리 무엇을 할 수 있겠는가?


사라센인들도 그들을 두려워하지 않는다.

프랑스 기사들과 사라센인들 사이에 드디어 전투가 시작된다.

---

'함성'도 l'enseigne Carle에 대한 번역인데, enseigne는 '함성'과 '깃발' 두 가지 의미를 다 가지고 있는 어휘다.

'몽주아(Munjoie)'의 기원과 의미는 여전히 불확실한 채 남아 있다. 나라를 지킨다는 뜻의 게르만어 *mund-gawi에서 비롯되어 '나라를 지키기 위해 감시 초소가 세워진 높은 언덕'을 의미한다는 가설과, 여기에 성 드니(Saint Denis)가 순교한 언덕과 연결해 '환희의 언덕(mont de la joie)'을 뜻하는 것으로 보는 견해가 있다. 또는 어원을 라틴어 meum gaudium(나의 기쁨, 환희)이 프랑스어화된 형태로 보기도 한다. 필사본들에서 발견되는 초기 형태가 Montjoie가 아니라 모두 Monjoie인 점을 감안하면 '언덕'이라는 뜻의 mont보다는 소유형용사 mon으로 보는 쪽이 타당한 듯도 하다. 더구나 샤를마뉴의 검 이름이 '주아이외즈'(Joyeuse: 검 이름에 대한 설명은 183연 주석 참조)라는 점에서 meum gaudium을 어원으로 보는 견해가 좀 더 설득력을 얻는 것으로 여겨진다.

프랑스 왕이 성 드니 수도원의 신하 자격으로, 즉 벡생 백작(comte du Vexin)으로 전투에 임할 때는 '몽주아 생드니(Monjoie Saint-Denis)'라는 함성을 사용했다.

# ✣ 전투 초반을 장악하는 프랑스군

**93**

마르실 왕의 조카 아엘롯이

부대의 최선두에 서서 말을 달린다.

우리 프랑스 기사들에게 모욕적인 말을 퍼붓는다.

"배신자 프랑스 놈들아!

오늘 너희는 우리와 겨룰 것이다.

너희를 보호해야 할 자가 네놈들을 배반했다.

고개에 너희를 남겨놓은 왕은 어리석은 자이다!

바로 오늘 그리운 프랑스[41]는 명예를 잃을 것이고,

샤를마뉴는 자신의 오른팔을 잃을 것이다."


이 말을 들었을 때, 하느님, 롤랑은 얼마나 괴로웠던가!

롤랑은 말에 박차를 가해 전속력으로 돌진해서는

온 힘을 다해 상대에게 창을 꽂는다.

방패를 부수고, 갑옷을 찢고,

가슴에 창날을 박아 뼈를 부수고

등뼈를 통째로 몸통에서 분리해버리니

---

41) 앞에서도 보았듯이 이교도들은 프랑스군 입장에서 사용하는 표현을 그대로 가져다 쓴다. 여기서 '그리운(dulce)'이라는 말은 아무 의미도 없다고 말할 수 있다. 프랑스는 곧 '그리운 프랑스'이기 때문에 이교도들도 그렇게 말하는 것 뿐이다.

몸에서 영혼이 빠져나간다.

창날을 박아 넣으며 몸을 뒤흔들어놓고[42],

창대 전체를 깊숙이 박아 그를 죽여 말에서 쓰러뜨린다.

롤랑이 그의 목뼈를 두 쪽으로 부숴버린 것이다.

그러고는 그에게 말하기를 잊지 않는다.

"돼먹지 못한 놈, 샤를 황제를 어리석다고 하다니!

결코 배반을 용납하실 분이 아니다.

그분이 우리를 고개에 남기신 것은 정당한 일이었다.

오늘 그리운 프랑스는 명예를 잃지 않을 것이다!


프랑스 기사들이여, 공격하라!

먼저 공격하는 영예는 우리의 것이다![43]

우리가 정의의 편이며 저 더러운 놈들은 악의 편이다."　AOI.


**94**

팔사롱이라는 이름의 장수는

마르실 왕의 동생으로

다탕과 아비롱[44] 땅을 다스린다.

---

42)  기사들이 말을 달려 창으로 공격을 가할 때 일관되게 사용되는 표현으로, 타
격으로 몸이 흔들린다는 정도의 뜻이 아니라 창을 꽂아 넣으면서 창대를 강
하게 뒤흔들어 좀 더 큰 충격을 가하는 공격 방법을 묘사한다.

43)  전투에서 가장 먼저 공격하는 것(li premers colps)은 영예나 특권으로 간주된
다.

하늘 아래 그보다 더 냉혹한 배신자는 없다.
두 눈 사이가 하도 넓어서
반 피에[45]는 족히 될 정도이다.

조카가 죽는 것을 보자 고통이 그를 짓누른다.
무리에서 뛰어나와 공격에 맞서며
이교도들의 전쟁 함성을 질러댄다.
프랑스 기사들에게 그는 매우 무례하게 외친다.

"오늘 그리운 프랑스는 명예를 잃을 것이다!"
이 말을 듣자 올리비에가 격분하여
금박 입힌 박차를 가해 말을 달리더니
진정한 기사답게 그를 후려친다.
그의 방패를 부수고, 갑옷을 찢고,
창에 달린 깃발 자락까지 그의 몸속에 꽂아 넣는다.
창대 전체를 깊숙이 박아 그를 죽여 안장에서 떨어뜨린다.

그는 땅에 뻗어 있는 그 불한당을 내려다보며
격하게 나무란다. "가련한 놈,

---

44) Dathan, Abiron(Dathun, Balbiun), 필사본상의 원문은 '다통과 발비옹(Dathun e Balbiun)'. 베디에 판본은 《구약성서》 〈민수기〉 16장을 근거로 '다탕과 아비롱(Dathan e Abirun)'으로 수정했다. 쇼트 판본을 제외한 다른 대역 판본들에서는 원문 표기를 유지하되 현대 프랑스어 번역에서는 베디에의 수정을 따른다.

45) 길이의 단위. '피에(pied, 발)'는 영어 '피트'와 같은 뜻이다.

네놈의 위협 따위는 개의치 않는다.

프랑스 기사들이여, 공격하시오!
우리는 완전한 승리를 거둘 것이오!"

그는 샤를 황제의 전쟁 함성인 '몽주아'를 외친다.　　　AOI.

## 95

코르살리스[46]라는 이름의 왕이 있다.
먼 나라에서 온 베르베르인이다.

그는 다른 사라센인들을 부르며 외친다.
"우리는 이 전투를 감당해낼 수 있소.
프랑스인들의 숫자가 매우 적기 때문이오.
저쪽 편 놈들은 우리가 무시해 마땅하오.
샤를은 저들 중 누구도 구하지 못할 것이오.
오늘은 저들이 죽어야 하는 날이오."

튀르팽 대주교가 그의 말을 듣는다.
하늘 아래 이자보다 대주교가 더 증오하는 사람은 없다.
그는 순금으로 된 박차를 가해 말을 몰아

---

46) 원문에는 '코르사블리스(Corsablix)'. 71연에 등장하는 '코르살리스(Corsalis)'
　　와 동일 인물로 처음 등장한 이름으로 통일해 표기했다.

엄청난 힘으로 그를 공격한다.

방패를 부수고, 갑옷을 찢고,

장창을 깊숙이 찔러 몸을 관통해버린다.

창날을 꽂아 넣고 이미 죽은 몸을 뒤흔든다.

창대 전체를 깊숙이 박아 그가 오던 길 위로 떨어뜨린다.[47]

고개를 돌려 그 불한당이 뻗어 있는 것을 보고는

대주교가 그에게 말하기를 잊지 않는다.

"가련한 이교도, 네놈이 한 말은 거짓이다.

내 주군 샤를 황제께서는 여전히 우리의 보호자이시다.

우리 프랑스군은 도망할 생각이 없다.

너희 족속들을 우리는 단호히 막아낼 것이다.

한 가지 알려주마. 너희는 죽음의 고통을 겪을 것이다!

프랑스 기사들이여, 공격하시오! 공격을 늦추지 마시오!

하느님의 가호가 있어 첫 공격의 영예는 우리의 것이오!"

그는 물러서지 않으려 '몽주아'를 외친다.

---

47) 튀르팽 대주교는 단순한 종군 사제가 아니라 성직자이면서 뛰어난 기사이기
도 하다. 십자군 원정 당시의 성전기사단(Ordre du Temple) 등 수도사 기사
단들의 사례에서 보듯이, 수도사 또는 사제의 직분과 기사의 신분이 양립 불
가능한 것은 아니었다.

**96**

제랭[48]은 브리갈의 말프리미스를 공격한다.

그 좋은 방패가 한 푼[49]의 값어치도 하지 못한다.

수정 장식이 박힌 방패의 중앙을 부수니

방패 반쪽이 땅에 떨어진다.

쇠사슬 갑옷과 함께 살가지 찢어지고,

제랭의 무서운 창이 몸속으로 들어가 박힌다.

이교도는 그대로 고꾸라져 땅에 떨어진다.

그의 영혼은 사탄이 빼앗아간다.                    AOI.


**97**

제랭의 동료 제리에는 아미라플을 공격한다.

방패를 부수고, 갑옷의 사슬고리들을 끊어버린다.

그의 강력한 창을 심장에 꽂고

거칠게 쑤셔 넣으니 창날이 몸을 뚫고 나간다.

창대 전체를 밀어 넣어 그를 죽여 떨어뜨린다.


---

48)  필사본상으로는 '앙줄리에(Engelers)'. 앙줄리에는 100연에 등장하고, 제랭은
     바로 뒤 97연의 제리에와 항상 함께 거론되므로 '제랭'으로 바로잡아야 한다.
     번역에 참고한 모든 판본의 편자들도 같은 의견이다.

49)  원문의 화폐 단위는 '드니에'. 드니에의 가치는 지역과 시기에 따라 달라지나
     가장 낮은 가치의 주화를 지칭한다. 《롤랑의 노래》에서 드니에는 구체적인
     주화로서보다는 부정문에서 valoir 동사와 함께 전혀 가치가 없는 대상을 언
     급할 때 주로 사용된다.

올리비에가 말한다. "우리의 싸움 매우 훌륭하도다!"

## 98

상송 공은 알마수르를 공격하여
금과 꽃무늬로 장식한 그의 방패를 부순다.
그 튼튼한 사슬 갑옷도 그를 보호하지 못한다.
심장과 간, 허파를 베어
누가 슬퍼하든 말든 그를 죽여 쓰러뜨린다.

대주교가 말한다. "기사다운 공격이로다!"

## 99

앙세이가 전속력으로 말을 달려
토르틀로즈의 튀르지스를 공격한다.
방패 중앙의 금박 입힌 부위를 찔러 부수고,
이중으로 된 사슬 갑옷을 찢어버린다.
창날로 몸뚱이를 찌르고는
힘을 주어 쑤셔 박으니 창날이 몸통을 뚫고 나간다.
창대 전체를 밀어 넣어 그를 죽여 떨어뜨린다.

롤랑이 말한다. "용맹한 기사의 공격이로다!"

## 100

이번에는 보르도<sup>50)</sup> 출신 가스코뉴인 앙줄리에가

고삐를 늦추고 박차를 가해서 말을 달려서는

발테른의 에스크레미스를 공격한다.

목에 건 방패를 부숴 박살 내고[51],

사슬 갑옷의 목 부분[52]을 찢어버린다.

쇄골 사이로 가슴 한복판에 창을 꽂더니

창대 전체를 박아 넣어 안장에서 죽여 떨어뜨린다.

그러고는 말한다. "네놈은 파멸할 운명이로다!"              AOI.


**101**

오통은 에스토르강이라는 이교도를 공격한다.

방패 상단을 가격하여

진홍색과 백색 무늬를 갈라버린다.

쇠사슬로 만든 갑옷 자락을 찢고[53]

---

50)  Bordeaux(Burdele), 프랑스 서남부, 가론강 서쪽 연안에 있는 항구 도시.

51)  중세 기사들의 방패에는 목에 걸 수 있는 끈이 달려 있다. 먼저 방패를 목에
     걸고, 왼쪽 팔뚝에 방패를 고정한 후 손잡이를 잡는다.

52)  원문에 사용된 어휘 ventaille는 사슬 두건 안면부의 턱과 양쪽 볼 부분을 부
     분적으로 가려주고, 사슬 두건이 안면에 정확하게 고정되게 해주던 장비다.
     속을 댄 가죽이나 철판으로 제작했을 것으로 추측된다. 13세기 이후 사용되
     는 얼굴 전체를 가리는 형태의 투구에서는 안면부 하단의 통풍구를 가리키는
     의미로 주로 사용되었다. 여기서는 정확히 이 안면부 하단을 가린다기보다
     는 사슬 두건 아래 튜닉 모양의 사슬 갑옷 상단, 즉 목과 가슴 부위를 말하는
     것으로 이해해야 다음 행의 내용과 이어진다.

53)  말을 달려 창으로 상대 기사를 공격할 때 방패를 부순 후 갑옷 자락을 찢는다
     는 표현이 자주 나온다. 말 위에 다리를 벌리고 앉을 때 방해가 되지 않도록
     사슬 갑옷 아래쪽을 앞뒤로 절개해놓는데, 그 양쪽 자락을 pans이라고 부른

몸속에 그의 강하고 예리한 창을 박아

달리는 말 위에서 그를 죽여 떨어뜨린다.

그러고는 말한다. "네놈을 구해줄 자 아무도 없을 것이다!"


**102**

베랑제는 에스트라마리트[54)]를 공격한다.

방패를 깨고, 사슬 갑옷을 찢는다.

그의 강한 창[55)]을 몸통에 찔러 넣어

천 명의 사라센군 시체 가운데 죽여 쓰러뜨린다.[56)]


이교도 '십이 기사' 중 열 명이 죽었다.

이제 두 명만이 살아남았으니

마르가리트와 셰르뉘블뿐이다.

---

다. 방패 상단을 공격했는데 허리 아래의 갑옷 자락이 찢어져 나간다는 말은
그만큼 공격의 강도가 세서 갑옷 전체가 부서져버린다는 뜻이다.

54) 필사본상으로는 '아스트라마리트(Astramariz)'. 76연에 나오는 이름 '에스트
라마리트'로 통일해 표기함.

55) 필사본상으로는 '방패(escut)'로 잘못 표기되어 있으며, 모든 판본이 '창
(espiet)'으로 교정해놓았다.

56) 롤랑을 시작으로 프랑스 기사들의 공격을 단조롭다고 말할 수 있을 정도로 동
일한 형식을 사용해 묘사하고 있다. 중세 무훈시 청중들이 특별히 좋아하던 기
술 방식이었다고 하는데, 오늘날의 스포츠 방송에서 스타급 선수들의 개인 활
약을 하이라이트로 모아 보여주는 것과 비슷한 효과를 나타낸다고 이해할 수
있다.

**중세 기사들이 사용하던 방패**

기사들이 사용하던 방패는 지역과 시대에 따라 모양이 달라지지만, 11세기의 방패
는 아래로 갈수록 좁아지는 길쭉한 모양이 일반적이었다. 사슬 갑옷의 방어력이 충
분하지 않아 말 위에서 온몸을 보호하기 적당한 형태였다. 판금 갑옷이 일반화된
13세기부터는 길이가 줄어든 문장 모양의 방패가 사용된다. 어느 경우든 목에 걸
수 있는 끈과 팔뚝을 고정할 수 있는 손잡이가 달려 있다. Eugène Viollet-Le-Duc,
*Dictionnaire des armes offensives et défensives* (DECOOPMAN, 2014), p.265.

**103**

마르가리트는 매우 훌륭한 기사로,

잘생긴 외모에 강하고 빠르며 민첩하다.

그는 박차를 가해 달려가 올리비에를 공격한다.

순금으로 장식된 방패 중앙이 부서지고,

창날이 올리비에의 옆구리를 스쳐 지나간다.

다행히도 창이 올리비에의 몸에 닿지는 않는다.

창 자루는 부러지고 아무도 쓰러뜨리지 못한다.

마르가리트[57]는 방해받지 않고 그대로 지나쳐

자기 편을 모으려고 나팔을 분다.


**104**

맹렬한 전투가 사방에서 전개된다.

롤랑 경은 위험을 피하지 않는다.

그는 창대가 버틸 때까지 창으로 가격한다.

열다섯 번의 공격 끝에 창은 부러져 망가진다.

그는 애검 뒤랑달을 뽑아 든다.

박차를 가해 말을 달려 셰르뉘블을 내려친다.

석류석 장식이 번쩍이는 투구를 부수고,

머리[58]와 머리털을 가르고,

---

57) 이 장면 이후로 마르가리트는 다시 언급되지 않는다. 작가가 이 인물의 처리를 잊은 탓일 가능성이 크기는 하지만 어찌 됐든 이교도판 십이 기사 중 유일한 생존자라고 할 수 있다.

눈 사이로 얼굴을 반으로 쪼개더니,

촘촘한 사슬로 만든 흰 갑옷[59]과

몸통 전체를 가랑이까지 베어버린다.

검은 금장식을 박은 안장을 가르고

말의 몸까지 베어 내려가더니 관절이 아닌 부분으로[60]

등뼈까지 두 동강을 내어버린다.[61]


롤랑은 상대를 무성하게 풀이 자란 평원에 떨구어버리고는 말한다.

58) 필사본상에 적혀 있는 단어는 '몸통(cors)'이지만 베디에와 무아네 판본을 제외한 모든 판본이 '머리(chef)'로 수정하고 있다. 무아네 역시 '몸통'이 아닌 '머리'가 나올 자리라고 주석을 달고 있다. 사실 머리부터 가랑이까지 반으로 쪼개버리는 상황이므로 어느 쪽을 택하더라도 의미는 변하지 않는다. 하지만 해당 어휘 바로 다음에 '머리털', '눈 사이', '얼굴'이 따라 나오므로 '머리'로 수정해 옮기는 것이 타당할 것이다.

59) 작가는 기사들의 갑옷에 대해 '흰(blanc)'이라는 수식어를 자주 사용한다. 흰색 칠을 했다는 말이 아니라 갑옷의 품질이 우수하고 잘 관리되어 빛을 반사한다는 의미다(172연에서 롤랑이 애검 뒤랑달의 칼날이 빛난다고 말할 때도 blanche를 사용한다). 햇빛 아래 진군하는 부대의 위용을 묘사하거나 말을 타고 질주하는 기사를 그리는 장면 등에서는 주로 '빛나는', '번쩍이는'으로 옮겼지만, 그럴 필요가 없는 대목에서는 원문 어휘의 의미를 그대로 살려 '흰 갑옷'으로 번역한다.

60) 원문을 직역하면 "등뼈에서 관절을 찾으려 하지 않았다." 정도로 옮길 수 있다. 즉, 검으로 자르기 쉬운 연골로 된 관절 부분이 아니라 단단한 뼈를 베어버렸다는 뜻으로, 롤랑이 휘두른 검의 위력을 나타내기 위한 표현이다.

61) 단 한 번 검을 내리쳐 이 정도의 위력을 보일 수 있는 기사는 롤랑과 올리비에뿐이다. 이어지는 전투 장면들에서 다른 기사들의 검 공격과 비교해보는 것도 흥미로운 일이다.

"더러운 놈, 네가 여기에 온 것이 네게는 불행이었도다!
네놈은 마호메트에게서 어떤 도움도 얻지 못할 것이다.
너 같은 악당이 오늘 전투에서 승리하지는 못하리라!"

**105**

롤랑 경은 전장 한복판으로 말을 달린다.
손에는 무엇이든 자르고 베어버리는 뒤랑달을 쥐고
사라센인들을 무자비하게 살육한다.

롤랑 경이 그들을 죽여 넘겨 시체가 쌓이는 것과
그 자리에 넘쳐흐르던 선혈을 여러분이 보실 수 있다면!

그의 갑옷과 두 팔은 피로 물들고
군마의 목둘레와 어깨도 온통 피에 젖는다.

올리비에도 뒤지지 않고 공격한다.
십이 기사도 비난받을 여지를 남기지 않는다.
프랑스 기사들 또한 적을 치고 베어 넘긴다.
이교도들은 죽어 나가고, 기절하는 자도 있다.

대주교가 말한다. "우리 기사들에게 축복 있을지어다!"
그는 샤를 왕의 전쟁 함성 '몽주아'를 외친다.                AOI.

**106**

올리비에가 혼전 한복판으로 말을 달린다.

그의 창은 부러져 동강 난 창대만 남아 있다.

그가 말사롱[62]이라는 이교도를 후려치자

금과 꽃문양으로 장식된 방패가 부서지고,

머리에서 두 눈이 튀어나온다.

그리고 골이 터져 나와 발까지 쏟아진다.

올리비에는 그를 죽여 칠백 명의 이교도 시체 사이로 쓰러뜨린다.

그러고 나서는 튀르지스[63]와 에스튀르고트[64]를 죽인다.

그의 토막 난 창은 다시 손잡이 부분까지 부서져 나간다.


롤랑이 말한다.

"이보게, 지금 무엇을 하는 건가?

이런 전투에서 몽둥이는 필요 없지 않은가?

---

62)  필사본상으로는 이 이교도 인물의 이름이 Mal까지만 적혀 있고 후대의 교
      정자가 뒤에 -un을 추가해놓았다. 베디에는 Malun을 그대로 유지하지만, 시
      행의 음절이 하나 모자라게 된다. 뒤푸르네를 제외한 이후의 편자들은 모두
      Malsarun으로 교정해 음절 수의 문제를 해결하고 있다.

63)  99연에서 앙세이가 이미 죽인 이교도와 같은 이름이다. 동명이인이 아니라면
      작가가 인물 운영상의 실수를 범한 것으로 보인다.

64)  바로 앞에 언급된 튀르지스가 99연에서 이미 죽은 이교도의 이름이라는 점
      에서 에스튀르고트 역시 101연의 에스토르강과 동일 인물일 가능성이 있다.
      원문 철자는 Esturguz로 '에스토르고트'로 읽는 것도 가능하다. 어말 -z의 음
      가에 대해서는 76연 주석 참조.

쓸모 있는 것은 쇠와 강철뿐일세.

오트클레르[65]라고 불리는 자네의 검은 어디에 있나?

황금 날밑과 수정 두구가 달린 자네의 애검 말일세."


"검을 뽑을 겨를이 없었네." 올리비에가 대답한다.

"하도 바쁘게 싸우다 보니 말일세!"                    AOI.


**107**

동료 롤랑이 그토록 청했던

애검을 뽑아 든 올리비에 경은

롤랑 앞에서 진정한 기사답게 검을 휘둘러 보인다.

발 페레[66]의 쥐스탱이라는 이교도를 내려쳐

머리를 완전히 반으로 쪼개고

몸통과 금세공 장식을 박은 갑옷[67]을 가른 후,

황금 테두리의 보석으로 장식된 멋진 안장과

말의 등뼈까지 잘라버린다.[68]

이교도와 말을 함께 죽여 자신 앞의 풀밭에 쓰러뜨린다.


---

65) 올리비에의 검 오트클레르(Hauteclaire)의 의미는 두 가지로 해석할 수 있다. '길고 빛나는 검'이라는 뜻으로 볼 수도 있고, '(소리가) 높고 맑게 울리는 검'이라고 이해하는 것도 가능하다.

66) (Val Ferree), 미상의 이교도 지명.

67) 이 시행의 bronie(broigne)는 엄밀히 말해 통상적인 사슬 갑옷이 아니라 가죽 위에 금속판과 사슬고리들을 덮은 형태(bronie)의 것을 말한다. 하지만 작품 속에서 두 종류의 갑옷은 사실상 동의어로 사용된다.

롤랑이 말한다. "형제여, 이제야 자네를 알아보겠네.

황제께서는 바로 그런 공격 때문에 우리를 아끼시는 걸세."


사방에서 "몽주아!" 함성이 울려 퍼진다.                    AOI.


**108**

제랭 경은 소렐이라는 말을 타고,

그의 동료 제리에는 파스세르에 올라 있다.

그들은 고삐를 늦추고 전력으로 박차를 가해

티모젤이라는 이교도를 공격한다.

한 명은 방패, 다른 한 명은 갑옷 위를 타격한다.

두 자루의 창은 적의 몸 안에서 부러지고,

창에 맞은 적은 휴경 중인 밭[69] 한가운데로 떨어져 죽는다.

두 사람의 창 중 어느 것이 더 빨랐는지는

듣지도 못했고, 알 수도 없는 일이다.


뷔르델의 아들 에스프리에리스[70]는

---

68) 104연에서 보여준 롤랑의 검 공격과 완전히 일치한다. 작품 속에서 롤랑과 올리비에의 무예는 우열을 가릴 수 없는 것으로 그려진다.

69) 롱스보 고원에 휴한지(guaret)가 있을 가능성은 희박해 보인다. 압운 위치에 어울리는 단어를 사용하기 위함이었다고 분석할 수 있으며 '들판' 정도의 뜻으로 이해해도 무방하다.

70) 필사본상의 첫 단어를 읽을 수 없고, 시행의 나머지 부분도 제대로 판독이 되지 않는다. '에스프리에리스(Esprieris)'는 베디에가 추측한 고유명사이다. 베디에는 또한 이 시행 바로 다음에 다른 시행 하나가 누락된 것으로 생각한다.

[보르도의 앙줄리에가 죽인 자이다.]

대주교는 시글로렐을 죽인다.

그자는 벌써 지옥에 가본 적이 있는 마법사이다.

유피테르가 마술을 부려 지옥에까지 데려갔던 일이 있다.[71]

튀르팽이 말한다. "이자는 우리에게 해악을 끼치던 놈이로다!"

롤랑이 대답한다. "그 더러운 놈은 결국 패배했군요!

올리비에, 내 형제여, 이것이 내가 좋아하는 공격일세!"

---

현대 판본들이 선택한 "보르도의 앙줄리에가 죽인 자이다."라는 시행도 베디
에가 제안한 것이다. 세그레는 첫 시행 마지막의 '뷔렐(Burel)'이 다음 행의
'뷔르델(Burdel, 보르도)'과 혼동을 일으켜 한 행으로 줄어든 것으로 분석한
다(Esperveris, icil fut filz Burel/Celui ocist Engelers de Burdel). 이처럼 같은
단어 또는 비슷한 형태 둘을 혼동하여 두 단어 사이의 텍스트를 누락시키고
적는 실수(saut du même au même)를 필사자들이 종종 범하는 것은 사실이
나,《롤랑의 노래》이 대목에서 그와 같은 실수가 일어났는지는 순전한 추측
의 영역이다.

71)  중세 문학작품 속의 이슬람교는 오히려 그리스·로마 신화를 닮아 있다. 다신
    교와 우상숭배는 물론이고 그리스·로마 신화의 신들이 이슬람교의 신으로 직
    접 등장하기도 한다. 중세 후기에 해당하는 15세기 문학에서도 사정은 변하
    지 않아 성사극에서도 이슬람교는 동일한 방식으로 묘사된다. 예를 들어 15
    세기 작품인《성 바바라극(Mystère de sainte Barbe)》에는 이교도 교리를 반박
    하는 장면에서 유피테르의 여성 편력을 비판하는 대목이 등장한다.

## ✢ 수적 열세에 몰리는 프랑스군

**109**

그러는 사이에 전투는 더욱 치열해진다.

프랑스군과 이교도들은 서로 무섭게 공격을 주고받는다.

한쪽에서 공격하면 상대 쪽에서는 방어한다.


얼마나 많은 창이 부러지고 피로 물드는가!

얼마나 많은 깃발과 군기가 찢어지는가!

목숨을 잃은 프랑스의 용맹한 젊은 기사들은 또 얼마나 많은가!

그들은 어머니도, 아내도, 고갯길 끝에서 그들을 기다리는

프랑스 기사들도 다시 보지 못할 것이다.                    AOI.

샤를마뉴는 그들의 죽음을 슬퍼하고 탄식하겠지만,

그것이 무슨 소용이 있으랴! 그들은 끝내 구조받지 못할 테니!

사라고사로 동족을 배신하러 갔던 날,

가늘롱은 황제에게 큰 불충을 저지른 것이다.

그로 인해 가늘롱은 목숨과 사지를 잃게 되리라.

엑스의 재판에서 가늘롱은 교수형 판결을 받고[72],

죽으리라고는 생각조차 하지 못한 친척 서른 명도

그와 함께 죽음을 맞게 될 것이다.                    AOI.

---

72) 가늘롱은 교수형이 아니라 바로 앞 행에서 말한 대로 거열형에 처해진다. 교
수형 판결을 받는다는 표현은 다음 행에 나오는 서른 명의 친척에 대한 처분
과 관련된 것이다.

**110**

전투는 치열하고 고통스럽다.

올리비에와 롤랑은 전력을 다해 싸우고,

대주교 역시 천 번이 넘게 적을 공격한다.

십이 기사도 이에 뒤지지 않는다.

프랑스 기사들도 모두 함께 적을 공격한다.

이교도들이 수천 수백씩 죽어 나간다.

도망하지 않는 자는 죽음을 피할 길이 없고,

자신의 의지와는 상관없이 목숨을 잃는다.

프랑스군도 가장 훌륭한 방어자들을 잃는다.

그들은 아버지도, 가족도,

고갯길 끝에서 기다리는 샤를마뉴도

다시 보지 못할 것이다.


프랑스에는 어마어마한 폭풍우가 몰아닥친다.

천둥과 강풍을 동반한 폭풍우에,

유례를 찾을 수 없는 비와 우박이 쏟아지고,

거센 벼락이 끊임없이 떨어진다.


사실을 말하자면 지진이 일어난 것이다.

생 미셸 드 페릴에서 상스까지,

브장송에서 비상 항구까지[73)]

벽이 갈라지지 않은 집이 없다.

한낮임에도 칠흑 같은 어둠이 깔리고,

〈롱스보의 롤랑(Roland à Roncevaux)〉, 귀스타브 도레, 19세기

번개가 하늘을 가를 때에만 빛이 보인다.

이를 보고 겁에 질리지 않는 사람이 없다.

여러 사람이 말한다. "종말이 온 것이야.

우리는 세상의 종말을 보고 있어."

그들은 모르고 있다. 그들의 말은 사실이 아니다.

이런 현상은 롤랑의 죽음을 애도하는 것일 뿐이다.[74]

**111**

프랑스 기사들은 전심전력으로 싸운다.

이교도들은 수천 명씩 떼죽음을 당하고

십만이던 이교도 가운데 단 두 명도 살아남지 못한다.

대주교가 말한다.

---

73)  지명 네 곳 가운데 Seinz가 어디인지를 확실하게 알 수 없다. 판본에 따라
     Saints, Sens, Xanten 등 후보를 제시하고 있는데, 무아녜가 추측하는 '상스
     (Sens)'가 가장 합리적이라고 판단해 번역에 사용했다. 노르망디의 몽생미셸
     (성 미셸 뒤 페릴, 10연 주석 참조), 부르고뉴의 상스, 브장송, 비상(Guistand:
     현대식 표기는 Wissant) 항구를 이으면 대략적으로 카롤링왕조 시대의 프랑
     크 왕국 서부지역(Neustrie)과 일치한다.

74)  109연에서 작품의 결말을 예고한 것과 마찬가지로 시인은 영웅의 죽음을 상
     징하는 기상현상을 통해 롤랑의 죽음을 예고하고 있다. 시인의 예고를 통해
     청중들은 롤랑이 죽는다는 사실을 알게 되지만, 작품 속의 인물들은 그 사실
     을 알지 못한다. 결과적으로 롤랑의 죽음이 하나의 숙명으로 받아들여지는
     효과가 발생하며, 청중들은 시인이 제시한 테두리 안에서 이 숙명의 완성을
     경험하게 된다.

"우리 군사들은 대단히 용감하도다!

이들보다 훌륭한 군사를 거느린 사람은 하늘 아래 없노라!

《프랑크족 연대기》[75]에도 보면

우리 황제께서는 훌륭한 신하들을 거느리셨다고 쓰여 있노라!"[76]

---

75)  《롤랑의 노래》안에서 시인이 여러 차례 권위 있는 역사적 근거로 제시하는 《프랑크족 연대기(Gesta Francorum)》는 실체를 알 수 없는 기록이다. 시인의 순전한 상상일 수도 있고, 지금은 사라져버렸으나 실제로 존재했던 기록일 가능성도 있다.

76)  문맥과 행의 의미에 괴리가 있다. "이들보다 훌륭한 군사를 거느린 사람은 하늘 아래 없노라!"라는 직전 행에 대한 권위 있는 근거로《프랑크족 연대기》를 인용하고 있으므로 동일한 내용이 나와야 하지만, 필사본의 문장은 "우리 황제는 용맹한 분이라고(Que vassals est li nostre empereür)"이다. 베디에는 의미가 이어지지 않는다는 점을 인정하고 해당 행을 번역하지 않은 채 말줄임표[……]로 남겨놓았고, 무아네 판본은 필사본 문장의 의미를 그대로 유지하면서 시행에 문제가 있음을 밝히고 있다. 뒤푸르네의 경우, 옥스퍼드 필사본의 문장을 유지하면서도 현대어 번역에서는 이 부분을 "우리 황제께서는 훌륭한 신하들을 거느리셨다."라고 원문과 다르게 옮기고 있다. 반면에 세그레와 쇼트 판본은 후대의 필사본들을 참고하여 문맥에 맞게 "Que bons vassals out nostre empreür."로 수정하고 있다. 문맥상 세그레의 수정에 정당성이 부여되기는 하지만, 문제는《롤랑의 노래》에서 vassal이라는 어휘가 '신하'가 아닌 '용맹한' 또는 '용맹한 기사'라는 뜻으로만 사용되고 있다는 점이다(베디에 주석판 내에 수록된 뤼시앵 풀레Lucien Foulet 어휘집 참조). 어떤 면에서는 "우리 황제께서는 용맹한 분이시며, (훌륭한 신하들을 거느리셨다고)《프랑크족 연대기》에도 쓰여 있다." 정도로 괄호 속의 한 행이 누락되었다고 보는 편이 옳을 수도 있다.

한국어 번역본 중 하나가 닫는 따옴표의 위치에 필사자의 실수가 있을 것으로 추정하여, '하늘 아래 없노라!' 다음에 따옴표를 닫고《프랑크족 연대기》에도' 이하를 작가의 개입으로 볼 것을 제안하고 있지만, 따옴표의 위치를 옮긴다고 문맥 의미의 불일치 문제가 해결되지는 않는다. 더구나 필사본상에는 어차피 따옴표가 존재하지 않는다.

프랑스군은 전장을 뒤지며 동료들의 시신을 찾는다.

그들은 고통과 연민으로 눈물을 쏟고

동료들의 부모를 위해 동정과 우애의 눈물을 흘린다.


마르실 왕이 대군을 이끌고 그들 앞에 나타난다.　　　AOI.


**112**

마르실은 계곡을 따라

자신이 소집한 엄청난 대부대를 몰아온다.

마르실의 군대는 스무 개의 부대로 구성되어 있다.

금테 두른 보석 장식이 달린 투구와 방패,

금세공 장식이 박힌 갑옷이 햇빛을 받아 빛난다.

칠천 개의 나팔이 공격 신호를 보내니

엄청난 소음이 사방을 뒤덮는다.


롤랑이 말한다.

"이보게 올리비에, 내 형제여,

배신자 가늘롱이 우리의 죽음을 서약했네.

배반을 숨길 수는 없는 일이지.

황제 폐하께서 가혹하게 복수해주실 걸세.

우리는 치열하고 힘든 전투를 치러야 하네.

누구도 이런 전투를 본 적은 없을 걸세.

나는 애검 뒤랑달을 휘두르며 싸우겠네.

동료여, 자네는 오트클레르로 공격하게.

우리는 이 검을 들고 수많은 영토를 공격했고,

또 이 검 덕분에 수많은 전투에서 승리하지 않았나!

우리의 검에 대해 부끄러운 노래가 불려서는 안 될 말이지."

AOI.


**115**[77)]

다가오는 이교도의 수는 실로 엄청나다.

전장 사방이 이교도들로 뒤덮일 정도이다.

올리비에와 롤랑, 그리고 십이 기사를 찾으며

프랑스 군사들이 도움을 외치는 일도 잦아진다.

그러자 대주교가 그들에게 자신의 감정을 털어놓는다.


"프랑스 기사들이여! 나쁜 생각을 해서는 아니 되오!

하느님의 이름으로 말하건대, 도망하지 마시오.

누구도 그대들을 조롱하는 노래를 지어 부르게 해서는 아니

되오!

차라리 싸우다 죽는 편이 훨씬 나은 일이오.

우리는 곧 최후를 맞게 될 것이오.

오늘 이후 우리는 살아 있지 못하겠지만

그대들에게 한 가지만은 보장할 수 있소.

거룩한 천국의 문이 그대들에게 활짝 열려 있다는 점이오.

---

77)  필사본상의 113연과 114연은 127연 앞으로 이동시켜 배치했으며, 연의 번호
    는 편의상 필사본에 나오는 순서인 무아녜 판본의 것을 그대로 유지했다.

그대들은 죄 없는 아기들[78]과 함께 천국에서 살게 될 것이
오."[79]

이 말이 프랑스인들에게 힘을 불어넣어
'몽주아'를 외치지 않는 자가 없다.                    AOI.

**116**

사라고사 출신의 사라센인이 하나 있다.

사라고사의 절반을 소유한 자이다.

클랭보랭이라는 자로 기사의 덕을 갖춘 사람은 아니다.

가늘롱의 배신 서약을 받은 자가 바로 그이고,

우애를 나눠 서로 입을 맞췄으며

가늘롱에게 자신의 투구[80]와 석류석을 주기도 했다.

그는 선조들의 땅을 욕보이고,

황제에게서 왕관을 빼앗겠다고 말한 바 있다.

---

78) 예수 탄생 직후 헤롯 왕의 명령에 의해 학살된 베들레헴의 유아들.

79) 89연에서 사라센군의 첫 번째 공세 직전 프랑스군에게 한 튀르팽의 설교와
내용은 거의 같지만 훨씬 비장한 어조가 사용된다. 첫 번째 설교가 황제와 그
리스도교를 위해 죽음을 무릅쓰고 싸워야 한다는 통상적인 내용이었다면, 두
번째 공세를 앞둔 이 시점에서의 설교는 죽음을 기정사실로 한 채 명예로운
죽음과 천국에서의 행복을 강조한다.

80) 필사본상으로는 자신의 검(espee)을 가늘롱에게 주었다고 되어 있으나, 49연
내용에 따라 '투구'로 수정했다. 뒤푸르네 판본을 제외한 모든 판본에서도 투
구를 뜻하는 helme로 수정하고 있다.

클랭보랭은 매나 제비보다도 빠른

바르바무슈라는 이름의 말을 타고 있다.

고삐를 늦추고 박차를 가해서 말을 달려서는

가스코뉴의 앙줄리에를 가격한다.

방패도 갑옷도 앙줄리에 경을 보호하지 못한다.

클랭보랭이 창날을 앙줄리에 경의 몸에 꽂아

힘껏 밀어 넣자 창은 앙줄리에 경의 몸을 관통한다.

창대 전체를 찔러 넣어 그를 죽이고 그 자리에서 떨어뜨린다.

그러고는 소리친다. "이놈들은 죽이기 좋은 놈들이다!

공격하라, 이교도들이여, 적진을 돌파하라!"


프랑스인들이 말한다. "하느님! 이 얼마나 비통한 일입니까!"

AOI.


**117**

롤랑 경이 올리비에를 부른다.

"이보게 올리비에, 앙줄리에 경이 죽었네.

그보다 더 훌륭한 기사는 없었네."


올리비에 경이 대답한다.

"하느님께서 내게 복수를 허락하시기를!"

올리비에는 순금 박차를 가해 말을 달린다.

그의 손에는 칼날이 피로 물든 오트클레르가 들려 있다.

온 힘을 다해 그는 이교도를 내리쳐 타격한다.

올리비에의 검을 맞은 사라센인은 말에서 떨어지고

마귀들이 그의 영혼을 잡아간다.

올리비에 경은 다시 알파앵 공을 죽이고,

에스카바비의 목을 베고는,

일곱 명의 아라비아인을 말에서 떨어뜨려

더는 싸움을 할 수 없는 상태로 만든다.


롤랑이 말한다.

"내 친구가 화가 많이 났군!

그는 나만큼 칭송받아 마땅하도다!

이런 실력 때문에 샤를 황제께서 우리를 더욱 아끼시는 것!"


롤랑이 목소리를 높여 외친다. "공격하라, 기사들이여!"   AOI.


## 118

다른 쪽에 발다브룅이라는 이교도가 있다.

마르실 왕을 기사로 서임한 자가 바로 그이다.[81]


---

81) 이 시행(Celoi levat le rei Mariliun)에 사용된 동사 levat의 의미가 명확하지
   않다. Lever의 여러 의미는 "마르실 왕을 [어렸을 때] 키워준/돌본/교육한 자
   가 바로 그이다." 또는 "마르실을 왕위에 올린 자가 바로 그이다." 등의 번역
   을 모두 가능하게 한다. 작품 속의 이교도 세계가 기독교 세계를 용어까지 그
   대로 복사하고 있다는 점을 감안하면, "마르실 왕의 대부였다."라고 이해한
   뒤푸르네와 쇼트의 해석 역시 잘못된 것은 아니다. '세례를 주다'라는 lever의
   또 다른 의미가 '입문시키다' 계열의 의미로 일반화되어 '기사로 서임하다'
   (베디에, 무아네 판본)의 뜻으로까지 확대되는 것 또한 lever의 의미 영역을

그는 사백 척의 전함을 바다에서 지휘하는 장수로,

그의 휘하에 있음을 자랑스러워하지 않는 수병이 없다.

그는 비열한 수법으로 예루살렘을 정복했고,

솔로몬의 신전을 더럽혔으며,

세례반 앞에서 대사제를 죽였다.


이자 역시 가늘롱 경의 서약을 받았고,

그에게 자신의 검과 천 망공을 주었다.[82]


그는 그라미몽이라는 이름의 말을 타고 있는데,

매보다도 빨리 달릴 수 있는 말이다.

날카로운 박차를 힘껏 가해 말을 몰아

막강한 상송 공을 공격한다.

상송 공의 방패를 부수고, 갑옷을 찢고,

---

벗어나지 않는다. 봉건제도 하에서는 왕도 기사이므로 누군가가 기사로 서임을 해주어야 하고, 기사로서의 교육과 서임을 담당하는 고위 귀족의 존재는 충분히 상정할 수 있는 일이다. 문제는 이 해석들 가운데 하나를 선택하여 번역문을 제시해야 하는데, 각 해석이 가능은 하지만 텍스트 내에서 결정적인 근거를 찾아내기는 힘들다는 점이다. 그럼에도 여기서 "마르실 왕을 기사로 서임한 자가 바로 그이다."라는 번역을 선택한 이유는 왕을 길러주었다거나 왕위에 오르게 해준 인연이 중요한 것이 아니라, 왕을 기사로 서임할 자격이 있을 정도로 발다브룅이 훌륭한 이교도 기사였음을 작가가 보이고자 했다고 보았기 때문이다.

82) 48연에서는 "칼자루만 해도 천 망공의 값어치가 넘습니다."라고 되어 있다. 즉, 검을 선물하면서 천 망공을 따로 건넨 것이 아니라 칼자루의 가치가 그 정도라는 뜻이었다.

몸속으로 창에 달린 깃발 자락까지 꽂아 넣는다.

창대 전체를 찔러 넣어 안장에서 그를 죽여 떨어뜨린다.

"공격하라, 이교도들이여, 우리는 승리할 것이다!"

프랑스인들이 말한다. "하느님! 이 얼마나 비통한 일입니까!"

AOI.

## 119

상송이 죽은 것을 보고 롤랑 경이 느낀 고통이

얼마나 컸을지는 여러분도 짐작할 수 있을 것입니다!

그는 박차를 가해 말을 몰아 전속력으로 돌진한다.

그의 손에는 순금보다도 값진 뒤랑달이 들려 있다.

온 힘을 다해 금테 두른 보석 장식이 박힌 적의 투구를 내리친다.

머리와 갑옷과 몸통을 가르고,

금테 두른 보석 장식을 박은 훌륭한 안장을 자르고,

말 등까지 깊이 베어버린다.

누가 비난을 하든 말든 사람과 말 둘 다 죽여버린다.

이교도들이 말한다. "이것은 우리에게 가혹한 공격이로다!"

롤랑이 대답한다. "너희를 좋아할 수가 없구나.

너희는 오만과 불의의 편에 서 있도다!"

AOI.

**120**

아프리카에서 온 아프리카인이 있다.

그의 이름은 말퀴양으로, 말퀴 왕의 아들이다.

그의 장비는 온통 금을 박아 넣어 만든 것이다.

그래서 다른 누구보다도 하늘 아래 화려하게 빛난다.


그가 타는 말은 소페르뒤라고 불리는데,

이 말과 속도를 겨룰 만한 짐승은 존재하지 않는다.

그는 말을 몰아 앙세이의 방패 위를 공격해

진홍색과 남색 칠이 된 부분을 부수고,

갑옷 자락을 찢더니,

몸속에 창날과 창대를 꽂는다.

앙세이 경은 죽음을 맞이한다. 그의 생은 끝났다.


프랑스인들이 말한다. "용맹한 기사여! 이 무슨 불행입니까!"


**121**

대주교 튀르팽이 전장을 가로질러 말을 달린다.

자신의 힘으로 이렇게 많은 무공을 세운 성직자가

미사를 집전한 적은 한 번도 없었다.


그가 이교도에게 말한다.

"하느님께서 네놈에게 모든 불행을 내리시기를!

네놈은 내 가슴이 아까워하는 사람을 죽였도다."

그가 자신의 준마를 몰아 달려가서는

톨레도[83]산 방패 위로 어찌나 강한 타격을 가했는지

이교도는 녹색 풀밭 위로 떨어져 죽는다.


**122**

다른 쪽에 그랑두안이라는 이교도가 있다.

카파도키아[84]의 왕 카퓌엘의 아들이다.


나는 새보다도 빠른 마르무아르라는 말을 타고 있다.

고삐를 늦추고 박차를 가해서

전력을 다해 제랭을 가격한다.

그의 진홍색 방패를 부수어 목에서 떨어지게 한다.

그러고는 갑옷을 베어 찢고,

몸속으로 창에 달린 푸른 깃발까지 모두 꽂아

높은 바위 위로 죽여 떨어뜨린다.

그는 제랭의 동료 제리에,

베랑제와 생탕투안[85]의 기(Gui)까지 죽인다.

---

83) Toledo(Tulette), 에스파냐 중부 카스티야라만차 자치 지역에 있는 도시. 중세 시기에 무구 제작 산업으로 유명했다.

84) Cappadocia(Capadoce), 터키 동쪽에 있는 고원의 옛 이름.

85) Saint-Antoine(Seint Antonie), 프랑스의 여러 지명에 생탕투안이라는 이름 이 사용되는데, 여기서는 아마도 오베르뉴론알프 지방, 또는 옥시타니 지방 의 생탕투안을 말하는 듯하다. 쇼트 판본은 '작센(Saisonie)'으로 수정해놓았 는데 수정의 근거는 밝히지 않고 있다.

다음에는 론86) 지방의 발랑스87)와 앙베르88)를 다스리는

오스토르주 공에게로 달려가 죽여 넘어뜨린다.

이교도들은 이를 보고 크게 기뻐한다.


프랑스인들이 말한다. "우리 편이 크게 밀리기 시작한다!"


**123**

롤랑 경은 피로 물든 검을 손에 들고 있다.

그는 프랑스인들의 탄식 소리를 분명히 들었다.

괴로움으로 심장이 터져버릴 것 같다.


롤랑이 이교도에게 말한다.

"하느님께서 네놈에게 온갖 불행을 내리시기를!

네놈이 내 동료를 죽인 대가를 비싸게 치르도록 해주마."

그는 달려 나가기를 열망하는89) 말에게 박차를 가한다.

---

86) Rhône(Rosne), 프랑스 남동부의 주. 중심 도시는 리옹이고, 마시프상트랄 동
    쪽 끝, 손강과 론강 서안 지역을 차지하고 있다.

87) Valence(Valeri), 원문 텍스트 자체를 Valence로 수정한 세그레와 쇼트 판본 외
    에는 모든 판본이 원문은 Valeri로 유지하면서 발랑스(Valence)로 이해한다.
    발랑스는 현재 프랑스 남동부 오베르뉴론알프 지방 드롬주의 중심 도시로,
    리옹에서 남쪽으로 약 100킬로미터 떨어진 론강 왼쪽 둑에 위치한다.

88) (Envers), 미상의 지명. 발랑스와 함께 론 지역에 위치하는 도시여야 하는데,
    이 지역에는 앙베르와 유사한 이름의 지명이 존재하지 않는다. 벨기에 도시
    안트베르펜(Antwerpen, 프랑스어 이름은 앙베르Anvers)은 플랑드르 지방에
    위치하니 여기서는 고려 대상이 될 수 없다.

누가 목숨을 잃게 되든 두 사람은 맞부딪치고 만다.

**124**

그랑두안은 기사답고 용맹하며,

전투에 나서면 용감히 싸우는 기사이다.

말을 몰던 중 그가 롤랑과 맞닥뜨린다.

이전에 그를 본 적이 없지만, 그의 사나운 표정,

늠름한 풍채, 그의 눈빛과 자태를 보고

롤랑이라는 것을 확실히 알아본다.

롤랑을 보자 겁을 먹지 않을 수 없다.

도망치려 하지만 헛된 일이다.

롤랑 경이 워낙 힘차게 그를 내려쳐

코를 보호하는 부분[90]까지 그의 투구를 쪼개고,

코와 입과 앞니까지 베더니

알제[91]산 갑옷과 함께 몸통을 반으로 가른 다음,

---

89) 원문 "Sun ceval brochet, ki oït del cuntence"의 뜻이 불분명하다. 억지로 풀이
해보면 "말싸움을 들은 말에게 박차를 가한다."라는 뜻인데, 필사 과정에서
다른 시행의 일부가 잘못 섞여 문장이 손상되었을 가능성이 크다. 일단 주인
이 다투는 말을 듣고 말도 화가 나서 빨리 적에게 달려가고 싶어 한다는 뜻으
로 번역했다.

90) 《롤랑의 노래》 시대의 기사들은 사슬 두건 위에 둥글거나 원뿔 모양의 투구
를 조여 매서 착용했다. 중세를 배경으로 하는 영화에서 자주 보는 얼굴 전체
를 가리는 투구는 아직 출현하지 않은 시점이다. 노출된 얼굴의 코를 보호하
려고 투구의 이마 윗부분부터 좁은 철판(nasel)이 내려와 있었다.

91) Alger(jazerenc 형용사), 아프리카 대륙 서북부 알제리에 있는 도시.

**사슬 두건**

중세 기사들이 투구 안에 착용하던 사슬 두건의 모습. 속을 넣어 누빈 충격 완화용 두건을 먼저 착용하고, 그 위에 사슬 두건을 썼다. Eugène Viollet-Le-Duc, *Dictionnaire des armes offensives et défensives* (DECOOPMAN, 2014), p.638.

**중세 투구**

11세기 기사들이 주로 사용하던 원뿔 모양의 투구이다. 안면이 거의 노출되어 있었고, 코를 보호하는 철판(nasel)을 앞부분에 덧대는 것이 일반적이었다. Eugène Viollet-Le-Duc, *Dictionnaire des armes offensives et défensives* (DECOOPMAN, 2014), p.455.

은으로 된 안장 머리 사이로 금칠한 안장은 물론
말의 등뼈까지 깊숙이 베어버린다.
사람과 말 모두 살아날 길 없이 죽는다.
그러자 에스파냐인들 모두가 고통의 비명을 지른다.

프랑스인들은 말한다. "우리 수호자의 공격은 훌륭하도다!"

## 125

엄청난 전투가 대규모로 전개된다.
분노에 찬 프랑스군은 맹렬히 공격한다.
적들의 손, 옆구리, 척추를 자르고,
갑옷을 찢고 맨살까지 베어버린다.
녹색 풀밭 위로 선혈이 낭자하다.

"'선조들의 땅' 프랑스여, 마호메트의 저주받기를!
이 세상 모든 민족 중 너희가 가장 용감하구나!"
그러고는 이렇게 외치지 않는 이교도 하나도 없다.
"마르실 전하! 말을 달려오소서! 저희는 도움이 필요합니다!"

## 126

전투는 치열하고 그 규모 또한 대단하다.
프랑스군은 번쩍이는 창으로 공격한다.

현장에 계셨으면 여러분은 사람들의 끔찍한 고통과

전사자, 부상자, 피를 쏟는 자들을 보셨을 겁니다!

엎어진 자와 바로 누운 자들이
서로 포개진 채 뒤엉켜 쓰러져 있다.
사라센인들은 이제 더 버틸 수가 없다.
원하든 원하지 않든 하나둘 전장을 포기한다.
프랑스군은 맹렬하게 이들을 추격한다.                AOI.


**113**[92)]

자신의 병사들이 몰살당한 것을 보자
마르실은 부대의 모든 나팔을 불게 하고는
대군을 거느리고 말을 달린다.

아빔이라는 사라센인이 선두에 선다.

---

92) 113연과 114연은 원래의 위치에 놓아도 이해하는 데에는 문제가 없다. 단
지 113연 첫 행의 '몰살당한 병사들'을 처음 롤랑의 후위군에 공격을 가했
던 선발대를 가리키는 것이라고 이해하면 된다. 문제가 되는 부분은 127연이
다. 대주교 튀르팽의 활약을 보고 롤랑과 올리비에가 감탄하여 다시 전투를
시작하는 127연은 126연과 의미가 이어지지를 않는다. 113~114연을 127연
앞으로 이동시키면 이 문제가 사라진다. 베디에와 무아네 판본은 내용 연결
의 문제를 지적할 뿐 필사본의 순서를 유지하는 반면, 세그레와 쇼트 판본은
113~114연을 127연 앞으로 이동시켜 내용 연결의 문제를 해소하고 있다.
뒤푸르네 판본의 경우 113~114연의 위치는 유지하되 125연과 126연의 순서
를 바꾸어놓고 있다. 필사본상에서 126연이 번호 없이 124연에 이어지고 뒤
이어 125연 번호와 시행들이 나오는 순서를 그대로 유지한 것이다. 126연의
위치와 번호 누락은 필사자의 명백한 실수로 여겨진다. 누락된 번호 126을
추가하여 다른 판본의 순서를 따르는 편이 옳은 선택이라고 판단된다.

그의 무리 중 더 간악한 자는 없다.

악덕과 끔찍한 불충으로 가득한 자이다.

그는 성모 마리아의 아들인 주님을 믿지 않는다.

녹인 송진만큼이나 시커먼[93] 그는

갈리시아의 모든 황금[94]보다도

배반과 살인을 좋아하는 자이다.

그가 즐거워하거나 웃는 것을 누구도 본 일이 없다.

하지만 그는 용맹하고 무모할 정도로 대담하다.

그래서 배신자 마르실 왕에게 신임을 받는 것이다.

그가 들고 있는 용 문양 깃발[95]을 따라 군사들이 집결한다.


대주교가 그를 좋아하는 일은 결코 없으리라.

그를 보자마자, 대주교는 공격하고 싶은 마음뿐이다.

대주교는 낮은 목소리로 혼자 말한다.

"저 사라센 놈은 아주 이단으로 보이는군.

---

93) '녹인 송진만큼이나 시커먼(cume peiz ki est demise)'은 칠흑 같은 검정색을
의미하기 위해 사용되는 중세 프랑스어의 관용적 표현이다.

94) '갈리시아(Galice)의 황금'은 실제 에스파냐의 갈리시아 지방에서 생산되는
황금을 지칭하는 것이 아니라 엄청난 부와 재산을 뜻하려고 무훈시에서 자주
사용되는 관용 표현이다.

95) 원래는 용(dragon) 문양이 들어간 깃발이라는 뜻이지만 중세 프랑스어에
서 '깃발, 군기'라는 뜻으로도 흔히 사용되며, 여기서도 단순히 '깃발'의 의
미로 이해할 수 있다. 《롤랑의 노래》에서는 깃발들에 대해 dragon, enseigne,
estandart를 구별하여 사용하는 듯 보이는데(특히 257연), 이들 사이에 구체
적으로 어떤 차이가 있는지를 알아내기는 쉽지 않다.

가서 저놈을 죽이는 것이 최선이로다.

나는 이제껏 비겁한 자도 비겁함도 좋아한 적이 없노라."

AOI.

## 114

대주교가 전투를 시작한다.

덴마크[96]에서 그가 죽인 왕

그로사유에게서 빼앗은 말 위에 오른다.

이 군마는 빠르고 혈기가 넘친다.

발굽은 오목하여 안정감이 있고[97],

곧게 뻗은 뒷다리, 올라붙은 넓적다리,

잘 발달한 둔부 근육,

날렵한 허리에 등은 매우 높다.

흰 꼬리에 갈기는 노란색이며,

귀는 작고 머리는 온통 다갈색이다.

---

96) 샤를마뉴 시기의 덴마크는 아직 기독교의 전파가 이루어지기 전이었다. 725
년 위트레흐트(Utrecht) 대주교가 덴마크 왕을 개종하려는 시도는 실패로 돌
아갔고, 샤를마뉴는 자신에게 복종하지 않는 지역으로 선교사나 사제를 파견
하는 것을 금지했다. 덴마크의 기독교화가 다시 시작된 시점은 샤를마뉴의
아들 경건왕 루이 시대였다.

97) 세비야의 이지도르(Isidore de Séville)가 《어원(Etymologiæ)》에서 말의 발굽
에 대해 사용한 '오목한 발굽으로 안정적인 발(pes cornu concavo solidatus)'
을 따라 한 표현이다. 발굽 가장자리가 높고 안쪽이 오목하게 들어가 땅을 안
정적으로 디딜 수 있다는 뜻이다. 만약 발굽 바깥쪽이 닳아 안쪽 부분이 볼록
하게 나온 모양이 된다면 당연히 땅을 딛는 말의 발걸음이 불안해진다.

이 말보다 더 빨리 달리는 짐승은 없다.

대주교는 힘차게 박차를 가해 달려간다.

그가 아빔을 공격하는 것을 막을 방도는 없다.

그는 자수정, 토파즈, 에스테르미날[98],

빛을 발하는 석류석으로 장식된 아미르[99]의 방패 위를 후려친다.

이 방패는 발 메타[100]에서 한 악마가 아미르 갈라프에게 주고,

갈라프가 아빔에게 넘겨준 것이라고 전해진다.

튀르팽은 상대를 전혀 봐주지 않고 공격한다.

그 공격을 받고 방패는 한 푼의 가치도 나가지 않게 된다.

그는 사라센인을 창으로 관통시켜 죽인 후

나무도 풀도 없는 땅 위로 떨어뜨린다.

이를 보고 프랑스인들이 말한다.

"기사다운 대단한 공격이로다! 대주교님과 함께라면

주교장[101]의 영예는 어떤 위험도 겪을 염려가 없으리라!"

---

98) 종류 미상의 보석 이름.

99) 베디에와 무아녜, 뒤푸르네 판본은 escut amiracle로 적은 반면, 세그레와 쇼트 판본은 escut a miracle로 수정해 읽고 있다. 전자가 '아미르의 방패'(베디에는 amiracle을 번역하지 않고 공란으로 남김)라면, 후자는 '기적의 방패, 마법의 방패' 정도의 뜻이 된다. 바로 다음 두 행에서 이 방패를 갈라프라는 이름의 아미르에게서 받았다는 설명이 나오므로 굳이 a miracle로 읽을 필요는 없어 보인다.

100) (Val Metas), 미상의 지역.

101) 주교의 권위를 상징하는 지팡이인데 물론 튀르팽이 주교장까지 들고 전투

**127**

롤랑 경이 올리비에를 부른다.

"이보게, 이렇게 말해도 된다면,

대주교님은 정말 훌륭한 기사가 아니신가!

하늘 아래 그보다 더 훌륭한 기사는 안 계시네.

창을 제대로 사용해 공격하고 계시니 말일세."

올리비에가 대답한다.

"그러니 우리 대주교님을 도우러 가세!"

이 말을 듣자 프랑스군은 다시 싸우기 시작한다.

힘찬 공격이 이어지고 전투는 격렬해진다.

그리스도교 군사들은 큰 고통을 겪는다.

롤랑과 올리비에가 검을 다루고 싸우는 모습을

여러분이 보실 수 있었다면!

대주교는 창으로 적들을 가격한다.

그들이 죽여 쓰러뜨린 적의 숫자는 정확히 셀 수 있다.

문서와 기록으로도 전해져

《프랑크족 연대기》에 따르면 사천이 넘는다.

---

에 임하지는 않는다. 여기서 주교장이 언급된 것은 튀르팽이 대주교 신분임을 강조하기 위함이다.

처음 네 번의 공격은 프랑스군에게 유리했으나,

다섯 번째 공격부터는 매우 고전한다.

프랑스 기사들이 모두 죽고 만 것이다.

하느님께서 살려주신 예순 명이 남았을 뿐이다.

죽기 전에 그들은 자신의 목숨값을 비싸게 치르도록 할 것이

다.                                                    AOI.


**128**

자신의 부대가 엄청난 희생을 치른 것을 보자

롤랑은 동료 올리비에를 부른다.


"이보게, 나의 소중한 벗이여,

도대체 이를 어쩌면 좋단 말인가?

자네도 보다시피 수많은 훌륭한 기사들이 땅에 쓰러져 있네!

그리운 프랑스, 그 아름다운 나라를 위해 슬퍼할 일일세.

이제 프랑스가 저런 기사들을 잃었으니 말일세!

아! 친애하는 폐하시여, 왜 여기 계시지 않는단 말입니까!

올리비에, 형제여, 우리는 어떻게 해야 하겠나?

어떻게 하면 폐하께 소식을 전할 수 있겠나?"


올리비에가 말한다.

"나도 그 방도를 알지 못하네.

그런 치욕을 겪느니 차라리 죽는 편을 선택하겠네."[102]    AOI.

# ✤ 마침내 상아 나팔을 불다

**129**

롤랑이 말한다. "상아 나팔을 불겠네.

그러면 고갯길을 지나고 계신 샤를 왕께서 들으실 걸세.

장담하건대 프랑스군이 되돌아올 걸세."

올리비에가 말한다.

"그것은 매우 수치스러운 일일세.

---

102) '지혜로운' 올리비에의 입장은 전투 시작 전과 후 내내 일관된다. 전투가 개시되기 전 적과 아군의 전력을 비교해 필요할 경우 원군을 요청하는 것은 전술적 판단이지 기사의 명예에 관련된 일이 아니다. 반대로 전투가 시작되고 나서 어려움에 처했다고 도움을 요청하는 행동은 자신의 나약함을 고백하는 것이며, 기사로서 치욕적인 일이다. 처음에 롤랑이 상아 나팔을 불기를 거부했을 때, 올리비에는 모두가 롱스보에서 죽게 될 것이라고 경고한 바 있다. 상아 나팔을 불어 샤를 왕에게 알리지 않고 전투를 시작한 지금 명예를 지키는 유일한 방도는 기사답게 싸우다 죽는 것뿐이다.
반면에 '용맹한' 롤랑은 싸워보기도 전에 도움부터 요청한다는 것을 기사답지 못하고 수치스러운 일로 여긴다. 일단 싸워서 승리하면 명예를 얻는 것이고, 패한다고 하더라도 명예롭게 전사하면 된다. 후자의 경우 샤를 황제가 복수해주리라는 점을 전투 개시 이전부터 알고 있으며(90연), 전투 중에도 이 확신은 변하지 않는다(112연). 다만 롤랑이 간과한 점은 동료들의 희생이었다. 비록 가늘롱에 대한 분노로 판단력이 흐려졌다고는 하지만, 무모하게 자신의 용맹만을 믿고 내린 결정으로 인해 동료 기사들과 부하들이 전멸당하는 광경을 보면서 죄책감에 사로잡힌 나머지 상아 나팔을 불어서라도 무조건 샤를마뉴의 복수를 앞당겨야겠다는 생각만을 하게 된다.
이 시점에서 롤랑과 올리비에가 명예로운 기사로서의 행동 방식에 대해 공유하는 인식은 전투의 향배와 상관없이 샤를마뉴의 본군이 돌아오기 전에 자신들은 죽어야 한다는 것뿐이다.

그리고 자네 가문 전체를 욕보이는 걸세.

그 수치는 그분들이 살아 계신 내내 계속될 걸세!

내가 상아 나팔을 불라고 했을 때, 자네는 아무것도 하지 않았네.

이제는 상아 나팔을 불겠다고 해도 내가 동의할 수 없네.

지금 상아 나팔을 부는 것은 용기 있는 자가 할 짓이 아니네.

자네의 두 팔은 이미 피로 물들었네![103]"


롤랑 경이 대답한다. "용감히 싸웠으니까!"               AOI.


**130**

롤랑이 그에게 말한다.

"우리는 지금 힘겨운 싸움을 하고 있네.

상아 나팔을 불겠네. 그러면 샤를 왕께서 들으실 걸세."


올리비에가 말한다.

"그것은 훌륭한 기사가 할 짓이 못되네!

동료여, 내가 상아 나팔을 불라고 했을 때, 자네는 그러지 않았네.

폐하께서 계셨다면 우리는 이런 피해를 보지 않았을 걸세.

폐하와 함께 가고 있는 사람들은 아무 잘못이 없네."

---

103)  이미 전투를 시작하여 싸우는 중이니 이제 와서 상아 나팔을 부는 것은 불
      가능하다는 뜻.

올리비에가 말한다.[104]

"여기 내 턱수염을 걸고 말하건대,

만약 내가 고귀한 누이 오드를 다시 볼 수 있다면,

자네는 절대로 그녀의 품에 안겨 누울 수 없을 걸세!"[105]   AOI.

## 131

롤랑이 말한다.

"왜 나한테 화를 내는 건가?"


올리비에가 대답한다.

"이보게, 자네가 그렇게 만든 걸세.

왜냐하면 분별력을 갖춘 용맹은

어리석은 짓이 아니기 때문일세.

무모함보다는 신중함이 나은 법이네.

프랑스인들은 자네의 경솔함 때문에 죽었네.

우리는 이제 샤를 황제를 섬길 수 없을 걸세.

내 말을 믿었더라면 폐하께서 돌아오셨을 테고,

---

104)  말하는 인물이 바뀌는 것이 아니라 한 인물이 계속 말하는 중에 '~가 말한
   다'가 반복적으로 삽입되는 것은 주제의 전환을 표시하는 무훈시 특유의 표
   현 수단이다. 여기서도 애초에 잘못된 결정을 내린 롤랑에 대한 비판 이후
   누이 오드와 관련된 주제로 전환하기 전에 "올리비에가 말한다."를 다시 삽
   입한다.

105)  롤랑에 대한 분노와 실망의 표현일 뿐 올리비에도 자신과 롤랑이 모두 롱스
   보에서 죽을 것이며 오드를 다시 보게 될 일이 없다는 점은 잘 알고 있다.

우리는 이 전투에서 승리했을 걸세.

마르실 왕도 사로잡혔거나 죽임을 당했겠지.

롤랑, 자네의 용맹이 우리에겐 불행이었네!

샤를마뉴께서는 이제 우리의 도움을 받으실 수 없을 걸세.

최후의 심판 날까지 폐하 같은 분은 다시 없을 걸세.

자네는 죽을 테고, 그로 인해 프랑스는 명예를 잃겠지.

오늘로 우리의 충실한 우정도 마지막이네.

오늘 저녁 전에 우리는 고통스럽게 이별을 고할 걸세." AOI.


**132**

대주교가 그들의 언쟁을 듣고는

순금 박차를 가해 말을 몰아

두 사람에게 오더니 나무라기 시작한다.


"롤랑 경, 그리고 올리비에 경,

하느님의 이름으로 청하노니 제발 싸움을 멈추시오!

상아 나팔을 부는 것이 이제 소용없는 일이겠으나

그래도 부는 편이 나을 것이오.

폐하께서 오신다면 우리의 복수를 해주실 테니 말이오.

에스파냐인들이 희희낙락하여 돌아가서는 절대 아니 되오.

우리 프랑스군이 여기에 도착해 말에서 내리면서

갈가리 찢겨 죽어 있는 우리를 발견할 것이오.

우리를 관에 넣어 말에 싣고는

가엾고 불쌍히 여겨 울어줄 것이며,

우리를 성당 묘지에 묻어주어

늑대도 돼지도 개도 우리를 먹지 못하도록 할 것이오."


롤랑이 대답한다. "대주교님, 옳은 말씀이십니다."　　　AOI.


## 133

롤랑은 상아 나팔을 입에 대고

위치를 잘 잡고는 온 힘을 다해 분다.

산은 높고 상아 나팔 소리는 길게 이어져

족히 300리외 밖에서도 메아리쳐 들린다.


샤를과 그의 군사들 모두 이 소리를 듣는다.

왕이 말한다. "우리 군사들이 싸우고 있소!"


그러자 가늘롱이 이를 반박하며 말한다.

"그 말씀을 폐하가 아닌 다른 사람이 한다면,

엄청난 거짓말처럼 들릴 것이옵니다."　　　AOI.


## 134

롤랑 경은 힘겹고 고통스럽게

사력을 다해 상아 나팔을 분다.

입에서는 선혈이 뿜어져 나오고

머리의 관자놀이가 터진다.

상아 나팔 소리는 멀리까지 퍼져

고갯길을 지나는 샤를 왕의 귀에 들린다.

넴 공도 그 소리를 듣고, 프랑스 기사들도 귀 기울인다.


왕이 말한다. "롤랑의 상아 나팔 소리가 들리노라!

전투를 벌이지 않는다면 롤랑은 절대로 상아 나팔을 불지 않

을 것이니라."


가늘롱이 대답한다.

"전투가 벌어진 것이 결코 아닙니다.

폐하께서는 나이 드셨고, 머리는 흰 꽃처럼 세었는데도

그런 말씀을 하시니 꼭 어린아이 같으십니다.

롤랑이 얼마나 오만한 자인지는 폐하께서도 잘 아십니다.

하느님께서 참아주시는 것이 신기할 정도이지요.

폐하의 명이 없었는데도 노플을 점령한 적이 있습니다.

성안에 있던 사라센군이 밖으로 나와

용맹한 롤랑과 전투를 벌였습니다.

롤랑은 전투가 끝나고 흔적을 지우려고

강물을 끌어와 초원을 적신 피를 씻어냈습니다.

토끼 한 마리 잡으려고 온종일 상아 나팔을 불고도 남을 자입

니다.

동료들 앞에서 지금 장난을 치는 것입니다.

전투에서 롤랑에게 도전할 자는 하늘 아래 없사옵니다.

그러니 계속 말을 몰아가십시오. 무엇 때문에 멈추려 하십니까?

선조들의 땅으로 돌아가는 길, 아직도 매우 많이 남았사옵니다."                    AOI.

## 135

롤랑의 입은 피투성이가 되고 관자놀이는 터져버렸다.
그는 고통스럽게 사력을 다해 상아 나팔을 분다.
샤를과 그의 프랑스 기사들에게 그 소리가 들린다.

왕이 말한다.
"이 상아 나팔 소리는 힘겹게 불고 있는 것이오!"

넴 공이 대답한다.
"장수 한 명이 사력을 다해 부는 소리입니다.
전투가 벌어지고 있다고 저는 확신합니다.
아무것도 하지 말라고 폐하께 아뢰는 자가 그를 배신했습니다.
무장을 갖추시고 폐하의 전쟁 함성을 외치게 하십시오.
그리고 폐하의 고귀한 가문을 구하소서.
절망적인 롤랑의 상아 나팔 소리가 잘 들리지 않습니까!"

## 136

황제는 자신의 모든 뿔 나팔을 불게 한다.
프랑스 기사들은 말에서 내려
갑옷과 투구, 금으로 장식된 검으로 무장한다.
훌륭한 방패와 길고 강한 창을 든다.

창에는 백색, 진홍색, 청색 깃발이 달려 있다.

부대의 모든 기사가 군마에 오른다.
고갯길이 버틸 수 있는 가장 빠른 속도로
박차를 가해 말을 달린다.
서로에게 이렇게 말하지 않는 이 없다.
"롤랑이 죽기 전에 그를 볼 수 있다면,
그와 함께 멋지게 싸우리라!"

그런 말이 무슨 소용이 있겠는가!
그들은 사실 너무 늦었다.


## 137

날이 저물 무렵이지만 아직 대낮처럼 환하다.
무구들이 햇빛을 받아 번쩍인다.
갑옷과 투구들이 불꽃처럼 빛나고
꽃무늬가 새겨진 방패들과 창,
나부끼는 금색 깃발들도 번쩍인다.

황제는 분노에 차 말을 몰고
프랑스인들도 슬픔과 분노에 잠겨 있다.
괴로워서 울지 않는 자 아무도 없고,
모두 롤랑을 크게 염려한다.

왕은 가늘롱 경을 체포하게 하여
집 안의 주방 사람들에게 맡기고는,
주방장 베공을 불러 명한다.
"이자는 반역자이니 잘 감시하도록 하라!
내 가문을 배신한 자로다."

베공은 그를 인도받아 백 명의 동료에게 넘긴다.
주방에서 일하는 착한 사람, 못된 사람 할 것 없이
이자의 턱수염과 콧수염을 뽑고,
각자 주먹질을 네 번씩 하고는
막대기와 몽둥이로 두들겨 팬다.
목에다 쇠사슬을 걸어 곰처럼 묶은 후,
짐 싣는 말 위에 실어 모욕을 준다.
그들은 샤를 왕에게 돌려줄 때까지 가늘롱을 감시한다.

## 138

산은 높고 어두우며 험준하다.                    AOI.
골짜기는 깊고 물살은 빠르다.

앞뒤에서 나팔을 불어
상아 나팔 소리에 응답한다.
황제는 분노에 차 말을 몰고,
프랑스인들도 슬픔과 분노에 잠겨 있다.
울며 탄식하지 않는 자 아무도 없다.

그리고 전장에 그들이 모두 도착할 때까지

롤랑을 지켜달라고 하느님께 기도한다.

그들은 진정 롤랑과 함께 싸우고자 한다.


하지만 무슨 소용이 있겠는가? 모두 쓸데없는 일이다.

너무 늦었다. 그들은 제때 도착할 수 없다.　　　　　　AOI.


## 139

샤를 왕은 분노에 가득 차 말을 몬다.

갑옷 위로 내려온 그의 흰 수염이 나부낀다.

프랑스의 모든 기사가 힘차게 박차를 가한다.

에스파냐의 사라센인들과 싸우고 있는

장수 롤랑과 함께 있지 못함에

분노를 표하지 않는 자 아무도 없다.


고통스럽게 싸우고 있는 롤랑에게

이제는 영혼도 남아 있지 않을 것 같습니다!

하느님, 그와 함께 싸우는 예순 명의 기사는 얼마나 대단합니까!

어느 왕도 장수도 이들보다 뛰어난 기사를 거느린 적은 없습
니다!　　　　　　AOI.

# ✣ 마르실의 도주

## 140

롤랑은 산과 언덕을 바라본다.

수많은 프랑스 군사들이 죽어 쓰러져 있다.

그는 고결한 기사로서 그들을 애도한다.

"용맹한 기사들이여, 그대들에게 하느님의 자비가 있기를!

하느님께서 그대들 모두의 영혼을 천국에 받아주시어

성스러운 꽃들 가운데서 휴식할 수 있게 해주시길!

나는 그대들보다 훌륭한 기사를 본 적이 없소.

그대들은 오랫동안 쉬지 않고 나를 도왔고,

샤를 황제를 위해 그토록 넓은 영토를 정복했소!

황제께서 그대들을 극진히 보살핀 것이 결국 불행이었구려!

프랑스 땅이여, 사무치게 그리운 나라여,

오늘 이렇게 가혹한 재앙으로 전사들을 잃고 말았구나!

프랑스 기사들이여, 그대들이 나 때문에 죽는 것을 보고 있소.

나는 그대들을 보호하지도 구해줄 수도 없소.

결코 거짓말을 하지 않으시는 하느님께서 그대들을 도우시길!

올리비에, 내 형제여, 내가 그대를 저버릴 수는 없네.

만약 다른 어느 것도 나를 죽이지 못한다면,

이 고통이 나를 죽일 걸세.

친애하는 동료여, 다시 나가 싸우세!"

**141**

롤랑 경이 다시 전장으로 뛰어든다.

뒤랑달을 뽑아 들고 용감하게 공격한다.

퓌[106]의 팔드롱을 반쪽으로 베어버리고,

적군의 가장 훌륭한 기사 스물네 명을 죽인다.

누구도 이렇게 복수심에 불탄 적은 없을 것이다.

사냥개에 쫓겨 도망하는 사슴들처럼

롤랑 앞에서 이교도들은 도망쳐버린다.

대주교가 말한다.

"훌륭하도다! 기사에게는 저런 용맹함이 있어야 하는 법!

무기를 들고 좋은 말에 오른 기사라면 말이오.

전투에 임하면 강하고 사나워야 하오.

그렇지 않으면 너 푼의 값어치도 없으며,

차라리 수도원에 들어가 수사가 되어

매일 우리의 죄를 위해 기도하는 편이 낫소."

롤랑이 대답한다.

"공격하시오, 놈들을 살려두지 마시오!"

이 말을 듣자 프랑스군은 다시 싸움을 시작한다.

---

106)  (Pui), 미상의 지명.

그러나 그리스도교인들은 여기서 큰 피해를 보고 만다.


**142**

포로로라도 살아남지 못하리라는 것을 아는 자,

이런 전투에서 사력을 다해 싸우는 법이다.

그래서 프랑스 기사들은 마치 사자처럼 사납다.


그때 마르실이 진정한 기사의 모습으로 나타난다.

게뇽이라는 이름의 말을 타고 박차를 가해 달려가서는

본[107]과 디종[108]의 영주 베봉을 공격한다.

그의 방패를 부수고, 갑옷을 찢고,

단번에 바로 죽여 떨어뜨린다.

그러고는 이부아르와 이봉,

또 루시용의 제라르를 죽인다.


롤랑 경이 그와 멀지 않은 곳에 있다.

그는 이교도에게 말한다.

"주님께서 네놈에게 저주를 내리시길!

네놈이 내 동료들을 죽인 것은 아주 잘못한 짓이로다.


---

107) Beaune(Belne), 프랑스 동부 부르고뉴프랑슈콩테 지방 코트도르주에 있는
도시.

108) Dijon(Digun), 프랑스 동부 부르고뉴프랑슈콩테 지방 코트도르주의 중심
도시.


2장 롱스보 전투

우리가 헤어지기 전에 네놈은 내 검을 받을 것이다!
그러면 오늘 내 검의 이름을 알게 될 것이다."

그는 진정한 기사답게 달려가 그를 후려친다.
롤랑 경은 그의 오른 손목을 자르고
이어서 금발의 쥐르팔뢰의 목을 베어버린다.
그는 마르실 왕의 아들이다.

이교도들이 외친다. "도와주소서, 마호메트!
우리의 신들이시여, 샤를에게 우리의 복수를 해주소서!
샤를은 이 땅에 저런 불충한 자들을 들어오게 했습니다.
저자들은 죽는 한이 있어도 물러서지 않을 것입니다."

그들은 서로에게 말한다. "도망칩시다!"
이 말에 십만 명의 이교도가 도망쳐버린다.
다시 불러봐야 소용없다. 그들은 절대 되돌아오지 않을 것이다. AOI.

## ✛ 올리비에의 죽음

**143**

그래봐야 무슨 소용이 있겠는가!

마르실은 도망쳤지만, 그의 숙부 마르가니스가 있다.

카르타고[109]와 알페른, 가르말리[110],

그리고 저주받은 땅 에티오피아[111]를 다스리는 자이다.

휘하에 흑인 부족을 거느린다.

커다란 코와 넓은 귀를 가진 이 부족의 수는

다 합해서 오만이 넘는다.


그들은 분노하여 맹렬히 돌진하며

이교도들의 전쟁 함성을 외친다.


롤랑이 말한다.

"여기서 우리는 순교하게 될 것이오.

우리가 목숨을 건질 가망은 거의 없소.

하지만 죽기 전에 먼저 자기 목숨의 대가를

비싸게 치르게 하지 않는 자는 모두 배신자들이오!

경들은 모두 빛나는 검으로 공격하시오!

---

109) Carthago(Kartagene), 티레의 고대 페니키아인이 북아프리카의 튀니스만 (灣) 북 연안에 건설한 도시 및 도시국가.

110) (Alfrere, Garmalie), 미상의 이교도 지명. 무아녜는 "[Ki tint Kartagene] al frere Garmalie"로 읽어 "가르말리의 형제를 위해 카르타고를 다스리는"이라고 번역하면서도 al frere가 고유명사가 왜곡된 형태일 가능성을 인정한다. 나머지 판본들은 모두 지명으로 취급해 Alfrere로 적고 현대 프랑스어 표기는 Alferne를 사용한다.

111) Ethiopia(Ethiope), 아프리카 동부에 있는 국가. 북쪽은 홍해, 동쪽은 소말리아, 남쪽은 케냐, 서쪽은 수단과 면하여 있다.

경들의 몸과 목숨을 모두 걸고 싸우시오!

그리운 프랑스가 우리로 인해 치욕을 당하지 않게 하시오!

이 전장에 샤를 폐하가 오셔서

사라센인들이 도륙되었음을 보시고

우리 한 명당 열다섯 명의 사라센인이 죽었음을 아시면,

폐하께서는 반드시 우리를 축복하실 것이오!"          AOI.


**144**

롤랑이 잉크보다 더 시커멓고

이빨 외에는 한 군데도 흰 곳이 없는

이 저주받은 부족을 보자 말한다.

"이제 확실히 알겠노라.

오늘 우리가 모두 죽을 것임은 분명하오.

프랑스 기사들이여, 공격하시오!

나도 그대들을 위해 다시 싸우러 나가겠소!"


올리비에가 말한다.

"가장 동작 느린 자에게 저주 있을지어다!"


이 말에 프랑스 기사들이 돌격한다.


**145**

프랑스 기사들이 거의 남지 않은 것을 보자

이교도들은 의기양양해하며 기운을 낸다.

그들은 서로 말한다. "황제에게 잘못이 있는 거야."

마르가니스는 다갈색 말을 타고 있다.

그는 금 박차를 힘차게 가해 달려가더니

뒤에서 올리비에의 등 한복판에 창을 꽂는다.[112]

올리비에가 입은 흰 갑옷의 사슬을 찢고

창은 몸을 관통해 가슴으로 빠져나온다.

그러고는 올리비에에게 말한다. "한 방 제대로 맞았군!

샤를마뉴가 네놈을 고개에 남겨둔 것이 네게는 불행이었다.

우리에게 해를 입히고도 그가 만족스러워하는 것은 옳지 못하다.

그러니 네놈에게라도 우리 편의 복수를 한 것이다."

## 146

올리비에는 자신이 치명상을 입었음을 느낀다.

손에는 잘 벼려진 강철 칼날의 오트클레르가 들려 있다.

그는 마르가니스의 뾰족한 황금빛 투구 위를 내려쳐

꽃 모양 장식과 수정 장식을 부숴 떨어뜨리고

---

112) 올리비에의 무예는 롤랑과 동급이다. 비록 시기적으로 《롤랑의 노래》 이후의 작품이기는 하지만 《비엔의 지라르》에서 롤랑과 결투를 벌였을 때도 승부를 보지 못하고 결투를 마감했을 정도이다. 롤랑과 마찬가지로 올리비에를 정면으로 공격해 쓰러뜨릴 방법은 없다. 그를 공격하는 유일한 방도는 여기서처럼 뒤에서 기습하는 것뿐이다.

앞니까지 두개골을 가른 후 검을 휘저어 죽여 떨어뜨린다.

이어서 말한다. "이교도 놈, 저주받을지어다!
샤를 황제께서 잃으신 것이 하나도 없다고는 하지 않겠다.
하나 네 처에게도, 네놈이 만나는 어떤 귀부인에게도,
네놈이 내게 한 푼이라도 빼앗았다거나
나나 다른 사람에게 타격을 입혔다고
네놈의 왕국에서 허풍을 떨지는 못할 것이다!"

그러고는 롤랑에게 도우러 와달라고 외친다.　　　　　AOI.


## 147

올리비에는 자신이 치명상을 입었음을 느낀다.
아무리 그 복수를 해도 성에 차지 않을 것이다.
혼전이 벌어진 한복판에서 그는 진정한 기사로서 싸운다.
그는 수많은 창과 방패,
손과 발, 안장과 말허리를 검으로 베어버린다.

그가 사라센인들의 수족을 잘라
겹겹으로 쓰러뜨리는 것을 본 사람은
훌륭한 기사가 어떤 것인지를 기억할 수 있으리라!

그는 샤를 황제의 전쟁 함성을 잊지 않고
크고 분명하게[113] '몽주아'를 외친다.

그는 친구이자 동료인 롤랑을 부른다.

"롤랑 경, 내 동료여, 내 옆으로 와주게!

오늘 우리는 고통스럽게 헤어지게 되네!"                    AOI.


## 148

롤랑이 올리비에의 얼굴을 바라본다.

그의 얼굴은 창백하고 핏기도 혈색도 없이 파리하다.

그의 몸에는 선혈이 낭자하고,

핏덩어리들이 땅으로 흘러 떨어진다.


롤랑 경이 말한다.

"하느님, 어찌해야 합니까!

동료여, 자네의 용맹이 결국 자네에게는 치명적이었네!

자네와 견줄 만한 사람은 결코 없을 걸세.

아! 그리운 프랑스여, 오늘 그대는 훌륭한 기사들을 잃어

타격을 입고 무너지는구나!

황제 폐하의 피해 또한 막심하도다!"


이 말을 하고 그는 말 위에서 정신을 잃는다.                    AOI.

---

113) Haltement e cler: 올리비에의 검 이름 '오트클레르(Hauteclaire)'에 맞춘 부
사의 사용이다. 오트클레르의 의미를 검의 형태('길고 빛나는')로 주로 설명
하지만, 검이 부딪치는 소리('높고 맑게 울리는')에서 나온 이름이라고 보는
것도 충분히 가능하다는 점을 이 시행에서의 비유적인 부사 사용을 통해 확
인할 수 있다.

**149**

이제 롤랑은 말 위에서 정신을 잃었고,

올리비에는 치명상을 입었다.

피를 너무 많이 흘려 시야도 흐려졌다.

멀리든 가까이든 분명하게 볼 수 없어

사람을 알아보지 못할 정도이다.

그의 동료 롤랑과 마주치자

그는 금 테두리의 보석으로 장식된 투구를

검으로 내리쳐 코 보호대 바로 위까지 쪼갠다.

하지만 검이 머리에까지 닿지는 않는다.

공격을 받은 롤랑이 그를 쳐다보며

매우 부드럽고 다정한 목소리로 묻는다.

"친애하는 동료여, 나를 일부러 친 건가?

날세, 자네를 그토록 사랑하는 롤랑 말일세.

자네는 내게 어떤 식으로든 싸움을 건 적이 없네."

올리비에가 말한다.

"이제 자네가 말하는 소리가 들리네.

나는 자네를 보지 못하네. 주님께서는 자네를 보시기를!

내가 자네를 치다니! 용서해주게!"

롤랑이 대답한다.

"아닐세, 나는 조금도 다치지 않았네.

여기 하느님 앞에서 자네를 용서하네."

이 말을 하고는 서로 정중히 고개를 숙인다.[114]
이렇게 사랑이 가득한 마음으로 두 사람은 이별을 고한다.


**150**

올리비에는 죽음이 자신을 조여오는 것을 느낀다.
두 눈동자는 뒤집히고, 이제 듣지도 보지도 못한다.


말에서 내려 땅에 엎드리더니
큰 목소리로 자신의 죄를 고해하며
두 손을 모아 하늘을 향해 뻗는다.
하느님께 천국을 허락해달라고 간청하고,
샤를 황제와 그리운 프랑스,
그리고 누구보다도 동료 롤랑을 축복해달라고 기도한다.
심장이 멎고 그의 투구가 숙여진다.


---

114) 87연 첫 행 "롤랑은 용맹하고 올리비에는 지혜롭다."가 두 주인공의 성격을
압축해 단 한 행으로 표현한 것이라면, 149연의 이 시행은 롤랑과 올리비에
의 고통스러운 이별을 단 하나의 행으로 압축하여, 아마도 《롤랑의 노래》에
서 가장 감동적인 장면을 그리고 있다고 말할 수 있다. 숙부 샤를마뉴와 비
엔의 지라르를 각각 대리하여 펼친 결투 재판을 통해 서로 알게 되고 우정
을 맺은 롤랑과 올리비에는 이후 7년 동안의 에스파냐 원정을 함께하며 동
고동락한다(해제 〈롤랑과 올리비에〉 참조). 이 과정에서 둘 사이의 우정과
존중심은 더욱 깊어지며, 죽음을 앞둔 올리비에와 롤랑은 서로에 대한 무한
한 존경을 담아 정중하게 기사의 예를 표함으로써 이별을 고한다.


2장 롱스보 전투

그의 몸뚱이가 땅으로 무너지듯 쓰러진다.

올리비에 경은 죽었다. 그는 이제 이 세상에 없다.

용맹한 롤랑은 눈물을 흘리며 그를 애도한다.

이 세상에 그보다 더 큰 슬픔에 빠진 사람은 없으리라!

**151**

롤랑은 친구가 죽어 엎드려 있는 것을 보며

다정하게 그를 애도하여 말하기 시작한다.

"동료여, 너무도 용맹했던 것이 자네의 불행일세!

자네와 나는 여러 해 여러 날을 함께했네.

자네가 내게 해를 끼친 일도 없었고,

내가 자네에게 잘못을 저지른 적도 없었네.

자네가 죽었는데 내가 산다는 것은 고통스러운 일이네!"

이 말을 마치고 베양티프라는 이름의 말 위에서

롤랑은 정신을 잃고 만다.

순금 등자가 몸을 지탱해준 덕에

어느 쪽으로 몸이 기울든 안장에서 떨어지지는 않는다.

# ✦ 이교도들의 도주

**152**

롤랑이 혼절했다가 깨어나 다시 정신을 차리기 전에
프랑스군은 막대한 피해를 입었다.
프랑스 기사들이 죽었다. 모든 기사를 잃은 것이다.
대주교와 고티에 드 롱[115]만이 살아남았다.

고티에는 산에서 에스파냐인들과 격전을 벌이고 내려왔다.[116]
그의 부하들은 죽었다. 이교도군이 그들을 이긴 것이다.
좋든 싫든 그는 계곡 쪽으로 도망하면서
애타게 롤랑을 부르며 도와달라고 외친다.
"아! 고귀한 장수여, 용맹한 전사여, 어디에 계십니까?
저는 경과 함께 있으면 두려운 적이 없었습니다.
마엘귀트를 정복한[117] 고티에입니다.

---

115) 전치사 de가 중간에 포함된 다른 인물들의 이름 표기에서와는 달리 '롱의 고티에'가 아니라 '고티에 드 롱'이라고 옮긴 이유는 '롱(l'Hum)'을 지명으로 보기 어렵기 때문이다(65연 주석 참조).

116) 산악전에 능한 고티에는 롤랑의 명령(65연)으로 천 명의 프랑스 기사들을 이끌고 산 위로 올라가 사라센군과 전투를 치렀다.

117) 마엘귀트(Maëlgut)를 어떻게 이해하느냐에 따라 동사(cunquerre)의 번역도 달라진다. 《롤랑의 노래》에서 기사가 자신의 전공을 언급할 때 흔히 '어느 지역을 정복했음'을 상기시킨다는 점에서 마엘귀트는 고티에가 정복한 지명일 가능성이 크다. 하지만 마엘귀트를 검의 이름으로 보는 견해도 있다. 이 경우 cunquerre는 '쟁취하다'의 의미로 옮겨야 할 것이다.

백발의 노인 드로옹의 조카 말입니다.

제 용맹함을 보시고 경께서는 저를 아끼셨습니다.

이제 제 창은 부러졌고, 방패에는 구멍이 뚫렸습니다.

제 갑옷은 사슬고리들이 끊겨 나가고 찢어졌습니다.

그리고 몸 한복판에 창을 맞았습니다.[118]

저는 곧 죽겠지만, 제 목숨의 대가는 비싸게 치르게 했습니다."[119]


롤랑은 이 말을 분명히 들었다.

롤랑은 말에 박차를 가해 그에게 전속력으로 달려간다.   AOI.


---

[118] '몸 한복판에' 다음의 원문 의미가 아주 명확하지는 않다(hot une lance ferut). 더구나 필사본에서 해당 대목의 h와 une, ferut는 원래의 글자들을 긁어내고 후대의 교정자가 수정해 넣은 것이다.

[119] 베디에는 이 장면에서 고티에가 갑자기 다시 등장하는 데에 의문을 표하며 152연과 153연 사이에 누락된 부분이 있을 것으로 추정하기도 한다. 《롤랑의 노래》 후기 필사본들 중에는 이 부분에서 고티에가 병사들을 잃고 홀로 도망쳐 왔음을 탓하지 말아달라고 청하고 롤랑이 이를 받아들이는 장면이 나오기도 한다. 하지만 후기 필사본들에 추가된 내용을 근거로 이 대목의 의미를 추측하기보다는 옥스퍼드 필사본의 텍스트만을 가지고 고티에의 말을 이해하는 것이 정확할 것으로 생각된다. 《롤랑의 노래》에 등장하는 기사들의 행동에서 발견할 수 있는 공통점은 자신의 용맹함을 다른 사람 앞에서 입증하여, 그 무훈을 후대에 전하고자 하는 것이다. 고티에의 행동도 충분히 이 관점에서 이해할 수 있다. 휘하의 병사들이 모두 전사하고 자신도 치명상을 입은 고티에는 산 위에서 용감하게 싸웠음을 롤랑이 알아주길 바라고, 무엇보다도 자신이 그토록 존경하는 롤랑 앞에서 마지막 용맹을 과시하고 죽을 기회를 찾아 내려왔다고 보는 쪽이 타당해 보인다.

롤랑은 고통에 겨워 격분한 상태다.
혼전의 한가운데서 적을 공격하기 시작해
에스파냐인 스무 명을 죽여 쓰러뜨린다.
고티에는 여섯, 대주교는 다섯을 죽인다.

이교도들이 말한다. "사악한 자들이로다!
경들이여, 저자들이 살아 돌아가서는 아니 되오!
저들을 공격하지 않는 자는 간악한 배신자요,
그들이 빠져나가게 내버려두는 자는 겁쟁이로다!"

그들은 함성과 구호를 다시 외쳐대기 시작한다.
사방에서 그들의 공격이 다시 시작된다.                  AOI.

**154**

롤랑 경은 고귀한 전사이며,
고티에 드 롱 또한 훌륭한 기사이다.
대주교도 이미 기사로서의 용맹을 입증했다.
그들은 서로를 결코 저버리려 하지 않는다.
혼전의 한복판에서 그들은 이교도들을 공격한다.

천 명의 사라센인들이 말에서 내리고,
말을 타고 있는 자들도 사만은 족히 된다.
그들은 프랑스 기사들에게 접근할 엄두를 내지 못하고

온갖 종류의 창을 닥치는 대로 던져댄다.[120]

첫 번째 투창 공격으로 고티에를 죽인다.

랭스의 튀르팽이 들고 있던 방패를 뚫고,

투구를 부숴 머리에 상처를 입힌다.

갑옷은 찢어져 사슬이 떨어져 나가고,

네 자루의 창이 몸통에 상처를 입힌다.

그가 타고 있던 군마도 이 공격으로 죽고 만다.

대주교가 말에서 떨어지다니 얼마나 고통스러운 일인가!

AOI.


**155**

네 자루의 창에 맞고

말에서 떨어져 쓰러졌음을 느끼자

랭스의 튀르팽은 바로 다시 일어선다.

---

120) "Il lor lnacent e lances e espiez,/e wigres e darz e museras e agiez e gieser." 번
역하기에 아주 애매한 대목이다. 먼저 lance는 모든 종류의 창을 가리킬 수
있는 총칭 명사이기는 하지만, 기사들이 들고 돌격하는 창인 espiez(épieux)
와 함께 나온 점을 고려하면 lance와 espiez를 모두 기사용 장창으로 해석하
는 것이 옳을 것으로 보인다. 다음 행의 wigres, darz, museras, agiez, gieser는
정확한 생김새를 알 수는 없지만 모두 투창용 무기들이며, 이들에 해당하는
번역어도 우리말에 존재하지 않는다. 할 수 없이 모두 합해서 '온갖 종류의
창을 닥치는 대로'라고 옮겼다. 롤랑과 튀르팽, 고티에의 용맹함과 무예를
이미 보았기 때문에 접근할 엄두를 내지 못한 채 들고 싸우는 창이든 던지
는 창이든 손에 잡히는 대로 던진다는 것이 이 두 시행의 의미다. 물론 여기
에는 이교도군이 기사답지 못하게 원거리에서 창을 던져 공격한다는 의미
도 포함되어 있다.

롤랑을 쳐다보더니 그에게로 뛰어와서는

이렇게 말할 뿐이다. "나는 패하지 않았네.

훌륭한 기사는 살아 있는 한 절대 항복하지 않는 법일세."[121]


그는 강철로 만든, 날이 선 자신의 검 알마스[122]를 뽑아 든다.

혼전의 와중에 그는 천 번도 넘게 검을 휘두른다.


후에 샤를은 대주교가 아무도 용서하지 않았다고 말한다.

대주교 주위로 널려 있는 부상자, 검에 찔린 자,

목이 달아난 자들이 족히 사백은 넘는 것을 보았기 때문이다.

이것은 《프랑크족 연대기》[123]에도 나와 있다.

전투 현장에 있다가 하느님께서 기적을 내려 목숨을 건졌고

랑[124] 수도원에서 이에 관한 기록을 남긴

고결한 성 질[125]도 이 이야기를 전하고 있다.

---

121)  앞에서도 이야기한 바와 같이 튀르팽 대주교는 사제이기에 앞서 프랑스의
      기사이다. 튀르팽 역시 자신이 기사답게 싸웠고 적에게 패하지 않았음을 동
      료에게 보이고 확인받고자 하는 마음을 표현한 것이다.

122)  튀르팽 대주교의 검 '알마스(Almace)'는 《롤랑의 노래》의 다른 필사본, 그
      리고 튀르팽이 등장하는 다른 무훈시에서는 Almice, Almuce, Almicem,
      Aigredure, Autemise 등으로 표기되기도 한다.

123)  이미 여러 차례 보았듯이 《롤랑의 노래》 작가는 자신이 하는 말에 역사적
      정당성을 부여하는 권위 있는 근거로 《프랑크족 연대기》를 계속 언급하고
      있다.

124)  Laon(Loüm), 프랑스 북동부의 오드프랑스(Hauts-de-France) 지방에 위치
      한 도시.

125)  성 질(Saint Gilles)과 그가 랑 수도원에 남겼다는 기록 역시 《프랑크족 연대

이를 모른다면 아무것도 이해하지 못한 것이다.


**156**

롤랑 경은 용맹스럽게 싸운다.

그러나 타는 듯 뜨거운 몸 위로 땀이 쏟아진다.

머리에는 극심한 고통과 통증이 느껴진다.

상아 나팔을 부느라 관자놀이가 터졌기 때문이다.

그래도 롤랑은 샤를 황제가 오는지를 알고 싶어

다시 상아 나팔을 꺼내 부나 소리에는 힘이 없다.


황제가 길을 멈추고 귀를 기울이더니 말한다.

"경들이여, 상황이 매우 안 좋게 돌아가고 있소!

오늘 내 조카 롤랑이 우리 곁을 떠나오.

상아 나팔 소리를 들으니 그가 얼마 살지 못할 것임을 알겠소.

롤랑과 함께하려면 서둘러 말을 몰아야 하오!

이 부대에 있는 그대들의 모든 나팔을 불도록 하시오!"


육만 개의 나팔 소리가 울려 퍼진다.

---

기》와 마찬가지로 역사적 근거를 부여하려고 시인이 가져온 것이다. 성 질
은 롱스보 전투가 일어나기 훨씬 전인 720년경에 사망한 것으로 추정된다.
하지만 10세기 말에 작성된 것으로 보이는《성 질전(傳)(Vita Sancti Egidii)》
의 한 버전에서는 이 성인을 샤를마뉴와 동시대의 인물로 그리고 있다. 샤
를마뉴의 '큰 죄'와 관련한 성 질의 개입과 중재 관련 전설의 영향을 받은
텍스트라고 볼 수 있다(해제〈샤를마뉴의 '큰 죄'〉참조).

그 소리가 어찌나 큰지 산이 울리고

계곡이 메아리로 그 소리에 대답한다.


이교도들도 그 소리를 듣는다. 웃을 일이 아니다.

그들은 서로 말한다. "샤를이 곧 우리에게 들이닥칠 걸세!"


## 157

이교도들이 말한다. "황제가 돌아온다.　　　　　　　AOI.

프랑스군의 나팔 소리를 들어보라!

샤를이 오면 우리는 큰 피해를 보게 될 테고,

롤랑이 살아남는다면 우리의 전쟁은 다시 시작될 것이오!

이제 우리의 땅 에스파냐를 잃는 것이오."


가장 전투에 능하다고 생각하는 자들이

사백 명은 족히 되게 투구를 쓰고 모인다.

롤랑에게 그들은 격렬하고 난폭한 공격을 가한다.

이제 롤랑 경은 바빠지게 된다.　　　　　　　　　AOI.


## 158

그들이 달려오는 것을 보자 롤랑 경은

기운을 차리고 마음을 사납게 다져 용기를 낸다.

살아 있는 한은 물러서지 않을 것이다.


그는 타고 있던 베양티프라는 이름의 말에

순금으로 된 박차를 힘차게 가하여 달려가더니

뒤엉켜 싸우는 가운데서 상대방 모두를 공격한다.

롤랑 옆에는 대주교 튀르팽이 있다.

롤랑과 튀르팽은 서로에게 말한다.[126]

"가까이 오십시오!

프랑스군의 나팔[127] 소리가 들렸습니다.

막강한 샤를 왕께서 돌아오고 계십니다!"


**159**

롤랑 경이 특히 싫어하는 인간은

비겁한 자, 오만한 자, 간악한 불한당,

---

126) "Dist l'un a l'altre."의 해석에 따라 두 가지 의미로 이해할 수 있다. 이교도
들이 서로 말하는 것으로 이해하면 그 이후는 이교도들이 놀라 도망치며 옆
에 있는 동료에게 "이리로 오시오(즉, 이쪽으로 도망칩시다). 프랑스군의 나
팔 소리가 들리는 것을 보니 막강한 샤를 왕이 돌아오고 있소!"라는 말이 된
다. L'un과 l'altre를 롤랑과 튀르팽으로 본다면 서로 용기를 북돋우며, "가까
이 오십시오. 프랑스군의 나팔 소리가 들렸습니다. 막강한 샤를 왕께서 돌
아오고 계십니다!"가 된다. 두 해석이 모두 가능하기는 하지만 바로 앞 행에
롤랑과 튀르팽이 함께한다는 언급이 있다는 점, 그리고 다음 연에서 롤랑이
대주교에게 자신이 말을 타고 끝까지 옆을 지키겠다는 말과의 논리적 관계
를 고려하여 두 번째 해석을 선택해 번역했다. 번역에 참고한 판본 중 뒤푸
르네를 제외한 다른 편자들은 모두 첫 번째 해석을 따르고 있다.

127) 원문에 사용된 어휘는 corns이나 여기서는 '뿔 나팔'이 아닌 그냥 '나팔'로
옮긴다. 156연에서 프랑스군이 나팔을 총동원해 불어낼 때 grasles가 쓰였고,
이 소리에 대해 157연의 이교도들도 '나팔(graisles) 소리'라고 말한다. 158
연에 corns가 나오기는 하지만 156연, 157연과 같은 소리이니 '나팔'이라고
적는 것이 보다 논리적이다. 물론 이 나팔 소리에는 샤를마뉴 등의 뿔 나팔
도 포함되어 있다.

훌륭한 신하답지 못한 기사이다.

그는 대주교 튀르팽을 부르며 말한다.

"대주교님은 두 발로 서 계시고, 저는 말을 타고 있습니다.

대주교님을 위해 저는 여기서 물러서지 않고 버티겠습니다.

대주교님과 생사고락을 함께하겠습니다.

누구를 위해서도 대주교님을 버리지 않을 것입니다.

오늘 우리는 이교도들의 공격에 맞서 반격을 가할 테고,

뒤랑달의 공격이 가장 뛰어날 것입니다."


대주교가 말한다.

"힘차게 공격하지 않는 자는 반역자이리라!

샤를 황제께서 돌아오시네. 폐하께서 우리의 복수를 해주실 걸세."


## 160

이교도들이 말한다.

"우리가 태어난 것이 불행이었구려!

오늘은 우리에게 얼마나 끔찍한 날인가!

우리는 주군과 장수들을 모두 잃었고,

용맹한 샤를이 그의 대군과 함께 돌아오고 있소.

프랑스군의 나팔 소리가 선명하게 울려 퍼지오.

'몽주아'를 외치는 소리는 실로 엄청나오.

롤랑 경은 너무도 용맹하여

살아 있는 어떤 사람도 그를 굴복시키지 못할 거요.
그에게 우리의 창을 던지고 그를 내버려둡시다."

그들은 온갖 종류의 창들을 던져댄다.[128]
창들은 롤랑의 방패를 부숴 구멍을 내고,
갑옷을 찢고 사슬고리들을 떨어져 나가게 한다.
하지만 창날이 살까지 닿지는 못한다.
군마 베양티프는 서른 군데 상처를 입고
롤랑 경을 태운 채 죽어 쓰러진다.

이교도들이 롤랑을 그 자리에 남겨놓고 도망친다.
롤랑 경은 그 자리에 그대로 서 있다.                    AOI.


**161**

이교도들은 분노와 슬픔에 차서 도망친다.
에스파냐를 향해 그들은 걸음을 재촉해 달린다.

롤랑 경은 그들을 추격할 상황이 아니다.
그의 군마 베양티프를 잃었기 때문이다.
좋든 싫든 그는 말에서 내린 채 그 자리에 서 있다.

롤랑은 대주교 튀르팽을 도우러 간다.

---

128) 154연에서와 마찬가지로 여러 종류의 창 이름이 나열된다.

금으로 장식된 그의 투구 끈을 풀어 내려놓고,

가벼운 흰 갑옷을 벗긴다.

갑옷 아래 받쳐 입은 블리오[129]를 찢어

커다랗게 벌어진 상처를 막는다.

그러고는 그를 꼭 끌어안고서

녹색 풀밭 위에 조심스럽게 눕힌다.


롤랑은 애정이 가득한 목소리로 청한다.

"아, 고결한 대주교님, 제 청을 들어주십시오!

우리에게 그토록 소중했던 동료들이

여기 죽어 있습니다. 그들을 내버려둬서는 안 됩니다.

그들을 찾아 확인하고 대주교님 앞에 나란히 누이고 싶습니다."


대주교가 말한다.

"다녀오시오! 이 전장은 그대의 것이오.

하느님의 도움으로 그대와 나의 것이 되었소."[130]


---

129) 기사들이 갑옷 아래 받쳐 입는 튜닉 모양의 옷을 '블리오(bliaud)'라고 부른다. 속옷의 개념은 아니고 무장하지 않은 상태에서는 겉옷으로 입고 활동한다.

130) 대주교가 롤랑과 함께 최후까지 살아남아 승리를 쟁취하는 설정은 어쩌면 당연한 것이다. 롤랑이 불패의 프랑스 기사를 대표한다면, 대주교는 프랑스와 그 기사들을 보호하는 하느님의 권위를 상징한다.


2장 롱스보 전투

# ✥ 튀르팽의 죽음

**162**

롤랑은 돌아서서 혼자 들판을 가로질러 간다.
계곡을 뒤지고 산속을 뒤진다.
그곳에서 제랭과 그의 동료 제리에,
또 베랑제와 오통을 발견한다.
다른 곳에서는 앙세이와 상송,
루시용의 '노인' 제라르도 찾는다.[131]

롤랑은 그들을 한 명씩 대주교에게로 데려와
그의 무릎 앞에 나란히 눕힌다.

대주교는 울음을 참을 수가 없다.
그는 손을 들어 축복을 내리고 나서 말한다.
"경들이여, 이게 무슨 불행입니까!
영광스러운 주님께서 그대들의 영혼을 모두 거두어주시고,
천국의 거룩한 꽃들 가운데 그대들 영혼을 자리 잡게 해주시기를!
나의 죽음이 나를 이토록 고통스럽게 하는구나.

---

131) 십이 기사 가운데 다음 연의 올리비에를 제외한 일곱 사람의 이름만이 언급되고, 이부아르, 이봉, 앙줄리에는 제외되어 있다. 무아녜는 하나 이상의 시행이 누락되었을 가능성이 있는 것으로 본다.

나는 막강하신 황제 폐하를 결코 다시 뵙지 못하리라!"

## 163

롤랑은 돌아서서 다시 전장을 뒤진다.
동료 올리비에의 시신을 찾는다.
그를 품 안에 꼭 끌어안고
남은 힘을 다해 대주교에게로 돌아온다.
다른 이들 옆으로 방패[132] 위에 올리비에를 눕힌다.
대주교는 그의 죄를 사하고 성호를 긋는다.
그러자 고통과 연민이 더욱 커진다.

롤랑이 말한다.
"소중한 동료 올리비에여,
자네는 발 드 뤼네르[133] 변경(邊境)의 영주
레니에 공의 아들이었네.
창을 부러뜨리고 방패를 조각내고,
오만한 자들을 꺾어 겁먹게 하는 데에,
또 선한 사람들을 지원하여 돕고,
악당들을 쳐부수고 겁주는 데에

~~~~~~~~~~~~~~~~~~~

132) 중세 기사들이 사용하던 방패는 여러 모양이 있었으나 이 시기에는 주로 위쪽은 둥글고 아래로 내려가면서 좁아지는 긴 모양의 방패를 사용했다. 당시의 그림들을 보면 대략 어깨높이에서 무릎까지 닿는 길이였기 때문에 여기서처럼 사람을 방패에 눕히는 것이 가능했다.

133) (Val de Runers), 미상의 프랑스 지명.

자네보다 훌륭한 기사는 어디에도 없었네!”

**164**

동료들, 또 그토록 사랑하던 올리비에의 주검을 보자
롤랑 경은 감정이 격해져 눈물을 흘리기 시작한다.
그의 얼굴 전체에서 핏기가 사라진다.
너무도 괴로워 더는 서 있을 수가 없다.
롤랑은 자신의 의지와 상관없이 정신을 잃고 쓰러진다.

대주교가 말한다. “이게 무슨 불행이란 말이오, 용맹한 기사여!”

**165**

롤랑이 기절한 것을 보자
대주교는 이제껏 겪어보지 못한 큰 고통을 느낀다.
그는 손을 뻗어 상아 나팔을 집어 든다.
롱스보에는 냇물이 하나 흐른다.
그는 롤랑에게 물을 떠다 주려고 그리로 가려 한다.
힘겹게 종종걸음으로[134] 휘청거리며 걷는다.
너무 쇠약해진 대주교는 앞으로 나아갈 수가 없다.

---

134) 대주교는 회복할 수 없을 정도로 심한 부상을 입은 상태다. 고통으로 인해
정상적으로 발을 내딛지 못하고 좁은 보폭으로 겨우 걸음을 옮기는 모습을
그리고 있다. 이교도군에 맞서 검을 휘두르던 그리스도교 전사 튀르팽은 이
제 성직자의 본분으로 돌아와 혼절한 롤랑에게 마지막 온정의 손길을 건네
려고 몸을 움직인다.

걸을 힘이 남아 있지 않다. 피를 너무 많이 흘린 탓이다.
그는 1아르팡[135]의 벌판을 건너는 시간도 견디지 못하고
심장이 멎어 앞으로 쓰러진다.
죽음이 그를 고통스럽게 조여온다.


**166**

롤랑 경이 깨어나 정신을 차린다.
다시 일어서지만 극심한 고통을 느낀다.
아래위로 주위를 둘러보다가,
누워 있는 동료들 너머로, 녹색 풀밭 위에
하느님께서 그의 이름으로 보내신
고귀한 기사 대주교가 쓰러져 있는 것을 발견한다.
대주교는 가슴을 치며 죄를 고하고는 하늘을 바라본다.
두 손을 모아 하늘을 향해 뻗고
하느님께 천국을 허락해달라고 기도한다.


샤를 황제의 전사 튀르팽은 숨을 거둔다.
대전투와 아름다운 설교를 통해
그는 온 생애 동안 이교도들에 대한 승리자였다.
하느님께서 그에게 거룩한 축복을 내리시기를!           AOI.

---

135) 아르팡(arpent)은 면적의 단위인데 지역에 따라 상당한 차이를 보인다고 한
다. 사전상으로 1아르팡이 100페르슈(perches) 정도에 해당한다고 되어 있
고, 1페르슈가 0.01에이커이니 대략 1에이커 정도의 면적을 말하는 것으로
계산할 수 있다.

**167**

롤랑 경의 눈에 대주교의 모습이 들어온다.

쓰러져 있는 그의 몸 밖으로는 내장이 빠져나오고

이마 아래로는 부글거리며 뇌가 쏟아져 나온다.

쇄골 사이의 가슴 한복판에,

희고 아름다운 그의 두 손을 모으고 있다.

롤랑은 자신이 태어난 나라의 방식대로 그를 애도한다.

"아, 고귀한 대주교님, 훌륭한 집안의 기사시여,

오늘 저는 당신을 위해 영광스러운 하느님의 보살핌을 구합니다!

결코 누구도 대주교님처럼 기꺼이 하느님을 섬기지 못했습니다.

신앙을 지키고 사람들을 신앙으로 이끄는 데에 있어

사도들 이래로 대주교님과 같은 성직자는 없었습니다.

대주교님의 영혼에 부족한 것이 없기를!

천국의 문이 활짝 열려 대주교님의 영혼을 맞아주기를!"

## ✣ 롤랑의 죽음

**168**

롤랑은 죽음이 다가옴을 느낀다.

양쪽 귀로는 뇌가 흘러 쏟아진다.

동료들을 하느님의 품으로 불러달라고 기도한다.

그러고는 자기 자신을 위해 천사 가브리엘을 청한다.

비난의 여지가 생기지 않도록[136] 상아 나팔을 쥐고,

다른 손에는 애검 뒤랑달을 든다.

석궁의 사정거리 정도 되는 거리[137]를 걸어

휴한지를 지나 에스파냐 쪽으로 향한다.

한 언덕 위에 오르니 두 그루[138]의 아름다운 나무가 있고[139],

---

136) 자신의 분신과도 같은 두 물건, 즉 상아 나팔과 애검을 혹시라도 적군이 주 워 마치 롤랑이 전투에서 패배했다는 오해를 받을 가능성을 차단하기 위해 서라는 뜻이다.

137) 베디에는 Dun arcbaseste를 Plus qu'arbaelste로 수정하고 "석궁 사정거리보 다 좀 더 멀리"의 뜻으로 이해한다. 뒤푸르네와 쇼트 역시 베디에의 해석을 따른다. 무아녜는 dun을 dunt과 다른 형태로 간주해 "석궁이 날아갈 수 있 는 지점에"로 이해하는 것이 가능하며, 굳이 수정할 필요가 없다고 지적한 다. 무아녜의 의견을 따라 옥스퍼드 필사본 문장 그대로 번역했다. 중세 석궁의 사정거리를 정확히 알기는 힘들다. 또한 석궁의 종류에 따라 사정거리가 달라진다. 자료들에 따르면 최대 사거리가 100미터에 이르고, 200미터까지 화살을 보낼 수 있는 석궁도 존재했다고 한다. 여기서는 구체 적인 거리의 개념이라기보다는 전장을 벗어나지는 않은 채 가장 먼 거리를 걸어갔다는 뜻으로 이해하면 될 것으로 판단된다.

138) 필사본 원문에 오류가 있다(un arbre bele, 한 그루의 아름다운 나무). 남성 명사 arbre에 여성형 형용사 bele이 연결되어 있는데, 형용사만 남성형 bel로 수정하면 문법적으로는 아무 문제가 없다. 그런데 베디에는 이 부분을 dous arbres bels(두 그루의 아름다운 나무)로 수정하며, 쇼트와 조냉 판본도 마찬 가지다. 뒤푸르네는 필사본 형태를 유지하되 현대어 번역에는 '두 그루'로 적는다. 세그레 판본 역시 다른 필사본을 근거로 베디에의 수정을 따른다. 무아녜만 형용사를 남성형으로 바꾸고 '한 그루'를 유지한다. 문제는 동일한 장소에 대해 말하는 205연에는 '두 그루의 나무'라고 나온다는 점이다. 두 연의 내용을 통일시킬 필요가 있어 보여 여러 편자의 수정을 따라 '두 그루'

---

2장 롱스보 전투

그 아래에는 대리석으로 된 네 개의 표석[140]이 있다.

롤랑은 녹색의 풀밭 위로 쓰러져서는

정신을 잃는다. 죽음이 임박한 것이다.


**169**

산은 높고 나무들도 높이 자라 있다.

대리석으로 만든 표석 네 개가 번쩍인다.

녹색 풀밭 위에서 롤랑은 정신을 잃는다.


한 사라센인이 오랫동안 그를 지켜본다.

얼굴과 몸에 피를 바르고는

다른 사람들 가운데 누워 죽은 척하고 있었다.


그자가 일어서더니 급히 달려온다.

그는 잘생기고 건장하며 용맹함까지 갖추고 있지만,

오만함으로 인해 치명적인 어리석음을 범하고 만다.


~~~~~~~~~~~

로 바꿔 옮겼다.

139) 롤랑이 동료들과 대주교의 시신을 남겨둔 채 에스파냐 쪽의 언덕에 오른 이유는 평소 동료 기사들에게 한 약속을 지키기 위해서이다. 롤랑은 자신이 이국땅 전장에서 죽게 된다면 부하와 동료들의 맨 앞에 자리하여 적진을 굽어보며 정복자로서 죽겠노라고 말하곤 했다(174연 및 204연 참조). 이 약속을 지키려고 에스파냐를 향해 솟은 언덕을 찾아 올라간 것이다.

140) 자연 그대로의 바위가 아니라 사람의 손으로 대리석을 다듬어 네모나게 만든(faiz) 이 '표석(perrun)'들은 프랑스와 이교도 영토의 경계를 표시하는 것이다. 즉, 롤랑이 싸운 롱스보가 프랑스 영토였음을 보여준다.

그는 롤랑의 몸과 무기를 움켜잡더니

이렇게 말한다. "샤를의 조카는 패배했다.

이 검은 내가 아라비아로 가져갈 테다."


그가 잡아당기는 바람에 롤랑 경은 조금 정신을 차린다.


**170**

롤랑은 누군가 자신의 검을 빼앗는 것을 느낀다.

그는 눈을 뜨고 그자에게 말한다.

"내 생각에 네놈은 우리 편이 아니로다!"

손에서 놓으려 하지 않았던 상아 나팔을 움켜쥐고

금테 두른 보석 장식이 붙은 투구 위를 내리친다.

투구의 강철을 깨고 머리와 뼈까지 부순 후

머리에서 두 눈을 튀어나오게 만든다.


발아래 죽어 쓰러진 그에게 말한다.

"이교도 악당아, 옳고 그르고는 제쳐두더라도,

어찌 감히 내게 달려들 작정을 했단 말인가?

너를 미친놈이라고 생각하지 않을 사람 없을 것이다.

내 상아 나팔 끝이 쪼개지고, 수정과 금장식이 떨어졌구나!"


**171**

롤랑은 시력이 흐려짐을 느낀다.

그는 일어서서 온 힘을 다해 몸을 움직인다.

그의 얼굴은 핏기를 잃었다.

그의 앞에 회색 바위[141]가 하나 있다.

그는 슬픔과 원통함에 젖어 검으로 바위를 열 번 내리친다.

날카로운 강철 울리는 소리만 날 뿐

검은 부러지지도 이가 빠지지도 않는다.


롤랑 경은 말한다.

"아, 성모 마리아님, 도와주소서!

아, 뒤랑달, 나의 애검이여, 네게 이 무슨 불행이란 말이냐!

이제 나는 끝이 났으니 더는 너를 지닐 수 없게 되었다.

내 너를 들고 얼마나 많은 전투에서 승리하고,

얼마나 많은 거대한 영토를 정복해

흰 수염의 샤를 황제께서 다스리고 계시는가!

상대를 보고 도망치는 자의 것이 되어서는 아니 된다!

용맹한 신하가 너를 오랫동안 지녔도다.

성스러운 프랑스에 그 신하와 견줄 자는 앞으로 결코 없으리라."


**172**

롤랑은 사르두안석[142)으로 된 표석을 내리친다.

---

141)  168연에서 언급된 네 개의 표석(perrun) 중 하나를 '바위(perre)'로 지칭하
   고 있다.

142)  '사르데냐'의 명칭에서 비롯된 옥수(玉髓)의 일종. 일반적으로 갈색을 띤다.
   사르데냐(Sardegna)는 이탈리아반도 서쪽, 코르시카섬 아래에 위치하는 섬
   으로 9세기에 아랍인들이 지중해를 정복할 때 에스파냐, 시칠리아와 함께

날카로운 강철 울리는 소리만 날 뿐

검은 부러지지도 이가 빠지지도 않는다.


검을 부러뜨릴 수 없음을 보자

롤랑은 마음속으로 검을 위해 탄식한다.

"아! 뒤랑달! 어찌 이리 아름답고, 맑고, 빛이 나는가!

햇빛을 받아 어찌도 이렇게 불타듯 번쩍이는가!

샤를 황제께서 모리엔[143] 계곡에 가셨을 때

하느님께서 천사를 통해 너를 전하시며

폐하 휘하의 장수에게 너를 주라고 명하셨지.

위대하고 고결하신 왕께서는 너를 내 허리에 채워주셨도다!

너를 손에 들고 앙주와 브르타뉴[144],

푸아투[145]와 멘[146], 자유국[147] 노르망디[148],

---

아랍의 지배 아래에 들어갔다. 네 개의 표석 중 세 개는 회색 대리석으로 만들어졌고, 172연의 표석만 사르두안석이다. 즉, 기독교 세계인 프랑스와 이교도 국가인 에스파냐와의 경계를 의미한다고 이해하는 것이 가능하다.

143) Maurienne(Moriane), 프랑스 오베르뉴론알프 지방 사부아에 위치한 계곡 이름. 샤를마뉴가 실제로 773년에 모리엔의 성 미카엘(Saint Michel) 길을 따라 알프스를 통과한 적이 있다고 한다.

144) Bretagne(Bretaigne), 프랑스 서부 브르타뉴반도를 중심으로 하는 지방. 샤를마뉴 시대의 브르타뉴는 프랑크 왕국에 속하지는 않되 샤를마뉴의 패권을 인정하는 조공국이었다.

145) Poitou(Peitou), 프랑스 서부에 있는 옛 지명. 현재의 방데, 되세브르, 비엔 등을 포함한다.

146) Maine(Maine), 파리와 브르타뉴 사이에 위치하는 프랑스 북서부의 옛 지명.

147) 세금 등의 의무가 면제된 자유 도시 또는 지방.

**샤를마뉴 스테인드글라스의 롤랑**

프랑스 샤르트르대성당의 샤를마뉴 스테인드글라스에 새겨진 롤랑의 모습. 서 있는
두 기사 모두 롤랑의 모습을 재현한 것이다. 왼쪽은 뒤랑달로 돌을 내려치는 롤랑을,
오른쪽은 상아 나팔을 부는 롤랑을 그렸다.

프로방스[149]와 아키텐[150], 롬바르디아[151]와 로마냐[152] 전역,

바바리아[153]와 플랑드르[154] 전체,

부르고뉴[155]와 폴로냐[156] 전체를 폐하께 바쳤다.

그리고 콘스탄티노플[157]로부터는 신하의 서약을 받아냈으며,

폐하께서 원하시는 대로 다스리는 작센[158]도 얻었다.

---

148) Normandie(Normendie), 프랑스 서북부에 있는 지방. 동쪽으로 센강이 흐르고, 서부에는 코탕탱반도가 영국 해협에 돌출해 있다.

149) Provence(Provence), 프랑스 동남부, 이탈리아와의 경계에 있는 지방. 론강 동쪽 지중해 기슭에 위치한다.

150) Aquitaine(Equitaigne), 프랑스 남서부에 위치한 지방으로 중심 도시는 보르도이다.

151) Lombardia(Lumbardie), 이탈리아의 북부에 있는 주. 알프스산맥에서 포강에 이르는 지역으로, 중심 도시는 밀라노이다.

152) Romagna(Romaine), 오늘날 에밀리아로마냐주의 남동부와 대략 일치하는 이탈리아의 옛 지명.

153) Bavaria(Baiver), 현재의 독일 남동부 바이에른에 해당하는 지역의 중세 라틴어 명칭. 이 지역은 《롤랑의 노래》에서 '프랑스'로 통칭하는 프랑크 왕국에 속해 있을 뿐만 아니라 샤를마뉴가 프랑스인들 다음으로 아끼는 민족(218연)이었기 때문에 독일어 '바이에른'을 쓰지 않고 중세 라틴어 명칭 '바바리아'로 적었다.

154) Flandre(Flandres), 프랑스 북부에서 벨기에 서부에 이르는 지방.

155) Bourgogne(Burguigne), 현재 프랑스 동부, 손강 동쪽 연안에 있는 지방. 일부 연구자들은 부르고뉴 대신 불가리아로 이해하기도 한다. 세그레와 쇼트 판본에도 Buguerie로 수정하고 있다. 베디에, 무아네, 뒤푸르네 판본은 옥스퍼드 필사본의 Burguigne를 그대로 유지한다.

156) Polonia(Puillanie), 현재의 폴란드(Pologne) 지역을 가리키는 중세 라틴어 명칭.

157) Constantinople(Costentinnoble), '이스탄불'의 옛 이름. 비잔틴제국(동로마제국)의 수도였다.

또한 너를 들고 스코틀랜드와 아일랜드[159],

폐하께서 영지로 여기시는 잉글랜드도 정복했다.[160]

수많은 나라와 영토를 정복하여

흰 수염의 샤를 황제께서 통치하고 계시다.

내 애검 뒤랑달을 보니 슬픔과 괴로움이 몰려오는구나.

이교도가 이 검을 갖는 것을 보느니 차라리 죽는 편이 낫다!

하느님 아버지! 프랑스가 수치를 겪지 않게 하소서!"


**173**

롤랑은 회색 바위[161]를 내리친다.

---

158) Sachsen(Saisonie), 현재 독일 남동부에 위치한 작센주가 아니라 엘베강과
라인강 사이에 위치한 작센족의 옛 영토. 현재의 베스트팔렌(Westfalen)에
해당하는 지역. 바바리아처럼 라티어식으로 '삭소니아(Saxonia)'로 쓰지 않
은 이유는 작품 안에서 작센족이 샤를에게 반기를 드는 대표적인 프랑크 왕국
내 민족으로 그려지기 때문이다. 독일어 표기를 통해 작센이 '프랑스'와 대립
하는 프랑크 왕국의 약한 고리였음을 표기 방식을 통해 나타내고자 했다.

159) 필사본에서 '스코틀랜드(Escoce)' 다음 단어들을 긁어내고 후대의 교정자가
의미 파악이 불가능한 'Vales Islonde'를 적어놓았다. 세그레와 쇼트 판본의
수정을 따라 '아일랜드'로 고쳐 번역했다.

160) 샤를마뉴가 롬바르디아·로마냐·작센·바바리아를 정복한 것은 사실이나, 앙
주·브르타뉴·잉글랜드·스코틀랜드는 샤를마뉴의 정복과는 상관없는 지역
들이다.
죽음을 눈앞에 둔 롤랑이 이렇게 자신의 공적을 나열하는 것은 자기 과시라
기보다는 이러한 무훈을 가능하게 해준 뒤랑달을 칭송하고 마지막으로 애
검에 애틋한 마음을 전하기 위해서이다.

161) 205연의 "세 개의 표석에 남긴 칼자국"을 설명하려면 171연의 회색 바위,
172연의 사르두안석으로 된 표석, 173연의 회색 바위가 각각 다른 표석이어
야 한다. 뒤랑달로 내리치지 않은 표석 하나를 제외하고 205연에서 표석 세

셀 수 없을 만큼 여러 번 바위를 내리친다.

날카로운 강철 울리는 소리만 날 뿐

검은 깨지지도 부러지지도 않는다.

하늘을 향해 튀어 오를 뿐이다.[162]


롤랑 경은 검을 부러뜨릴 수 없음을 깨닫자

매우 다정하게 검을 위해 탄식한다.

"아! 뒤랑달! 너는 어찌 이리 아름답고 성스러운가!

황금 두구 안에는 여러 성유물이 들어 있다.

성 베드로[163]의 치아와 성 바실리오[164]의 피,

성 드니[165] 주교님의 머리카락,

성모 마리아의 옷자락이 그 안에 들어갔다.

네가 이교도 손에 넘어가는 것은 옳지 못하다.

---

개만을 언급하는 것이다.

162) 롤랑의 노력에도 불구하고 뒤랑달은 부러지거나 상하지 않는다. 172연에서
보듯이 이 검은 하느님께서 천사를 통해 샤를마뉴에게 전한 것으로, 그리스
도교를 지키고 이교도를 징벌하는 검이다. 즉, 뒤랑달은 그리스도교의 힘을
상징하므로 부러지지 않는 것이 당연하다.

163) 시몬 베드로(기원전 10?~65?), 예수의 십이 사도 중 한 사람이며 초대 교황.

164) 330년 카파도키아 지방 카이사레아 출신. 교회 역사상 가장 뛰어난 가문에
서 태어난 성자로 흔히 '대(大)바실리오(Basilius Magnus)'라고 불린다. 370
년 카이사레아의 주교로 임명되었다.

165) 파리(당시 이름은 루테티아)의 초대 주교. 파리의 수호성인이기도 하다. 3
세기 중엽 갈리아(현재의 프랑스 지역) 포교를 위해 로마에서 파견되었으
나 이교도들에게 잡혀 순교했다고 한다. 성상학(聖像學)에서 잘린 머리를
들고 있는 모습으로 그려진다.

그리스도교인이 너를 사용해야 한다.

비겁한 짓을 하는 자의 손에 네가 넘어가지 않기를!

너를 손에 들고 정복한 드넓은 영토들을

흰 수염의 샤를 황제께서 통치하고 계시다.

이 영토들로 하여 황제께서 부강해지셨도다."


**174**

롤랑은 죽음이 온몸을 덮쳐와

머리에서 심장을 향해 내려가는 것을 느낀다.

그는 한 그루의 소나무 아래로 달려가

녹색 풀밭 위에 엎드린다.

배 밑에 검과 상아 나팔을 놓고

이교도 민족을 향해 얼굴을 돌린다.

어떤 일이 있어도 샤를 황제와 그의 신하 모두가

고귀한 롤랑 경은 정복자로서 죽었노라고 말하기를 원하기 때문이다.[166]

그는 여러 번 연속해서 가슴을 치며 죄를 고한다.

자신이 지은 죄의 용서를 구하며 롤랑은 장갑을 하느님께로 내민다.[167]                                        AOI.


---

166)  롤랑이 뒤랑달을 부러뜨리려 한 장소는 네 개의 표석들이 서 있는 곳으로
      프랑스와 에스파냐의 경계 지역이다. 죽음을 목전에 두고 마지막 힘을 짜내
      어 달려간 이유는 이 경계를 넘어 에스파냐 땅으로 들어가 정복자로서의 죽
      음을 확실히 하기 위함이다.

**175**

롤랑은 생의 마지막 순간에 이르렀음을 느낀다.

그는 가파른 언덕 위에서 에스파냐 쪽으로 얼굴을 돌리고,

한 손으로 가슴을 친다. "하느님, 전능하신 힘으로

제가 태어난 순간부터 제가 쓰러진 오늘까지

제가 범한 크고 작은 죄들을 용서하소서!"


롤랑은 하느님을 향해 오른쪽 장갑을 뻗어 내민다.

천사들이 하늘에서 그에게로 내려온다.                    AOI.


**176**

롤랑 경은 한 그루의 소나무 아래에 누워 있다.

에스파냐 쪽을 향해 얼굴을 돌린다.

수많은 기억이 그의 머릿속에 되살아난다.

그가 정복했던 수많은 영토,

그리운 프랑스, 그의 가문 사람들,

그를 길러준 영주 샤를마뉴가 머리에 떠오른다.[168]

---

167)  샤를 왕이 신하에게 임무를 내릴 때 내린 장갑은 그 기사의 임무를 상징한
     다. 황제에게서 그리스도교 수호의 임무를 받았던 롤랑이 자신의 임무를 완
     수했음을 알리며 장갑을 하느님께 반납하는 장면이다. 또한 신하가 영주에
     게 장갑을 반납한다는 것은 신하로서의 임무를 완수하지 못해 영주에게 받
     은 봉토를 반납한다는 의미를 지닐 수도 있다(202연 참조).

168)  옥스퍼드 필사본의 《롤랑의 노래》에는 남녀 간의 사랑에 할애된 지면이 없
     다. 생의 마지막 순간에도 기사 롤랑은 오로지 기사로서의 본분과 조국, 가
     문의 명예, 영주인 샤를 왕을 생각할 뿐, 약혼녀 오드에 대한 그리움은 표현

눈물을 흘리며 한숨짓지 않을 수 없다.

하지만 자기 자신을 잊으려 하지는 않는다.

그는 가슴을 치며 죄를 고하고 하느님께 자비를 구한다.


"결코 거짓을 말씀하시는 일이 없으며,

성 라자로를 부활시키셨으며,

사자들로부터 다니엘을 구하셨던 진정한 아버지시여,

제가 살면서 범한 죄들로 인해

위험에 처한 제 영혼을 구하소서!"[169]


롤랑이 오른쪽 장갑을 하느님께 바치니,

대천사 성 가브리엘이 그것을 받고

롤랑의 떨구어진 고개를 팔로 받쳐준다.

두 손을 모으고 롤랑은 마지막 순간을 맞는다.

---

하지 않는다.

169) 라자로의 부활(《요한복음》 11장), 사자 굴의 다니엘(《다니엘서》 6장).
영혼을 하느님께 맡기는 임종기도(Ordo commendationis animae): "주님,
사자 굴에서 다니엘을 구하셨던 것과 같이 그의 영혼을 구원하소서./주님,
세 명의 어린아이를 불구덩이에서 구하셨듯이 그의 영혼을 구원하소서./
주님, 라자로를 무덤에서 부활시키셨듯이 그의 영혼을 구원하소서(Libera,
Domine, animam ejus, sicut liberasti Danielem de lacu leonum./Libera,
Domine, animam ejus, sicut liberasti tres pueros de camino ignis ardentis./
Libera, Domine, animam ejus, sicut liberasti Lazarem de monumento)."
무훈시에서 죽음을 앞두거나 큰 위험에 처했을 때 등장인물의 입을 통해 자
주 인용된다. 발리강의 군대와 일전을 앞둔 샤를마뉴도 말에서 내려 같은
기도를 한다(226연).

하느님께서 케루비노 천사를 보내시니,

성 미카엘도 성 가브리엘과 함께 온다.[170]

그들은 롤랑 경의 영혼을 천국으로 데려간다.

---

170) 수태고지는 물론 성모의 승천을 전하러 온 천사도 대천사 가브리엘이었다.
주로 하느님의 계시를 인간에게 전하러 오는 천사로 기술된다.《롤랑의 노
래》에서도 샤를 황제에게 하느님의 뜻을 전하고, 위험으로부터 그를 보호하
는 역할을 맡는다. 대천사 미카엘(Saint Michel du Péril)은 천사들의 군대를
지휘하고 죽은 자의 영혼을 천국으로 인도한다. 미카엘을 흔히 이스라엘과
유대민족의 수호자로 부르지만, 여기에서는 이스라엘의 보호자까지 롤랑을
위해 내려왔다는 의미보다는 롤랑이 말하는 '위험'(악마들에 의해 지옥으로
끌려가는 것)으로부터 보호하며 천국으로 영혼을 안전하게 데려가기 위한
것으로 이해된다. 케루비노는 원래 아홉 개의 천사 계급 가운데 세라피노
천사들에 이어 두 번째 위계에 속하는 상급 천사들을 지칭하는데, 여기서는
천사 한 명의 이름으로 사용되고 있다. 롤랑의 영혼을 맞으러 그만큼 급이
높은 천사가 대천사들과 함께 내려왔음을 의미한다.

3장

# 샤를마뉴의 회군

# ✢ 전사자들에 대한 애도

### 177

롤랑은 죽었다.

하느님께서 그의 영혼을 하늘로 거두셨다.

황제가 롱스보에 도착하니

큰길, 작은 길, 넓은 곳, 좁은 곳 가릴 것 없이 한 치의 땅도

프랑스인이나 이교도가 쓰러져 있지 않은 곳이 없다.

샤를이 소리친다.

"사랑하는 조카여, 어디에 있는가?

대주교, 그리고 올리비에 경은 어디에 있는가?

제랭과 그의 동료 제리에는 어디에 있는가?

오통과 베랑제 경,

내가 그렇게 아끼던 이봉과 이부아르는 어디에 있는가?

가스코뉴의 앙줄리에는 어찌 되었소?

상송 경과 용맹한 앙세이는?

루시용의 '노인' 제라르는 어디 있소?[1]

내가 이곳에 남겨둔 십이 기사는 어디로 갔소?"

---

1) 샤를 황제가 부르는 이름 가운데 대주교 튀르팽을 제외한 나머지가 십이 기사
의 이름이다.

외쳐 불러본들 무슨 소용이 있겠는가, 아무도 대답을 하지 않으니.

"하느님!" 황제는 말한다. "이 얼마나 통탄할 일입니까!
전투가 시작될 때 제가 이곳에 있지 못했으니 말입니다!"

그가 분노와 슬픔에 겨워 턱수염을 잡아 뜯자
그의 용맹한 기사들도 눈물을 흘리고,
그중 이만 명이 실신해 쓰러진다.
넴 공도 깊은 연민에 사로잡힌다.

**178**
연민의 눈물을 뜨겁게 흘리지 않는
기사나 장수 아무도 없다.
자신들의 아들, 형제, 조카, 친구,
그리고 충성을 맹세했던 영주를 위해 우는 것이다.
많은 이들이 기절해 쓰러진다.

넴 공만은 사려 깊은 사람답게 행동하여
먼저 황제에게 아뢴다.
"2리외2) 앞쪽을 보십시오.
큰길을 따라 먼지가 자욱한 것이 보일 겁니다.

2)   약 8킬로미터.

수많은 이교도 무리가 도망치는 것입니다.

그러니 어서 말에 올라 쫓으시어 이 고통을 되갚으소서."

샤를이 말한다.

"하느님! 저들은 벌써 멀리 가고 있습니다.

제게 정의와 명예를 허락해주시옵소서!

저들이 그리운 프랑스의 꽃을 빼앗아 갔나이다!"

왕은 제부앵과 오통,

그리고 랭스의 티보와 밀롱 경에게 명한다.

"이곳 전장, 그리고 주위의 산과 계곡을 지켜라.

시신들도 지금 있는 그대로 두어라.

사자나 들짐승[3]은 물론

어느 시종도 종자도 건드리지 못하도록 하라!

하느님께서 우리를 이 전장으로 돌아오게 하실 때까지

누구도 그들에게 손대는 것을 금하노라!"

그들은 충심을 다하여 공손히 대답한다.

"정의로운 황제 폐하, 분부 받들겠습니다."

그러고는 휘하의 기사 천 명과 함께 남는다.                    AOI.

---

3) 롱스보에 사자가 있을 리 없고 시인도 이 사실을 모르지는 않았을 것이다. 베디
   에는 여기서 사자와 들짐승들을 사탄과 악마를 상징하는 표현으로 간주한다.

## ✤ 이교도 추격전

**179**

황제는 나팔을 불게 한 후
대군을 이끌고 용감하게 말을 달린다.
에스파냐인들의 자취를 찾아내고는[4]
모두 전력을 다해 추격을 시작한다.

저녁이 다가오는 것을 본 왕은
초원의 녹색 풀밭 위에 내리더니
땅에 엎드려 주님께 기도한다.
해를 멈추고 밤이 오는 것을 늦추어
낮이 지속되게 해달라고 청한다.

그러자 왕에게 늘 말씀을 전하던 천사[5]가 나타난다.
"샤를, 말에 오르거라! 해가 지는 일은 없을 것이다!
네가 프랑스의 꽃을 잃었음을 주님께서도 알고 계시다.
가서 사악한 민족에게 복수하거라!"

---

4) 필사본의 문장 "De cels d'Espaigne unt lur les dos turnez(그들[프랑스군]은 에
스파냐인들이 등을 돌리게 만든다. 즉, 에스파냐인들이 등을 보이고 도망치게
만든다.)"는 의미 자체가 명확하지 않을 뿐만 아니라 뒤따르는 시행과 연결되
지도 않는다. 뒤푸르네와 쇼트 판본의 수정 "De cels d'Espaigne unt les escloz
truvez."를 받아들여 번역했다.

5) 대천사 가브리엘.

이 말을 듣자 황제는 말에 오른다.                    AOI.


## 180

샤를마뉴를 위해 하느님께서 엄청난 기적을 행하신다.

과연 해가 제자리에 멈추어버린 것이다.[6]


이교도들은 도주하고, 프랑스인들은 그 뒤를 쫓는다.

발 테네브뢰[7]에서 프랑스군은 그들을 따라잡고

박차를 가하여 사라고사 쪽으로 몰아간다.

거센 공격으로 그들을 도륙하며

그들의 앞을 막아 큰길을 차단한다.

에브로[8] 강물이 이교도들의 앞을 막고 있다.

강물은 대단히 깊고 무시무시하며 빠르다.

고깃배고 거룻배고 짐 싣는 배고 어떤 배도 없다.

이교도들은 자기네들의 신 테르바강의 가호를 빌며

강물로 뛰어들지만 어떤 구원도 얻지 못한다.

---

6) 《구약성서》〈여호수아기〉(10장 12~13절)를 연상시키는 대목이다: "주님께서 아모리족을 이스라엘 자손들 앞으로 넘겨주시던 날, 여호수아가 주님께 아뢰었다. 그는 이스라엘이 보는 앞에서 외쳤다. '해야, 기브온 위에, 달아, 아얄론 골짜기 위에 그대로 서 있어라.' 그러자 백성이 원수들에게 복수할 때까지 해가 그대로 서 있고 달이 멈추어 있었다."(한국천주교주교회의 주석 성경)

7) Val Ténébreux(Val Tenebrus), '어두운 계곡'이라는 뜻. 실제로 존재하는 지명이라기보다는 시인이 만들어낸 가상의 공간일 가능성이 크다.

8) Ebro(Sebre), 사라고사를 가로지르는 강 이름. 필사본상의 표기 Sebre는 카탈루냐어 관사 su가 축약되어 결합한 형태라고 설명할 수 있다.

갑옷을 입어 가장 무거운 자들은
대부분 바닥으로 가라앉아버린다.
나머지는 물결에 휩쓸려 떠내려간다.
가장 운이 좋은 자들이라고 해봐야
물을 하도 마셔 끔찍한 고통 속에서 익사하고 만다.

프랑스 기사들이 외친다.
"롤랑 경, 이 무슨 불행이란 말입니까!"                    AOI.

## 181

이교도들이 공격을 받거나 물에 빠져 모두 죽고,
프랑스 기사들이 엄청난 전리품을 챙기게 된 것을 본
고귀한 샤를 왕은 말에서 내려서는
땅에 엎드려 하느님께 감사의 기도를 올린다.
왕이 일어서자 해가 진다.

황제가 말한다.
"이제 숙영할 시간이오.
롱스보로 돌아가기에는 너무 늦었소.
말들도 지쳐 힘이 빠졌으니
안장을 내리고 재갈도 풀어
초원으로 가 쉴 수 있게 하시오."

프랑스인들이 대답한다. "폐하, 옳은 말씀이옵니다."        AOI.

**182**

황제가 숙영지를 정하자

프랑스군은 말에서 황야 위로 내린다.

말에게서 안장을 내리고

머리 위로 조였던 금 재갈을 풀어준 후

신선한 풀이 가득한 초원에 풀어놓는다.

그 이상으로는 말들을 돌볼 수 없다.[9]

너무 피곤한 자들은 맨땅 위에 그대로 쓰러져 잠이 든다.

이날 밤은 보초도 없다.


**183**

황제는 풀밭에 눕는다.

용맹한 황제는 장창을 머리맡에 둔다.

이날 밤은 무장을 풀고 싶어 하지 않는다.

금세공 장식이 박힌 흰 갑옷을 입고,

금테를 두른 보석으로 장식한 투구를 쓰고,

하루에도 서른 번이나 광채가 변하며

이 세상 어느 검과도 비교할 수 없는

그의 애검 주아이외즈[10]를 허리에 차고 있다.

십자가 위의 주님께 상처를 입힌 창,

---

9) 너무 피로해 더는 말을 보살필 수 없다는 뜻이다. 이어지는 두 시행에서 보듯이 프랑스로 돌아가던 중 말을 돌린 후 롱스보를 거쳐 대추격전을 벌이느라 지친 프랑스군은 보초를 세울 수 없을 정도로 기진맥진한 상태다.

3장 샤를마뉴의 회군

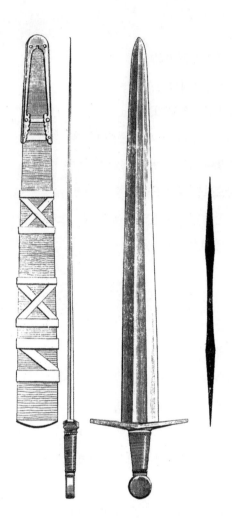

**중세 기사들의 검과 검집**

중세 기사들이 사용하던 검의 형태와 길이는 시대와 지역에 따라 약간의 편차는 있
으나 위 그림의 모습을 크게 벗어나지 않는다. 그림의 손잡이 길이에서 볼 수 있듯
이 한 손으로 잡고 다루도록 만들어졌으며, 무훈시에 등장하는 명검들의 경우 손
잡이 아래 둥근 모양의 '두구' 안에 성유물이 들어가 있는 것으로 소개된다. Eugène
Viollet-Le-Duc, *Dictionnaire des armes offensives et défensives* (DECOOPMAN, 2014),
p.284.

— 그 창을 우리는 잘 알고 있다 —

샤를은 바로 그 창날을 하느님의 은총으로 얻게 되어

검 손잡이의 금으로 만든 두구 안에 넣었다.

이러한 영예와 은총으로 인해

'주아이외즈'라는 이름이 이 검에 주어졌다.

프랑스 기사들이 이 사실을 잊을 리 없으니,

'몽주아!'라는 함성이 나오게 된 것이다.

이런 이유로 어느 민족도 그들에게 저항할 수 없다.


**184**

밤은 밝고 달이 환하게 비춘다.

샤를은 누워 있다.

그러나 롤랑과 올리비에, 십이 기사,

그리고 프랑스 군사들 생각으로 괴로워한다.

그들을 롱스보에 피투성이로 죽은 채 남겨놓았다.

눈물과 탄식을 금할 길 없어

하느님께 그들 영혼의 보호자가 되어주시기를 기도한다.

고통이 너무도 크기에 왕은 피로를 느껴 잠이 든다.

---

10) 인간에게 구원의 '기쁨'과 '환희'를 가져다주는 성스러운 창(십자가에 못 박힌 예수의 옆구리를 찔렀던 롱기누스의 창)의 날 조각이 두구에 들어 있다는 데에서 검 이름 '주아이외즈(Joyeuse)'가 비롯되었다. 즉, '주아이외즈'는 롱기누스 창처럼 '기쁨과 환희를 주는 검'(주아joie는 '기쁨, 환희'라는 뜻)이라는 의미가 된다. 또한 샤를마뉴 군대의 전쟁 함성 '몽주아(Monjoie)'와도 의미상으로 연결된다(92연 주석 참조).

더는 버틸 수 없었다.

초원 곳곳에서 프랑스인들이 잠들어 있다.
서 있을 힘이 남은 말도 한 마리 없다.
배가 고프면 앉아서 풀을 뜯는다.

고통을 제대로 겪어보아야 많은 것을 배우게 되는 법이다.[11]

**185**

샤를은 고통에 겨워 잠을 잔다.
하느님께서 성 가브리엘 천사를 보내
황제를 지키도록 명하신다.[12]
천사는 밤새도록 황제의 머리맡을 지키며
꿈을 통해 그에게 전투가 닥쳐오고 있음을 알려주고
매우 불길한 징조들을 보여준다.

샤를은 눈을 들어 하늘을 바라본다.
천둥과 바람, 뇌우 가운데 허연 서리가 내리고

---

11) 녹초가 되어 잠든 프랑스군의 상황에 대해 작가의 생각을 덧붙인 것인데 말하고자 하는 의미가 정확히 무엇인지 분명하지 않다.

12) 보초를 세울 수 없을 정도로 병사들이 지친 상태라 프랑스군은 적의 기습에 무방비 상태로 숙영하고 있다. 샤를 왕도 이 사실을 잘 알기에 무장을 풀지 않고 휴식에 들어갔다(183연). 샤를을 지켜줄 병사가 하나도 없는 상황을 염려하여 대천사 가브리엘을 보내 보호하고, 다가오는 전투에 대한 계시를 전하도록 명한 것이다.

엄청난 폭풍우가 몰아친다.

사방에 불이 붙어 불꽃이 일더니

삽시간에 그의 군대 위로 쏟아져 내린다.

물푸레나무와 사과나무 창 자루에 불이 붙고,

방패는 한복판의 순금 장식까지 타버린다.

예리한 창날 아래의 자루는 조각나고

갑옷과 강철 투구는 삐걱거린다.

그의 기사들이 큰 고통에 빠져 있음이 보인다.


이어서 곰과 표범이 그들을 잡아먹으려 들고

뱀, 독사, 용, 마귀들이 나타난다.

삼만이 넘는 그리핀[13]들도 보인다.

이들 모두가 프랑스 기사들에게 달려든다.


프랑스인들이 외친다.

"샤를마뉴 폐하, 도와주십시오!"

왕은 고통과 연민에 사로잡혀

그들에게로 가려고 하나 그럴 수가 없다.

거대한 사자 한 마리가 숲속에서

그에게로 오고 있기 때문이다.

매우 사납고 압도적이며 잔인한 이 사자가

---

13) Griffon(Grifuns), 머리와 앞발, 날개는 독수리이고 몸통과 뒷발은 사자인 상
상의 동물. 오리엔트가 기원으로, 건축이나 장식 미술에서 많이 볼 수 있다.

왕에게 달려들어 공격한다.
둘은 서로 엉겨 붙어 싸우기 시작하지만
누가 이길지 또 누가 쓰러질지 알 수가 없다.
황제는 잠에서 깨어나지 않는다.[14]

**186**

이어서 황제는 또 다른 꿈을 꾼다.

그는 프랑스 엑스의 대리석좌에 앉아 있다.
두 개의 쇠사슬로 곰 한 마리를 묶어놓고 있는데,
아르덴 쪽에서 곰 서른 마리가 다가오는 것이 보인다.
모든 곰이 사람처럼 말을 한다.

"폐하, 그 곰을 저희에게 돌려주십시오!
폐하께서 더 붙잡고 계시는 것은 옳지 않습니다.
저희는 친족인 그 곰을 구해야만 합니다."

그의 궁전에서 사냥개 한 마리가 뛰어나오더니
다른 곰들은 제쳐두고 가장 큰 놈을
녹색 풀밭 위에서 공격한다.
왕은 그곳에서 벌어지는 실로 놀라운 싸움을 목격한다.

---

14) 가브리엘 천사가 황제에게 보여주는 첫 번째 꿈은 곧 벌어지게 될 발리강과
의 전투이다. 황제에게 달려드는 사나운 사자가 바로 발리강이다.

그러나 누가 이기고 지는지는 알 수가 없다.[15]

이것이 하느님께서 보내신 천사가 왕에게 보여준 꿈이다.
샤를은 이튿날 날이 훤하게 밝을 때까지 잠을 잔다.


**187**

마르실 왕은 사라고사로 도망친다.
올리브나무 그늘에서 말을 내려
검과 투구, 사슬 갑옷을 벗고는
녹색 풀밭 위에 비참한 몰골로 몸을 누인다.
그는 오른손 전체를 잃어
출혈과 고통으로 기절한다.


그의 앞에서 왕비 브라미몽드가
눈물을 흘리고 울부짖으며 몹시 슬퍼한다.
그녀와 함께 이만이 넘는 사람들이
샤를과 그리운 프랑스를 저주한다.
그들은 아폴랭 신을 모신 지하 예배당으로 달려가
아폴랭을 비난하고 거칠게 욕설을 퍼붓는다.


---

15)  황제의 두 번째 꿈은 반역자 가늘룽의 재판에 관한 것으로, 사슬에 묶인 곰이
가늘룽, 샤를에게 그 곰을 돌려달라고 요구하는 서른 마리의 곰이 가늘룽의
친족들이다. 그들 중 가장 큰 곰은 피나벨, 그 곰을 공격하는 사냥개는 샤를
을 위해 결투 재판에 나서는 앙주의 티에리를 가리킨다.

"어이! 못돼먹은 신 같으니라고!

왜 우리에게 이런 치욕을 겪게 하는 거요?

왜 우리 마르실 왕을 패하게 만든 거요?

당신을 충실히 섬긴 사람에게, 이런 못된 대접을 하다니!"

그들은 아폴랭에게서 왕홀과 왕관을 빼앗고,

두 손을 묶어 기둥에 매달았다가

그들의 발아래 땅으로 내팽개치고는

커다란 몽둥이로 두들겨 패 부숴버린다.

테르바강 신상(神像)에서는 석류석을 뽑아버리고,

마호메트는 도랑에 던져

돼지와 개들이 물고 짓밟도록 만든다.[16]


**188**

기절했던 마르실이 정신을 차린다.

거처로 사용하는 둥근 천장이 달린 방으로

자신을 옮기도록 명한다.

각양각색의 그림과 글자로 장식된 방이다.


왕비 브라미몽드는 남편을 위해 눈물을 흘리며

머리를 잡아 뜯고, 자신의 불행을 하소연하더니,

---

16) 마호메트와 아폴랭(1연 주석 참조)은 물론 테르바강(47연 주석 참조)도 이슬
람교의 신은 아니다. 중세 텍스트에서 이슬람교는 고대 이교 문명의 다신교
처럼 그려진다.

화제를 돌려 큰 소리로 외친다.

"아, 사라고사여, 너는 오늘 많은 것을 잃었구나!
너를 다스리던 고귀한 왕을 잃었으니 말이다!
우리의 신들은 배신을 저질러
오늘 아침 전투에서 전하를 저버렸도다!
목숨을 아끼지 않을 정도로 대담하고
용감한 저들 민족과 싸우지 않는다면,
아미르[17]도 비겁한 자일 뿐이리라!
흰 꽃 같은 수염의 황제는
용맹하고 실로 대담하여
전투를 시작하면 절대 도망치지 않는다.
아무도 그자를 죽이지 못하니 한스럽구나!"

---

17) 남편 마르실이 도움을 청했던 아미르 발리강을 말한다.

# 발리강의 상륙

# ✤ 아미르 발리강의 참전

**189**

황제께서는 그의 막강한 힘을 발휘하시며

칠 년 동안 내내 에스파냐에 계셨다.[1]

샤를 황제는 성과 수많은 도시를 정복했다.

마르실 왕은 이 상황을 타개하고자 무진 애를 썼다.

첫해부터 친서를 은밀히 보내

바빌로니아[2]의 발리강에게 간청했다.

셀 수 없을 정도로 나이가 많은 아미르[3] 발리강은

---

1) 1부 1연을 여는 두 시행과 거의 같은 형식으로 발리강 에피소드가 시작된다.
   1연:
   우리 위대한 황제 샤를 왕께서는/칠 년 동안 내내 에스파냐에 계셨다.
   (Carles li reis, nostre emperere magnes/Set anz tuz pleins ad estet en Espaigne.)
   189연:
   황제께서는 그의 막강한 힘을 발휘하시며/칠 년 동안 내내 에스파냐에 계셨다.
   (Li emperere par sa grant poëstet/.VII. anz tuz plens ad en Espaigne estet.)

2) Babylonia(Babilonie), '바빌로니아'라는 명칭은 곧바로 메소포타미아 남동쪽의 고대 왕국을 떠올리도록 하는 게 사실이다. 물론 샤를마뉴 시대에 이 고대 왕국이 계속 존재할 리는 없다. 이를 근거로 《롤랑의 노래》의 역사 인식이 터무니없다는 비판을 가하기도 한다. 하지만 중세 무훈시에서 말하는 '바빌로니아'는 항상 10세기에 파티마 왕조가 이집트에 세운 도시 '카이로'를 가리키는 이름이다.

3) 롱스보의 전투와 롤랑의 죽음을 다루는 1부에 등장하는 이교도 아미르들은 모두 이슬람 왕국에서 속주의 총독이나 태수, 군사령관 등을 부르는 사전적 의미로 쓰였으나, 2부에서 이슬람 대군을 이끌고 에스파냐에 상륙한 발리강은 이교도 세력 전체를 지배하는 황제급 지위를 갖는다. 즉, 발리강은 샤를마뉴 황제를 상대하는 지위의 인물이다.

베르길리우스[4]나 호메로스[5]보다도 오래 산 자이다.

마르실은 아미르에게 자신을 구하러

사라고사로 와달라고 청했다.

그러지 않으면 그가 섬기던

신들과 모든 우상을 저버릴 것이며,

성스러운 그리스도교를 받아들여

샤를마뉴와 화친을 맺겠다고 했다.


아미르는 멀리 있어 너무 오래 지체했다.

마흔 개 왕국의 병력을 소집하고,

거대한 전함들과 화물선, 공격선 등의

크고 작은 함선들을 준비시켰다.

알렉산드리아 성 아래 바다의 항구에

그의 함대 전체가 출정하도록 준비시켰다.

5월, 여름의 첫날, 그는 전군을 바다로 내보낸다.


**190**

적군의 규모는 어마어마하다.

전속력으로 전진하며 노를 젓고 배를 몬다.

---

4) Vergilius(Virgilie), 고대 로마의 시인(Publius Vergilius Maro, 기원전 70~기원
   전 19). 로마의 건국과 사명을 노래한 민족 서사시 《아이네이스》를 썼다.

5) Homeros(Omer), 고대 그리스의 시인(?~?). 유럽 문학의 최고(最古) 서사시
   《일리아스》와 《오디세이아》의 작자로 알려져 있다.

돛대와 뱃머리 높은 곳에는

수많은 석류석[6]이 빛을 발하고 등불이 빛난다.

위에서 빛나는 불빛이 앞을 환하게 비추어

밤이 되니 바다는 더욱 아름답다.

그들이 에스파냐 땅에 다다르자

온 나라가 그 빛을 받아 환하게 밝아져

그 소식이 마르실에게까지 전해진다.          AOI.


**191**

이교도군은 잠시도 멈추지 않고

바다에서 나와 민물로 들어간다.

마르브리즈와 마르브로즈[7]를 지나

전 함대가 에브로강을 거슬러 올라간다.

수많은 등불과 석류석 불빛이

밤새도록 주변을 환하게 비춘다.

---

6) '석류석'이라는 말로 통일해 번역하고 있는 carbuncle 또는 escarbuncle은 스스로 빛을 내는 힘을 가진 것으로 중세 텍스트들에서 언급되곤 한다. 《롤랑의 노래》에서도 104연 "석류석 장식이 번쩍이는(u li carbuncle luisent)"과 114연 "빛을 발하는 석류석(carbuncles ki ardent)"에 동일한 힘을 지닌 석류석이 등장한다. 190연에서도 이 석류석은 등불과 함께 어둠을 밝히는 용도로 사용되고 있다. 이어지는 191연의 석류석도 마찬가지다.

7) (Marbrise, Marbrose), 이교도 함대가 지나가는 미상의 에스파냐 도시 또는 섬 이름. 실제 지명이라기보다는 작가가 만들어낸 가상의 지명일 가능성이 크다. 필사본에는 마르브로즈가 마르브리즈 앞에 나오지만 압운을 고려해 모든 판본이 순서를 뒤집어 마르브리즈를 먼저 적는다.

그날 중에 그들은 사라고사에 도착한다.　　　　　　　　　AOI.

**192**

날은 환하게 밝고 태양은 빛난다.

아미르가 평저선[8])에서 내린다.

에스파넬리스가 그의 오른쪽에서 함께 내리고,

열일곱 명의 왕이 그 뒤를 따른다.

수를 헤아리기도 힘들 정도의 고위 귀족들이 함께한다.


들판 한가운데 서 있는 월계수 아래

녹색 풀밭 위에 흰색 비단 천을 깔고

상아 왕좌를 가져다놓는다.

이교도 발리강이 그 위에 앉는다.

다른 모든 이들은 선 채로 자리 잡는다.


그들의 영주 발리강이 먼저 입을 연다.

"고귀하고 용맹한 기사들이여, 내 말을 들으시오.

프랑스인들의 황제 샤를 왕은

내 허락 없이는 밥도 먹어서는 안 되는 자요.

그런데 그자가 에스파냐 전역에서 내게 큰 전쟁을 벌여왔소.

나는 그리운 프랑스까지 그를 찾아가 싸울 생각이오.

그자가 죽거나 항복할 때까지

---

8)　바닥이 평평해 얕은 물에서 운행하기에 알맞은 작은 배(calan).

평생 이 싸움을 멈추지 않을 것이오."

그는 오른쪽 장갑으로 자기 무릎을 친다.


## 193

발리강은 다시 결의에 차 말한다.

태양 아래 있는 모든 금을 준다 해도

샤를이 재판을 주재하는 엑스[9]로 진격하기를

절대 포기하지 않으리라고.

그의 부하들이 이에 찬성하고 지지한다.


발리강은 휘하의 기사 두 명을 부른다.

하나는 클라리팡, 다른 하나는 클라리앵이다.


"그대들은 말트라옝 왕의 아들들이오.

그대들의 부친은 기꺼이 사신으로 나서던 분이오.

두 사람은 사라고사로 가서

마르실 왕에게 나 대신 전하시오.

내가 그를 도와 프랑스군을 무찌르러 왔다고 말이오.

기회가 되면 큰 전투를 벌일 것이오.

그 징표로 마르실 왕에게 이 금장식 장갑을 보내니

그의 오른손에 끼게 하시오.

또한 그에게 순금으로 만든 이 지휘봉[10]을 전하고,

---

9)  사법 재판이 열리는 곳은 곧 그 나라의 수도라는 뜻이다.

내게로 와서 그가 내 신하임을 보이라고 하시오.
나는 프랑스로 가 샤를과 싸울 것이며,
그자가 내 발밑에 엎드려 자비를 구하거나
그리스도교를 버리지 않는다면,
그의 머리에서 왕관을 빼앗아버릴 것이오."

이교도들이 대답한다.
"폐하, 지당하신 말씀입니다."

**194**

발리강이 말한다.
"자, 두 사람 다 말에 올라 출발하시오!
한 사람은 장갑을, 다른 한 사람은 지휘봉을 들고 가시오!"

그들은 대답한다.
"폐하, 분부 받들겠사옵니다."

그들은 말을 몰아 사라고사에 도착한다.
열 개의 성문을 지나고, 네 개의 다리를 건너
성안으로 들어가 사람들이 사는 거리를 가로지른다.
도시 높은 곳에 다다르자

---

10)  여기서 발리강이 내리는 장갑과 지휘봉은 특별한 임무를 부여하는 것이 아니
라, 영주로서 상대를 신하로 인정하고 신뢰함을 보이기 위한 것이다.

궁전 쪽에서 떠들썩한 소리가 크게 들린다.

그곳에서는 일군의 이교도들이

눈물을 흘리고 소리를 지르며 몹시 슬퍼하고 있다.

그들의 신 테르바강, 마호메트, 아폴랭이

자기네들을 저버렸다고 한탄한다.

서로 이런 말을 주고받는다.

"불행한 일이로다. 우리는 어찌 될 것인가?

거대한 재앙이 우리에게 닥쳤네.

우리는 마르실 왕을 잃었어.

어제 롤랑 경이 그의 오른 손목을 잘라버렸다네.

금발의 쥐르팔뢰 왕자도 죽었다네.

이제 에스파냐 전체가 프랑스군의 손에 들어간 거야."


두 사신은 석대[11] 위로 내려선다.


**195**

그들이 한 그루의 올리브나무 아래에 내리자

사라셴인 두 명이 고삐를 잡는다.

사신들은 서로의 망토를 잡고

가장 높은 궁전으로 올라간다.

둥근 천장이 있는 방으로 들어가서는

---

11) 롤랑이 죽는 장면에 등장했던 네 개의 표석(perrun)과 같은 어휘인데, 여기서
는 표석이 아니라 말에서 내릴 때 발을 딛는 용도의 석대를 가리킨다.

우의를 표현한다는 것이

적절치 못한 인사를 마르실에게 하고 만다.


"우리를 다스리시는 저 마호메트,

그리고 우리 주 테르바강과 아폴랭께서

전하를 구원하시고, 왕비마마를 보호하소서!"


브라미몽드가 말한다.

"참으로 미친 소리를 하시는군요!

우리의 신이라는 그자들은 패배했다오.

롱스보에서 그자들은 형편없는 기적을 행하셨소.

우리 기사들을 죽게 내버려두고,

여기 계신 우리 전하를 전장에서 저버렸소.

전하께서는 오른 손목을 잃으셨다오.

오른 손목을 말이오!

막강한 롤랑 경이 그의 손목을 잘라버렸소.

샤를은 에스파냐 전체를 손에 넣을 것이오.

불행하고 가엾은 나는 어찌 될 것이란 말이오?

아! 내 신세가 불쌍하도다!

나를 죽여줄 사람이 아무도 없다니!"                        AOI.


**196**

클라리앵이 말한다.

"왕비 마마, 그런 말씀 하지 마시옵소서!

저희는 이교도 아미르 발리강의 사신들입니다.

아미르께서 마르실 왕을 지켜주겠다고 말씀하셨습니다.

그리하여 지휘봉과 장갑을 보내셨습니다.

에브로강에 사천 척의 평저선,

화물선과 함정, 날랜 공격선,

그리고 수를 헤아릴 수 없는 전함들이 와 있습니다.

강하고 권세 높으신 아미르께서

샤를마뉴와 싸우러 프랑스로 가실 겁니다.

그를 죽이거나 항복시키실 것입니다."


브라미몽드가 대답한다.

"그렇게 멀리 가실 필요도 없습니다.

여기서 멀지 않은 곳에서 프랑스군을 만날 수 있습니다.

샤를 황제는 이 땅에 벌써 칠 년이나 머물고 있고,

그는 용맹하고 호전적인 자입니다.

전장에서 도망치느니 차라리 죽음을 택할 사람입니다.

그는 이 세상의 어느 왕이든 어린아이로 여기고,

살아 있는 누구도 두려워하지 않습니다."


**197**

"그만하시오!" 마르실 왕이 왕비에게 소리치고는

두 사신에게 말한다. "두 분께서 내게 말해주시오!

보시다시피 나는 죽음의 고통에 사로잡혀 있소.

내게는 아들도, 딸도, 후계자도 없소이다.

아들이 하나 있었으나 어제저녁에 죽임을 당했소.

아미르께 나를 만나러 와달라고 전해주시오.

아미르께서는 에스파냐에 대한 권한을 갖고 계시니

원하신다면 이 나라를 바칠 것이오.

대신 아미르께서 프랑스인들로부터 이 땅을 지켜주셔야 하오.

샤를마뉴와 관련해 아미르께 긴히 진언할 것이 있소.

내 말씀대로 하면 한 달 안에 그를 제압할 수 있을 거요.

아미르께 사라고사의 열쇠를 가져다드리시고,

내 말을 믿으신다면 절대로 물러서지 마시라고 말씀드리시오."


사신들이 대답한다. "전하, 지당한 말씀입니다."        AOI.


## 198

마르실이 말한다. "샤를 황제는

내 부하들을 죽였고, 이 땅을 짓밟았으며,

내 도시들을 침략하여 욕보였소.

어젯밤 그는 에브로 강가에서 숙영했소.

내 계산으로 여기서 7리외[12]밖에 안 되는 곳이오.

그리로 군대를 이끌고 가시라고 말씀드리시오.

그곳에서 전투를 벌이셔야 한다고

그대들을 통해 아미르께 청하는 바요."


---

12)  약 28킬로미터.

마르실은 사라고사의 열쇠를 그들에게 건네고,

두 사신은 머리를 숙여 인사하며

작별을 고하고 물러난다.[13]

## 199

두 사신은 말에 오르더니

빠른 속도로 도시를 빠져나온다.

겁에 질려 아미르에게로 돌아가

사라고사의 열쇠를 바친다.

발리강이 말한다. "어떻게 된 일인가?

내가 데려오라고 한 마르실은 어디 있는가?"

클라리앵이 대답한다.

"마르실 왕은 치명상을 입었사옵니다.

어제 황제는 고개를 넘고 있었습니다.

그리운 프랑스로 돌아가고자 했던 것입니다.

그는 최고의 후위부대를 구성했는데,

그의 조카 롤랑 경이 이 부대에 속했고,

올리비에와 십이 기사,

---

13) 중세 문학작품들에는 장르와 상관없이 메시지를 전하는 전령들이 자주 등장
한다. 특히 연극이나 무훈시처럼 관객 또는 청중이 존재하는 장르에서 전령
들은 돌아가는 상황을 상기시키고 정리해 설명함으로써 도중에 합류하거나
작품의 흐름을 놓친 관객들의 이해를 돕는 역할을 한다.

4장 발리강의 상륙

그리고 이만 명의 프랑스 기사들이 함께 남았습니다.

용맹한 마르실 왕은 그들과 싸웠고,

그와 롤랑이 전장에서 맞닥뜨렸습니다.

롤랑은 뒤랑달을 휘둘러

마르실 왕의 오른 손목을 잘라버렸습니다.

롤랑은 또 마르실이 애지중지하던 아들을 죽였고,

그를 따라나섰던 신하들도 죽였습니다.

더 버틸 수 없었던 마르실 왕은 도망쳐 왔고,

황제는 거세게 그를 추격했습니다.

왕이 아미르께 구해달라고 청하며

에스파냐 왕국을 바치겠다고 전해왔습니다."


발리강은 깊은 생각에 잠긴다.

어찌나 괴로운지 미쳐버릴 것 같다.                    AOI.


## 200

"아미르 폐하." 클라리앵이 말한다.

"어제 롱스보에서 전투가 벌어졌습니다.

롤랑과 올리비에 경,

샤를이 그토록 사랑하던 십이 기사,

프랑스군 이만 병력이 전사했습니다.

마르실 왕은 거기서 오른손을 잃었고,

황제가 맹렬히 추격하여

이 땅의 기사 중 죽임을 당하거나
에브로강에 빠져 죽지 않은 이 없습니다.
프랑스군은 강가에 숙영지를 잡았습니다.
우리와 워낙 가까이 자리 잡은지라,
아미르께서 원하시기만 하면,
그들의 퇴각은 쉽지 않을 것입니다."

그러자 발리강의 눈은 사나워지고,
가슴속에는 만족감과 기쁨이 넘친다.

왕좌에서 몸을 일으키고는 큰 소리로 외친다.
"경들은 들으시오!
지체하지 말고 배에서 내려 말을 타고 진군하시오!
나이 든 샤를마뉴가 도망치지 않는다면
오늘 마르실 왕의 복수를 하게 될 것이오.
마르실에게 오른손 대신 샤를의 목을 돌려주겠소."

**201**

아라비아의 이교도들은 배에서 내려
말이나 노새에 오르고는
진군하기 시작한다. 달리 무엇을 하겠는가?

전군을 움직인 아미르는 최측근인 주말팽을 부른다.
"내 부대 전체를 집결시키는 일을 그대가 맡아주게."

그러고는 갈색 군마 한 마리에 올라

네 명의 신하를 데리고 사라고사로 달려간다.

대리석으로 만든 석대에 내릴 때

네 명의 신하가 그의 등자를 잡아준다.


계단을 올라 궁전 안으로 들어가자

브라미몽드가 그에게로 뛰어와 말한다.

"너무나도 불행하고 원통하옵니다.

부끄럽게도 제 영주님을 잃었습니다!"


왕비가 발치에 쓰러지자 발리강은 그녀를 일으켜 세우고는

괴로움에 가득 차 마르실의 방으로 들어간다.　　　　　AOI.


**202**

마르실 왕은 발리강을 보자

에스파냐 쪽 사라센인 두 명을 부른다.

"나를 부축해 일으켜 앉혀다오."


왼손으로 장갑 한 짝을 집어 들고[14] 마르실이 말한다.

---

14) 신하가 영주에게 장갑을 반납하는 것은 신하로서의 의무를 다하지 못해 영주에게 받은 봉토를 반납한다는 의미를 지닌다. 롤랑이 죽기 전 장갑을 하느님께 내미는 것과 비슷하면서도 다른 의미다. 롤랑의 경우, 하느님이 부여한 임무, 즉 그리스도교를 보호하고 이교도를 정복하는 임무를 완수했지만 죽음에 이르게 되어 더는 임무를 계속할 수 없다는 뜻으로 장갑을 반납한 것이었다면, 마르실은 롤랑에게 패하여 자신의 땅을 지키는 데에 실패한 상황이다.

"아미르 폐하! 폐하께 제 땅 모두를,

사라고사와 그 부속 영토를 돌려드립니다.[15]

저는 모든 것을 잃었습니다. 저 자신과 제 백성들을 말입니다."

아미르가 대답한다.

"어찌 이런 불행한 일이 있단 말이오!

그대와 길게 이야기할 겨를이 없소.

샤를이 나를 기다려주지 않을 것임을 잘 알기 때문이오.

하지만 그대의 장갑은 받아두겠소."

괴로움으로 눈물을 흘리며 아미르는 방을 나온다.

궁전 계단을 내려와 말에 오르더니

박차를 가하며 부대로 돌아간다.

그는 전속력으로 맨 앞에서 말을 달리며 이따금 소리친다.

"이교도들은 어서 서두르시오!

프랑스군이 벌써 도망치고 있을지도 모르니 말이오!"     AOI.

---

15) 시행 마지막 부분을 후대의 교정자가 긁어내고 다른 말로 교체해놓았는데 판
    독이 불가능하다. 뒤푸르네와 쇼트 판본의 제안을 따라 '돌려드린다'라는 의
    미로 번역했다. 문맥상으로도 다른 의미가 가능할 것 같지는 않다.

# ✤ 롱스보 전사들의 영결식

**203**

아침에 동이 틀 무렵

샤를 황제가 잠에서 깨어난다.

하느님의 명으로 그를 지키던 성 가브리엘이

손을 들어 그에게 성호를 긋는다.


왕이 무장을 풀어 내려놓자

전군이 그를 따라 무장을 푼다.[16]

그러고는 말에 올라 길게 이어진 넓은 길을

전속력으로 달려간다.

전투가 벌어졌던 롱스보에서

그들은 끔찍한 참상을 보게 될 것이다.　　　　　　AOI.


**204**

샤를은 롱스보에 도착한다.

시신들을 보자 눈물을 흘리기 시작하며

프랑스인들에게 말한다.

---

16) 마르실의 군대를 전날 전멸시켰으나 샤를 왕과 그의 기사들은 만약에 대비해 무장을 풀지 않고 숙영했다. 이제 전투를 치를 일이 없다고 판단해 갑옷을 벗는 것이다. 이는 또한 무게를 줄여 신속하고 편안하게 이동하기 위함이다.

"경들은 속도를 늦추시오.

내가 맨 앞에 서야겠소.

내 손으로 직접 조카를 찾고 싶소.

엑스에서 성대한 축제가 있던 어느 날,

내 용맹한 기사들이 격렬한 전투와 대접전에서

자신들이 거둔 무훈을 늘어놓았던 적이 있소.

그때 나는 롤랑이 이렇게 말하는 것을 들었소.

자기가 이국땅에서 죽게 된다면

기필코 부하나 동료들의 맨 앞으로 나아가

적국을 굽어보며 정복자로서 죽겠다는 것이었소."

막대기를 던질 수 있는 거리[17]보다 약간 더 멀리

다른 이들을 앞서가던 샤를은 한 언덕 위에 오른다.


**205**

우리 기사들의 선혈에 젖은 초원의 풀꽃들이

조카를 찾는 황제의 눈에 들어온다!

애통해하며 황제는 눈물을 참지 못한다.

---

17)   단순히 손으로 막대기(또는 방망이)를 던질 수 있는 거리를 뜻한다. 좀 더 자
      세한 설명은 238연 주석 참조.

언덕 위 두 그루의 나무 아래에 이르러
황제는 롤랑이 세 개의 표석[18)에 남긴 칼자국을 알아보고,
녹색 풀밭 위에 쓰러져 있는 조카를 발견한다.

샤를이 이를 보고 고통스러워하는 것은 놀랄 일이 아니리라.

말에서 내려 그에게 단숨에 달려가서는
두 손으로 조카를 부여잡더니,
고통에 겨운 나머지 조카의 몸 위로 실신해 쓰러진다.

**206**

황제가 의식을 찾자 넴 공과 아슬랭 경,
앙주의 조프루아와 그의 형제 앙리가
부축해 일으켜 소나무 아래로 데려간다.

황제는 땅 위에 누워 있는 조카를 바라보며
다정하게 조카의 죽음을 애도하기 시작한다.
"사랑하는 롤랑,
하느님께서 그대에게 자비를 베푸시기를!
큰 싸움을 시작해 승리하는 데에 있어서

---

18)  168연과 169연에는 네 개의 표석이 있다고 나온다. 이 가운데 171연의 회색
      바위, 172연의 사르두안석으로 된 표석, 173연의 회색 바위에 차례로 검을 내
      리쳐 자국을 냈다. 여기서는 검 자국이 난 세 개의 표석만을 언급하는 것이다.

누구도 이런 기사를 본 적이 없도다.

내 영예도 이제 기울기 시작하는구나!"

샤를은 다시 정신을 잃는다. 그러지 않을 수가 없다.　　　AOI.


**207**

샤를 왕이 다시 의식을 찾자

네 명의 기사가 손을 잡고 그를 부축한다.


황제는 땅 위에 누워 있는 조카를 바라본다.

그의 몸은 여전히 건장하나 혈색을 잃었다.

뒤집힌 눈에는 어둠만이 감돈다.


샤를은 믿음과 애정을 담아 조카의 죽음을 애도한다.

"사랑하는 롤랑, 하느님께서 그대의 영혼을

천국의 꽃들 가운데에 영광된 성인들과 함께 놓으시기를!

그대를 에스파냐에 데리고 온 주군은 참으로 못된 사람이구나!

나 이제 그대로 인한 고통 없이 지내는 날이 하루도 없으리라!

내 힘과 용맹도 이제 빛을 잃을 것이로다!

내 명예를 지켜줄 사람도 이제 없도다.

나 이제 하늘 아래 친구 하나 없는 느낌이구나!

내게 친족이 남아 있다고 하지만

그대만큼 용맹한 이는 어디에서도 찾을 수 없네."[19]

샤를은 두 손 가득 머리카락을 잡아 뜯는다.

십만 프랑스군 역시 깊은 슬픔에 빠져

비통하게 울지 않는 자 없다.                                    AOI.


**208**

"사랑하는 롤랑, 프랑스로 돌아가

내가 영지 랑에 도착하면,

여러 나라에서 이국의 신하들이 올 것이고,

---

19)  해제 〈샤를마뉴의 '큰 죄'〉에서 보듯이, 샤를은 용납할 수 없는 '큰 죄'를 저지
른 일이 있다고 전해진다. 감히 그 죄가 무엇인지 입에 올리지도 못하고 모두
'큰 죄'라고만 언급할 뿐이었다. 그 '큰 죄'라는 것은 여동생과의 근친상간이
었다. 전설은 두 사람의 관계에서 롤랑이 태어난 것으로 확대되어 나간다. 오
크어(남부 프랑스어) 판 《롤랑의 노래》에서 샤를이 롤랑의 시신을 발견하고
애도하는 장면을 보면 놀라운 고백이 나온다.

  사랑하는 조카여, 내가 큰 죄를 범하여
  나의 과오로 내 누이에게서 너를 얻었도다.
  그러니 나는 네 아비이자 숙부이고,
  너는 내 조카이자 내 아들이다.
  Bes neps, yeu vos ac per lo mieu peccat gran
  de ma seror e per mon falhimant,
  qu'ieu soy tos payres, tos oncles eyssamant,
  e vos, car senher, mon nep e mon enfant.

옥스퍼드 필사본에 담긴 《롤랑의 노래》에는 이 내용이 나오지는 않지만, 155
연에서 성 질이 언급된다는 사실에 주목할 필요가 있다. 성 질과 샤를마뉴의
연결은 근친상간의 전설을 바탕으로 할 수밖에 없다는 점을 감안할 때, 옥스
퍼드 버전의 작가도 샤를의 '큰 죄'에 대해 알고 있었던 것이 확실하다. 샤를
마뉴가 롤랑에게 기울이는 각별한 관심과 애정, 그리고 롤랑의 죽음에 대한
그의 격정적인 반응을 이해할 수 있는 단서이다.

'대장 롤랑 경은 어디에 계십니까?'라고 물을 걸세.

나는 그대가 에스파냐에서 전사했다고 대답하겠지.

깊은 슬픔 속에서 왕국을 다스릴 것이며,

눈물 흘리며 한탄하지 않는 날이 하루도 없을 걸세."


**209**

"사랑하는 롤랑, 용맹하고 아름다운 젊음이여,

내가 엑스로 돌아가 궁전[20)]에 자리 잡으면

사람들이 와서 그대의 소식을 물을 걸세.

나는 그들에게 끔찍하고 믿기 힘든 소식을 전하겠지.

'내게 수많은 승리를 안겨주었던 내 조카는 죽었소.'라고.

작센인들과 훈가리아인들, 불가리아인들,[21)]

그리고 왕국에 적대적인 여러 민족들,

또 로마인들, 풀리아인들, 팔레르모[22)]인들 모두,

아프리카인들, 칼리페른[23)]인들이 내게 반기를 들 테고,

---

20)  원문 어휘 chapele(chapelle)은 원래 왕궁 내부에 있는 미사를 볼 수 있는 공간
     으로서의 성당을 말하지만 여기서는 궁전 자체를 가리킨다.

21)  훈가리아(Hungaria)와 불가리아(Bulgaria)는 작품 안에서 작센과 함께 프랑
     크 왕국에 비협조적이거나 반기를 드는 지역으로 지목되나, 작센과 달리 프
     랑크 왕국에 정치적으로는 종속되어 있었어도 왕국에 편입되지는 않은 상태
     였다.

22)  Palermo(Palerne), 이탈리아 시칠리아섬 북쪽 기슭에 있는 항구 도시. 고대 페
     니키아에서 건설했고, 11세기에는 시칠리아 왕국의 수도였다.

23)  (Califerne), 미상의 사라센 지명.

그러면 내게는 고통과 결핍이 닥칠 걸세.

언제나 우리를 이끌던 그대가 죽었으니

이제 누가 그런 권위를 가지고 내 군대를 지휘할 것인가?

아! 프랑스여, 그대에게도 이 얼마나 큰 손실인가!

나는 너무도 고통스러워 살고 싶지 않구나!"


황제는 흰 수염을 잡아 뽑고,

두 손으로 머리카락을 쥐어뜯기 시작한다.

이를 본 십만 프랑스인들이 기절해 쓰러진다.


**210**

"사랑하는 롤랑,

하느님께서 그대에게 자비를 베푸시어

그대의 영혼이 천국에 들어가기를!

그대를 죽인 자가 프랑스를 비탄에 빠뜨렸도다.

나를 위해 죽은 내 기사들을 생각하면

너무도 고통스러워 더 살고 싶지 않네.

성모 마리아의 아들이신 주님!

시즈 고개에 도착하기 전에

제 영혼이 오늘 제 육신을 떠나

전사한 기사들과 함께하도록 해주시고

제 육신은 그들 곁에 묻히게 해주소서!"


그는 눈물을 쏟으며 흰 수염을 쥐어뜯는다.

넴 공이 말한다. "샤를 황제의 슬픔이 너무도 크구나!"    AOI.

## 211

"황제 폐하!" 앙주의 조프루아가 말한다.
"고통을 그렇게 드러내지 마시옵소서!
에스파냐인들에게 죽임을 당한
우리 기사들을 전장에서 찾아
하나의 구덩이로 옮기도록 명하십시오."

왕이 대답한다. "그대의 뿔 나팔을 불어 그대로 알리시오!"

AOI.

## 212

앙주의 조프루아가 뿔 나팔을 분다.
샤를이 명한 대로 프랑스군은 말에서 내린다.
그들은 찾아낸 전우들의 시신 모두를
곧바로 하나의 구덩이로 옮긴다.

많은 종군 주교와 수도원장들,
수도사, 참사회 신부, 삭발 사제들이
전사자들의 죄를 사하고 하느님의 이름으로 축복을 내린다.

몰약과 백리향에 불을 붙이게 한 후
성의를 다하여 망자들에게 향을 입히고,
경건하게 예를 갖추어 매장한다.

그러고는 그들을 두고 떠난다. 달리 어떻게 하겠는가?  AOI.


**213**

황제는 롤랑의 시신과

올리비에와 대주교 튀르팽의 시신을 위해

따로 장례 절차를 밟도록 명한다.


자신이 보는 앞에서 세 사람의 몸을 열어

심장을 꺼내 비단 천으로 싼 후

흰 대리석 관에 넣게 한다.

이후 시신을 향료와 포도주로 씻기고는

사슴 가죽 안에 세 명의 기사를 모신다.


왕은 티보와 제부앵,

밀롱 경과 오통 경에게 명한다.

"시신들을 세 대의 수레에 나눠 싣게 하라."[24]

또한 갈라자[25]산 비단 천으로 그들의 시신을 덮게 한다.  AOI.


---

24)  원문 시행 마지막 부분을 후대의 교정자가 긁어내고 tres ben('매우 잘')을 써
넣었다. i로 이루어지는 213연의 모음 압운 규칙에 어긋나기는 하지만 시행
의 의미를 이해하는 데에는 크게 문제가 되지 않는다.

25)  Galaza(galazin 형용사), 시칠리아의 갈라자 또는 콘스탄티노플 교외에 있던
갈라타(Galata)로 추정된다.

# ✟ 양군의 전투 준비

**214**

샤를이 군대를 돌려 돌아가려 할 때
이교도 전위부대가 그의 앞에 나타난다.

적군의 선두에서 두 명의 전령이 다가와
아미르의 전쟁 선포를 알린다.
"오만방자한 샤를 왕! 누구 마음대로 돌아간다는 말인가!
네놈을 쫓고 계시는 아미르 발리강이 보이지 않는가!
아라비아에서 대군을 이끌고 오셨다.
우리는 오늘 네놈에게 용기가 있는지를 보게 될 것이다."

AOI.

샤를 왕은 턱수염을 만지며
자신이 겪은 고통과 손실을 떠올리더니
자부심에 찬 시선으로 자신의 부대를 둘러본다.
그러고는 크고 우렁찬 소리로 외친다.
"프랑스 기사들이여! 말에 오르라, 그리고 무기를 들라!" AOI.

**215**

황제가 제일 먼저 무장을 한다.
빠르게 갑옷을 입고 투구 끈을 조이고,
햇빛 앞에서도 광채를 잃지 않는

주아이외즈를 허리에 찬다.

목에는 비테른[26]산 방패를 걸고,

창을 잡고 휘두르며 명마 탕상도르에 오른다.

원래 주인이던 나르본[27]의 말팔랭을 죽여 떨어뜨리고

마르손[28] 근처의 냇가에서 빼앗은 말이다.

고삐를 늦추어 잡고 여러 차례 박차를 가하여

십만 군사들이 보는 앞에서 전속력으로 말을 달린다.[29]    AOI.

그는 하느님과 로마 사도[30]의 가호를 빈다.


**216**

프랑스군은 말에서 내려 들판을 뒤덮고

십만이 넘는 병력이 일제히 무장을 갖춘다.

착용하는 무구는 그들에게 잘 어울리고,

말은 빠르며, 무기는 훌륭하다.

안장에 올라서는 능숙하게 말을 몬다.

---

26)  (Biterne), 현재의 옥시타니(Occitanie) 지방 비테르브(Viterbe)로 추정되나
Biterne와 Viterbe 모두 215연이 요구하는 모음 압운 규칙에 맞지 않아 원문
텍스트가 변질된 것으로 보인다.

27)  Narbonne(Nerbone), 프랑스 남부 옥시타니 지방 오드주에 속하며, 지중해 연
안에서 15킬로미터 정도 떨어진 곳에 위치한다. 고대 로마시대부터 지정학적
으로 이탈리아와 에스파냐를 연결하는 요충지였다.

28)  (Marsune), 미상의 지명.

29)  전투에 앞서 병사들의 사기를 높이려고 지휘관이 사열하듯 부대원들 앞을 전
력 질주하는 것.

30)  사도 성 베드로의 계승자인 로마 교황을 지칭한다.

적을 만나면 싸울 준비가 되어 있다.

창에 매단 깃발이 그들의 투구 위로 드리운다.


그들의 늠름한 모습을 보자

샤를은 프로방스의 조즈랑,

넴 공, 마양스[31]의 앙텔므를 부른다.

"저런 훌륭한 부하들을 보고 어찌 믿음을 갖지 않을 수 있겠소!

미치지 않고서는 저들과 함께하면서 걱정할 일이 없을 거요.

만약 아라비아군이 기어코 이곳으로 온다면

나는 그들에게 롤랑의 죽음에 대한 대가를 비싸게 치르게 할 생각이오."


넴 공이 대답한다. "하느님께서 그리 허락해주시기를!" AOI.


## 217

샤를은 라벨과 기느망을 불러 말한다.

"경들에게 명하노니,

그대들이 올리비에와 롤랑의 자리에 서시오.

한 사람은 검을, 다른 한 사람은 상아 나팔을 들고[32]


---

31) Mayence(Maience), 독일어로는 '마인츠(Mainz)'로 라인란트팔츠주에 있는 도시. 마인강이 라인강과 합류하는 지점의 서쪽 연안에 있다. 무훈시 《동 드 마양스(Doon de Mayence)》는 무훈시 분류에서 한 계열(cycle)을 대표하여 '《동 드 마양스》 작품군'이라는 용어가 문학사에서 사용된다.

32) 이 대목은 올리비에와 롤랑의 자리를 대신하게 된 라벨과 기느망에게 올리비

선두에 서서 말을 모시오.

우리의 정예 병력에서 뽑은 젊은 기사[33]

만 오천의 프랑스인들이 함께할 것이오.

그들 뒤에는 같은 수의 병력을

제부앵과 로랑[34]이 지휘할 것이오."


넴 공과 조즈랑 경이

이 부대들을 적절한 전투 대형으로 배치한다.

------

에의 검 오트클레르와 롤랑의 상아 나팔을 주는 것으로 이해된다. 뒤랑달을
부러뜨리지 못한 롤랑은 174연에서 죽기 전 검과 상아 나팔을 자신의 배 밑
에 깔고 엎드린다. 이후 롤랑의 검 뒤랑달은 더는 언급되지 않는다.《롤랑의
노래》후기 개작 중에는 롤랑이 뒤랑달을 부러뜨리지 못하자 맹독 성분이 들
끓는 깊은 샘물, 또는 진흙탕이 흐르는 개울에 검을 던져 세상에서 사라지게
만들기도 한다.

33)  원문의 bachelers는 아직 기사로 서임받지 못한 젊은 견습 기사들을 주로 지
칭한다. 원래는 자신이 모시는 기사와 함께 전장에 나가지만 전투에는 참가
하지 않는 병력이었다. 기사가 위험에 처했을 때 달려 나가 구한 후 그 공로
를 인정받아 현장에서 기사로 서임되는 일도 있었다. 기사들을 동원한 전투
가 일반화된 후로는 견습 기사들도 기사들과 마찬가지로 갑옷을 갖추어 입고
기사들과 함께 싸우는 일이 많아졌고, 장비의 차이도 사라지게 된다. 기사와
견습 기사를 구별하려고 정식 기사만 박차를 착용하는 것이 일반적이었다.
하지만 bacheler는 이미 기사 서임을 받았으나 아직 자신의 깃발 아래 거느릴
부하가 많지 않은 젊은 기사를 지칭할 수도 있었다. 여기서도 정예 병력 가운
데 선발한 인원이므로 '견습 기사'보다는 '젊은 기사'로 이해하는 쪽이 옳을
것으로 보인다. 뤼시앵 풀레의 어휘집에서는 '젊은 귀족(jeunes nobles)'으로
옮기고 있다.

34)  필사본에는 기느망(Guinemans)으로 쓰여 있지만 기느망은 라벨과 함께 첫
번째 부대를 지휘해야 한다. 제부앵과 함께 두 번째 부대를 지휘하는 기사의
이름은 251연에 근거해 로랑으로 수정했다.

이들이 적군을 만나게 되면 일대 격전이 벌어질 것이다.[35]

AOI.

### 218

프랑스인들로 첫 두 부대를 만든 후
세 번째 부대가 편성된다.
바바리아인들로 이루어진 부대로
이만 명의 기사들이 속한다.

그들은 결코 전투를 포기하지 않을 것이다.
수많은 왕국을 정복한 프랑스인들을 제외하면
하늘 아래 이들보다 샤를이 아끼는 사람은 없다.

전사 덴마크인 오지에 경이 이 용맹한 부대를 지휘한다.    AOI.

### 219

이제 샤를 황제에게 세 개의 전투부대가 만들어졌다.
넴 공은 이어서 매우 용맹한 기사들을 모아

---

35) 아홉 개 연(217~225연)에 걸쳐 프랑스군을 열 개의 부대로 편성하는 장면
이 거의 비슷한 형식으로 반복된다. 현대 독자에게는 얼핏 지루해 보일 수 있
지만, 부대의 규모를 강조하고 그 위용을 그려 보이기 위한 반복이다. 이러한
반복은 중세 무훈시에서 어렵지 않게 찾아볼 수 있는 기법이다. 《롤랑의 노
래》에서도 1부 69~78연의 이교도판 십이 기사 선발 장면과 232~234연의 이
교도군 편성 장면에서 동일한 기법이 사용되는 것을 발견할 수 있다.

네 번째 부대를 편성한다.

이들은 알레만니아[36] 출신의 군사들이다.

사람들의 말에 따르면 그 수가 이만에 이른다고 한다.

좋은 말과 무기를 가졌으며,

죽어도 전장을 버리고 도망치는 일은 없을 것이다.


트라스[37]의 에르망 공이 지휘한다.

그는 비겁한 짓을 하느니 차라리 죽음을 택할 사람이다.    AOI.


**220**

넴 공과 조즈랑 경은

노르망디인[38]들로 다섯 번째 부대를 편성한다.

---

36)  Alemannia 또는 Alamannia(Alemaigne), 부르고뉴와 바바리아 사이에 위치하
    던 왕국. 6세기에 프랑크 왕국으로 복속되었다. 14세기부터 '알레만니아 왕
    국(regnum Alamanniae)'이 민중어로 번역되어 '도이칠란트'라는 형태가 사
    용되면서 오늘날 독일을 가리키는 독일어 명칭으로 자리 잡는다. 프랑스어
    (Allemagne)를 비롯해 에스파냐어(Alemania), 포르투갈어(Alemanha), 터키
    어(Almanya) 등에서는 여전히 '알레만니아'에서 비롯된 명칭이 독일을 가리
    킬 때 사용된다.

37)  (Trace), 미상의 지명. 현재 불가리아, 그리스, 터키에 걸쳐 있는 발칸 반도의
    옛 지명 '트라키아'의 프랑스어 명칭 '트라스(Thrace)'와 발음은 일치하지만
    같은 지역인지는 불확실하다.

38)  (Normans), 샤를마뉴 시기인 799년부터 스칸디나비아의 노르만(정식 프랑스
    발음은 '노르망')족에 의한 간헐적인 침입이 있었다고 기록되어 있지만, 이들
    의 침략이 본격화된 것은 9세기 이후이며, 단순왕 샤를(샤를 3세)에게서 노
    르만족 지도자 롤로가 루앙(Rouen) 백작 작위를 받은 것은 911년의 일이다.
    즉, 롱스보 전투가 일어난 778년에는 프랑크 왕국에 '노르망디'도 '노르만족'

프랑스인들 모두가 말하기를 그 수가 이만에 이른다고 한다.

훌륭한 무기와 빠른 말을 가졌으며,

죽는 한이 있어도 항복하지 않을 이들이다.

전투에서 이들보다 강한 자는 하늘 아래 없다.


노인 리샤르가 전장에서 이들을 지휘하며

예리한 창으로 적군을 공격할 것이다.                    AOI.


## 221

여섯 번째 부대는 브르타뉴[39]인들로 편성된다.

삼만의 기사들이 여기에 속한다.

이들은 기사답게 말을 달리며,

색을 입힌 창 자루에는 깃발이 달려 있다.


그들의 영주 이름은 외동이다.

그는 네블롱 경과 랭스의 티보,

---

도 존재하지 않았다는 말이 된다. 11세기를 살던 《롤랑의 노래》의 작가가 자기 시대의 현실을 샤를마뉴 시대로 옮겨놓은 것이다.

[39]  172연 주석에서 보았듯이 브르타뉴는 프랑크 왕국에 속하지 않는 지역이었다. 하지만 프랑크 왕국은 브르타뉴와의 국경에 변경주(Marche)를 설치해 운영했다. 변경주란 국경 지역, 특히 적국의 침략이 우려되는 지역에 설치하는 일종의 군사 지역인데, 롱스보 전투 관련 기록에 등장하는 실제 인물 롤랑은 브르타뉴 변경주의 변경백(marquis, 변경주 백작, 중세 이후 작위 체계에서는 '후작')이었다. 221연의 '브르타뉴인 부대'라는 것도 브르타뉴 왕국이 아니라 이 브르타뉴 변경주의 병력을 말하는 것으로 이해하는 편이 좋을 것이다.

그리고 오통 경에게 명한다.

"내 군대를 지휘하는 임무를 그대들에게 맡기네!"[40]     AOI.


**222**

황제에게 여섯 개의 전투부대가 만들어졌다.

넴 공은 이제 일곱 번째 부대를 편성한다.

푸아투와 오베르뉴[41] 기사들로 이루어졌다.

사만 병력은 족히 될 것이다.

그들은 좋은 말과 훌륭한 무기를 갖추고

따로 떨어져 한 언덕 아래 계곡에 자리 잡는다.


샤를이 오른손을 들어 그들을 축복한다.

조즈랑과 고드셀므가 그들을 지휘한다.     AOI.


**223**

넴 공은 여덟 번째 부대를 편성한다.

플랑드르인과 프리지아[42] 기사들로 구성되어

사만이 넘는 기사들이 속한다.


---

40)  영주 외동이 직접 참전하지 않고 자기 휘하의 세 기사 네블롱, 티보, 오통에게 부대 지휘를 맡긴다는 뜻이다.

41)  Auvergne(Alverne), 프랑스 중남부 중앙산맥(Massif central)에 있는 지방.

42)  Frizia(Frise), 네덜란드 북부 프리슬란트(Friesland)에 해당하는 지명. 734년에 프랑크 왕국에 편입되었다.

전투에 임하면 절대 물러서지 않을 것이다.


왕이 말한다. "이들은 나를 잘 섬길 것이로다."
랑보와 갈리시아[43]의 아몽이
진정한 기사로서 그들을 지휘한다.                    AOI.


## 224

넴과 조즈랑 경은
로렌[44]인들과 부르고뉴 출신의
용사들을 모아 아홉 번째 부대를 편성한다.
병력이 족히 오만은 되어 보인다.
사슬 갑옷을 입고 투구의 끈을 조이고는
자루가 짧은 강력한 창을 든다.
아라비아군이 포기하지 않고 공격해온다면
그들은 강력하게 반격할 것이다.


아르곤[45]의 티에리 공이 그들을 지휘한다.          AOI.

---

43) Galicia(Galice), 원문의 '갈리스(Galice)'가 에스파냐 북서부의 지방 '갈리시아(Galicia)'와 같은 곳인지는 확실하지 않다. 다만 223연의 기사(Homon de Galice)가 갈리시아 백작을 겸했던 11세기의 레몽 드 부르고뉴(Raymond de Bourgogne)를 우회적으로 지칭하는 것일 수 있다는 견해에 따라 '갈리시아'로 표기했다.

44) 프랑스 북동부 지방으로 현재는 독일과의 국경에 위치한다. 카롤링왕조의 중심지였던 아우스트라시아(Austrasia)에 속하는 지방이었다.

45) Argonne(Argone), 프랑스 북동부 마른, 아르덴, 뫼즈 주에 걸쳐 있는 지방.

**225**

열 번째 부대는 프랑스의 기사들로 편성된다.[46]

그 수가 십만에 이르는 우리 최고의 장수[47]들이다.

신체는 건장하고 그 모습 또한 늠름하다.

머리는 꽃처럼 희고[48] 수염도 하얗다.

이중 사슬 갑옷을 입고,

허리에는 프랑스나 에스파냐산 검을 차고 있다.

그들의 멋진 방패에는 각자의 표식[49]이 새겨져 있다.

말에 오르니 언제라도 싸울 준비가 되어 있다.

전투 함성 '몽주아'를 외친다.

---

46) 217연의 첫 번째와 두 번째 부대에 이어 열 번째 부대도 '프랑스인'들로 편성된다. 하지만 그 의미가 약간 다르다. 217연의 '만 오천의 프랑스인들(XV. milie de Francs)'이 다음 연부터 이어지는 바바리아인, 알레만니아인, 노르망디인처럼 부족 또는 민족을 구별하기 위한 '프랑스인'이었다면, 225연의 '프랑스의 기사들(barons de France)'은 민족 구별보다는 '프랑스 왕국에 속하는 기사들'이라는 뜻이 강조된 것이다. 그렇다고 부대 간의 우열을 표시하는 것은 아니다. 첫 두 부대는 롤랑과 올리비에가 지휘하던 젊은 프랑스 기사들로 이루어진 전위군의 역할을 하며, 열 번째 부대는 샤를마뉴가 직접 지휘하는 본군의 정예 병력을 가리킨다.

47) '장수'로 번역한 cataigne는 《롤랑의 노래》에서 프랑스 기사에 대해서만 사용되며 지휘관의 용맹과 권위를 갖춘 기사를 의미한다.

48) '꽃으로 장식한', '꽃이 피어 있는'이라는 의미의 fluri는 《롤랑의 노래》에서 머리카락에 대해 쓰일 때 항상 '백발의'라는 의미를 지닌다. 즉, 샤를 본군의 프랑스 기사들이 나이 든 역전의 용사들임을 말한다. 217연의 첫 두 부대를 이루는 프랑스 출신의 '젊은 기사(bachelers)'와 대비된다.

49) 아직 정식 문장(紋章)의 형태에까지 이르지는 못한 초기 단계의 방패 표식으로, 그 방패를 지닌 기사가 누구인지를 알려준다.

샤를마뉴가 그들과 함께한다.

앙주의 조프루아가 국왕기를 든다.

성 베드로의 것이었을 때는 로마기라고 불렸지만,

이제는 '몽주아'라는 이름으로 불린다.　　　　　　AOI.


**226**

황제가 말에서 내린다.

녹색 풀밭 위에 엎드려

해가 뜨는 방향으로 얼굴을 들고

마음을 다해 하느님께 가호를 빈다.


"진정한 아버지, 오늘 저를 지켜주소서.

아버지께서는 진정으로 고래 배 속에서 요나를 구하셨고,

니네베의 왕을 살려주셨으며,

사자 굴에 잡혀 있던 다니엘을

끔찍한 고통으로부터 구하셨사옵니다.

또한 뜨거운 불길에서 세 아이를 구하셨나이다!⁵⁰⁾

아버지의 사랑을 오늘 제게 내리소서.

은총을 베푸시어 제가 조카 롤랑의 복수를 할 수 있도록

제발 허락해주시옵소서!"

---

50) 176연 주석 참조할 것. 고래 배에서 살아 나오는 요나(〈요나서〉 2장), 니네베
　　의 왕(〈요나서〉 3장), 사자 굴의 다니엘(〈다니엘서〉 6장), 불가마에 던져진 다
　　니엘의 세 동료(〈다니엘서〉 3장).

기도를 마치자 샤를은 일어서며
이마에 권능의 성호를 긋는다.

준마에 다시 오를 때
넴과 조즈랑이 등자를 잡아준다.
황제는 방패와 예리한 창을 든다.
고결하고 건장하며, 균형 잡힌 체구,
환한 얼굴과 늠름한 태도로 결연히 말을 몬다.
그의 앞과 뒤에서 나팔 소리가 울린다.
그중에서도 상아 나팔 소리가 높이 울려 퍼진다.
프랑스군은 롤랑을 기리며 눈물을 흘린다.

**227**

황제는 고결한 모습으로 말을 몬다.
갑옷 위로는 수염을 드리우고 있다.
기사들도 충성의 표시로 황제와 같은 모습이다.
이 모습으로 십만 프랑스군을 알아볼 수 있다.

산봉우리와 높은 바위를 넘고,
깊은 계곡과 험한 협로를 지난다.
고개에서 나오고 황무지를 벗어나서는
에스파냐 방면으로 진군해 들어가
벌판 한가운데 대열을 갖춘다.

발리강에게 돌아간 이교도 전위부대의

시리아[51]인 하나가 그에게 고한다.


"오만한 샤를 왕을 보고 왔습니다.

그의 부하들은 용맹스럽고, 왕을 저버리지 않을 것입니다.

무장을 갖추십시오. 곧 전투가 시작될 것입니다."


발리강이 말한다.

"용맹을 떨칠 수 있게 되었군![52]

나팔을 불어 내 이교도군에게 이를 알리라!"


## 228

북소리와 크고 작은 나팔 소리가

전군에 높이 울려 퍼진다.

이교도들은 무장하려고 말에서 내린다.

아미르도 뒤처지지 않는다.

그는 자락에 금세공 장식을 한 갑옷을 입고

황금 테두리의 보석으로 장식한 투구 끈을 맨다.


---

51) 터키 남쪽 서아시아 지중해 연안의 나라로 로마 제국 시대부터 경제적·군사
적 요충지였고, 십자군 전쟁 당시 기독교 국가로 여겨졌음에도 이슬람군과
함께 십자군과 맞섰다. 이처럼 십자군 전쟁에서 적군의 편에 섰던 시리아와
아르메니아인들에 대한 기억이 《롤랑의 노래》에 반영된 것으로 해석된다.

52) 원문 "Or oi grant vasselage!"는 "용맹을 떨칠 수 있게 되었군!" 외에 "프랑스인
들의 용맹함을 증명하는 소식이군!"이라는 의미로 이해할 수 있다.

왼쪽 허리에는 검을 찬다.

오만하게도 자신의 검에 이름을 붙였으니

샤를의 검에 대해 사람들이 말하는 것을 들었기 때문이다.

[그는 자신의 검 이름을 '프레시외즈'[53]라고 지었다.][54]

그리고 이 검 이름이 그의 전투 함성이기도 해서

그의 기사들로 하여금 이 함성을 외치게 했다.

목에는 큼직하고 넓은 방패를 건다.

방패의 중앙은 금으로 만들어져 있고 가장자리에는 수정이 박혀 있다.

방패 끈은 둥근 꽃 모양 장식[55]을 수놓은 고급 비단으로 만들었다.

'말테'[56]라는 이름의 창을 드니

창 자루는 몽둥이처럼 굵고,

---

53) Précieuse(Preciuse), '값비싼, 귀중한'이라는 뜻의 형용사 여성형. 여성 형태인 이유는 여성명사 espee(검)가 생략되어 있기 때문이다. 샤를마뉴의 검 '주아이외즈'와 전투 함성 '몽주아'에 대한 모방이다. 주아이외즈와 몽주아에 대해서는 각각 183연과 92연 주석 참조.

54) 옥스퍼드 필사본에는 이 행이 누락되어 있다. 다른 필사본들을 근거로 복구한 세그레 판본의 문장을 번역했다.

55) 원 안에 꽃을 그려 넣은 형태의 문양.

56) 창의 이름으로 '사악함, 악의' 등을 의미하는 보통명사 maltet를 그대로 가져와 사용하고 있다. 전투에 나선 기사들이 사용하는 장창은 말을 달려 강하게 몇 번 부딪치고 나면 부러지는 일종의 소모품이었다. 따라서 창에까지 특별한 이름을 붙이는 일은 없었다는 점에서 쉽게 이해되지 않는 부분이다. 이어지는 행에서 보듯이 워낙 굵고 튼튼해서 부러질 일이 없는 창이라 이름까지 붙인 것이라고 볼 수는 있겠다.

창날 무게만으로도 노새 한 바리분 짐이 될 정도이다.

발리강이 자신의 군마에 오를 때
바다 건너에서 온 마르쾰이 등자를 잡아준다.
용맹한 발리강은 널찍한 가랑이와
날렵한 허리, 튼실한 옆구리에
가슴은 두툼하고 우람하며
어깨는 넓고 얼굴은 빛난다.
늠름한 생김새에 곱슬곱슬한 머리는
한여름에 피어난 꽃처럼 하얗다.
용맹으로 말할 것 같으면, 이미 여러 차례 입증된 바 있다.

하느님! 그가 그리스도교인이라면 얼마나 용맹한 전사였겠습
니까!

선혈이 튈 정도로 말에 박차를 가해 달려서는
50피에는 족히 될 도랑을 뛰어 건넌다.

이교도들이 외친다.
"우리 영토를 지켜주실 분이 틀림없도다!
저분과 겨뤄 결국 목숨을 잃지 않을
프랑스인은 하나도 없을 것이다!
샤를이 도망치지 않았다니 분명 미친 것이리라!"          AOI.

**229**

아미르는 진정 기사의 모습이다.

수염은 꽃처럼 희고,

자신의 종교에 있어서는 지혜로우며,

전투에 임하면 사납고 용감하다.


그의 아들 말프라미 또한 용감한 기사이다.

조상들을 닮아 크고 건장하다.


그가 아버지에게 말한다.

"폐하, 진격하시지요!

우리가 과연 샤를을 만나게나 될지

의심스럽긴 하지만 말입니다."


발리강이 말한다.

"아니다. 분명 그를 보게 될 거다.

그는 매우 용맹한 자이다.

여러 기록에서 그의 용맹을 크게 찬양하고 있다.

그러나 지금 그에게는 조카 롤랑이 없으니

우리에게 맞설 힘이 없을 것이다."                    AOI.


**230**

"말프라미, 내 아들아." 발리강이 말한다.

"어제[57] 용맹한 기사 롤랑과

지혜와 용맹을 겸비한 올리비에,

샤를이 그토록 아끼던 십이 기사,

그리고 프랑스군 이만이 죽었다.

나머지는 장갑 한 짝만큼의 가치도 없다.

황제는 분명히 돌아온다.

시리아 전령이 내게 그리 고했다.

황제는 열 개의 거대한 전투부대를 [편성했다][58].

상아 나팔을 부는 자는 매우 용맹스럽고,

그의 동료는 또렷한 나팔 소리로 이에 응답한다.

그들 둘이 선두에 서서 말을 몰고,

샤를이 자기 자식들이라고 부르는

프랑스의 젊은 전사[59] 만 오천이 그들과 함께한다.

그 뒤에도 같은 수의 병력이 따르고 있다.

---

57) 필사본상으로는 li altrer('그제, 그저께')이다. '그제'가 되려면 사라고사군을
섬멸하고 숙영을 한 후 아침에 롱스보로 돌아와 전사자들을 수습하고 다시
하룻밤 숙영을 한 것으로 이해해야 한다. 물론 가능한 해석이다. 그런데 246
연에서 황제는 프랑스 기사들을 독려하며 "어제저녁 롱스보에서 전사한 그대
들의 아들, 형제, 후계자"라는 말을 한다. 베디에, 무아네, 뒤푸르네는 이 모순
을 확인하지 못했는지 필사본 어휘를 그대로 유지한다. 세그레와 쇼트 판본
의 수정에 따라 '어제'로 바꿔 옮겼다.

58) 옥스퍼드 필사본 문장에 동사가 빠져 있고, 후대의 필사자가 en vunt을 추가
해놓았다. 그대로 이해하여 "열 개의 거대한 전투부대가 오고 있다."로 번역
해도 크게 문제는 없지만, 뒤푸르네, 세그레, 쇼트의 수정대로 "황제는 열 개
의 거대한 전투부대를 편성했다."로 옮기는 쪽이 이어지는 시행들과 의미가
잘 연결된다.

59) 217연 '젊은 기사(bachelers)' 관련 주석 참조.

그들은 아주 맹렬하게 공격해올 것이다."

말프라미가 말한다. "제게 첫 공격의 명예를 주십시오." AOI.

**231**

"말프라미, 내 아들아." 발리강이 말한다.

"네가 요청한 모든 것을 허락한다.

페르시아[60] 왕 토를뢰와

뢰티스[61] 왕 다파모르를 데리고 가거라.

프랑스군의 오만함을 네가 꺾는다면,

내 너에게 셰리앙에서 발 마르시[62]까지

내 영토의 일부를 떼어주리라."

말프라미가 대답한다. "폐하, 감사합니다!"

그러고는 앞으로 나가

플로리 왕의 영지였던 땅을 선물로 받는다.

그러나 시의에 맞지 않는 선물이다.

---

60) Persia(persis 형용사), 기원전 559년에 현재의 이란 땅에 세워졌던 고대 제국
  시기를 거쳐 그리스의 영향을 받고 동로마 제국과 경쟁했다. 종교는 그리스 다
  신교, 조로아스터교 등을 믿다가 632년부터 600여 년간 이슬람 제국이 된다.

61) (Leutiz), 독일 동북부 메클렌부르크에 자리 잡았던 슬라브 민족 분파의 이름
  으로 추정되나 확실하지는 않다.

62) (Cheriant, Val Marchis), 미상의 이교도 지명.

그 땅을 보지도, 소유하지도, 권리를 가져보지도 못하니.


**232**

아미르가 군대 사이를 가로지르며 말을 달린다.

거대한 체구를 가진 그의 아들이 뒤를 따른다.


토를뢰 왕과 다파모르 왕은

신속하게 서른 개의 부대를 편성한다.

기사들의 수는 실로 엄청나다.

가장 작은 부대의 병력이 오만에 이른다.

첫 번째 부대는 뷔탕트로[63]인들,

다음은 거대한 머리의 미센[64] 부족으로

그들은 등뼈를 따라

마치 돼지처럼 뻣뻣한 털이 나 있다.                    AOI.

세 번째 부대는 뉘블과 블로족[65],

네 번째 부대는 브룅과 슬라보니아[66]인,

다섯 번째 부대는 소르브르[67]와 소르족,

---

63)  터키 또는 카파도키아의 지명 등으로 추정하는 여러 제안이 있으나 확실하지
    는 않다.

64)  (Micenes), 현재의 독일과 폴란드에 걸쳐 있던 오베르라우지츠(Oberlausitz)
    지역에 살았던 부족으로 추정하기도 하지만 명확한 근거는 없다.

65)  232~234연에 등장하는 이교도 부족이나 지역 이름 가운데 별도의 주석을 달
    지 않은 경우 모두 미상의 부족 또는 지역명들이다.

66)  Slavonia(Esclavoz), 현재의 크로아티아 북동부에 위치하는 지역.

여섯 번째 부대는 아르메니아[68]인과 모르족[69],

일곱 번째 부대는 예리코[70] 사람들,

여덟 번째 부대는 니그르족[71], 아홉 번째는 그로족,

그리고 선한 일을 하려고 했던 적이 한 번도 없는

발리드 라 포르트 사람들로 열 번째 부대가 편성된다.　　AOI.


아미르는 마호메트의 권능과 육신을 걸고 최선을 다해 맹세한다.

"프랑스의 샤를이 미친 자처럼 말을 몰아 오고 있노라.

그가 도망치지 않는 한 전투가 벌어질 것이다.

그는 이제 절대로 황금 왕관을 머리에 쓰지 못할 것이로다!"


**233**

이어서 다른 열 개의 부대가 편성된다.

첫 번째 부대는 흉측한 가나안 사람[72]들로

---

67)　(Sorbres), 형태상으로는 6세기경 독일 동부에 자리 잡은 슬라브족 '소라브 (Sorabes)'와 유사하지만 같은 부족으로 동일시할 명확한 증거가 있는 것은 아니다.

68)　아르메니아는 터키 동쪽의 내륙국으로, 십자군 전쟁 당시 십자군의 동맹국이 었으나, 이슬람군 쪽에 가담하기도 했다(227연 '시리아' 주석 참조).

69)　Maures(Mors), 모리타니를 중심으로 모로코와 알제리 남부, 세네갈과 말리 북부에 거주하는 종족명인 '모르'는 '아랍화된 이슬람교도'라는 뜻이라고 한다.

70)　Jericho(Jericho), 팔레스타인의 옛 도시.

71)　(Nigres), 확인 불가능한 종족명이지만 '흑인'을 뜻하는 라틴어 Nigri에서 나 온 단어는 아니다. 프랑스어 nègre는 16세기에 에스파냐어 negro에서 차용한 단어이다.

발 퓌에서부터 지름길로 도착했다.

다음은 터키[73]인들, 세 번째는 페르시아인들,

네 번째 부대는 [잔인한][74] 페체네그족[75],

다섯 번째 부대는 솔트라와 아바르족[76],

여섯 번째 부대는 오르말뢰와 외지에족,

일곱 번째 부대는 사뮈엘의 족속들[77],

여덟 번째 부대는 브뤼이즈[78]인들, 아홉 번째는 클라베르족,

---

72) (Canelius), 가나안은 팔레스타인의 옛 이름으로, 가나안 사람은 이스라엘 백
성이 가나안에 정착하기 이전에 거주하던 민족을 가리킨다. 십자군 전쟁 중
이교도들을 통칭해 부르던 말이기도 하다.

73) (Turc), 지중해 및 흑해 연안에 위치하는 터키(Turquie)는 아르메니아, 시리
아, 이란 등과 국경을 맞대고 있다. 중세에는 이교도를 상징하는 민족 이름
중 하나였으며, 이름 그 자체로 '이교도'를 지칭하기도 했다.

74) 필사본에는 '페체네그족(Pinceneis)' 다음에 직전 행에 나왔던 '페르시아인들
(de Pers)'이 반복되고 있다. 쇼트와 뒤푸르네 판본 현대어 번역을 참고하여
'잔인한'을 추가해 옮겼다.

75) Petchénègues(Pinceneis), 6세기부터 12세기 중앙아시아와 흑해 북쪽 스텝 지
역 연안에 살던 투르크 계열의 유목민족.

76) Avars(Avers), 5~9세기에 중앙아시아, 동유럽, 중앙유럽에서 활동한 몽골계의
유목민족.

77) (Samuel), 나라 이름 또는 부족명이 열거되는 문맥이지만, 원문 표현 la gent
Samuel에서 Samuel은 사람 이름으로 보아야 한다. 중세 프랑스어 특유의 절
대보어격 또는 절대피제격(cas régime absolu)의 사례인데, 전치사 de 없이 명
사와 명사를 연결하되 두 번째 자리에 나오는 명사가 유명한 사람 이름이어
야 한다는 문법이다(《아서왕의 죽음》의 원제 *La mort le roi Artu*에서 de 없이
쓰인 le roi Artu도 이 절대보어격이 사용된 경우이다). 그런데 이 사뮈엘이
누구인지는 알 수가 없다. 《구약성서》의 인물 사무엘로 보는 것은 지나친 비
약이고 논리적이지도 않다.

78) (Bruise), 프러시아(Prusse)로 추정하기도 하지만 확실하지는 않음.

4장 발리강의 상륙

열 번째 부대는 사막 부족 오시앙인들로 구성되었는데,

이들은 주 하느님을 섬기지 않는 족속들이다.


여러분은 이들보다 더 불충한 자들을 알지 못하실 겁니다.


그들의 피부는 쇠처럼 단단하여

투구도 갑옷도 필요 없으며,

전투에 임하면 사악하고 호전적이다.                    AOI.


**234**

아미르는 다시 열 개의 부대를 편성한다.

첫 번째 부대는 말프로즈의 거인들,

다음은 훈족[79], 세 번째는 훈가리아인[80]들,

네 번째는 발디즈 라 롱그 사람들,

다섯 번째는 발 프뇌즈 족속들,

여섯 번째는 마로즈인들,

일곱 번째는 뢰와 아스트리무안족들,

여덟 번째는 아르구아유인들, 아홉 번째는 클라르본인들,

열 번째는 턱수염을 기른 프룬드인들로

이들은 하느님을 절대로 사랑하지 않는다.


---

79)  (Hums), 중앙아시아의 스텝 지대에 거주했던 투르크계의 유목 기마민족.

80)  (Hungres), 209연 주석 참조. '훈족'과 함께 거론된다는 점에서 이와 비슷한
    이민족을 지칭하는 용어가 아닐까 추정해볼 수 있음.

《프랑크족 연대기》에도 그들의 부대가 서른 개에 이른다고 적혀 있다.

이들이 대군을 이루니 나팔 소리가 진동한다.

이교도들은 용맹스럽게 말을 몰아 진군한다.　　　　AOI.


**235**

권세 막강한 아미르는

용 문양 깃발과 함께

테르바강과 마호메트의 깃발,

그리고 불충한 아폴랭 상을 앞세운다.

열 명의 가나안 병사가 그를 호위해 말을 몰며

큰 목소리로 외친다.


"우리의 신들께 구원받고자 하는 자는

신들께 기도하고 겸손하게 섬겨야 할지어다!"


이 말에 이교도들이 머리와 턱을 숙이자

번쩍이는 투구가 아래로 함께 내려간다.


프랑스 기사들이 말한다.

"너희는 곧 죽을 것이다. 역겨운 놈들!

오늘 너희에게 끔찍한 파멸이 닥칠지어다!

우리 주 하느님, 샤를 황제를 수호하소서!

샤를 황제의 이름으로 이 싸움이 결정되게 하소서!"[81]　　　AOI.

**236**

아미르는 매우 지혜로운 사람이다.

아들과 두 왕을 곁으로 부른다.


"경들이 선두에 서서 진격하시오.

전군의 지휘권을 그대들에게 맡기겠소.

다만 정예 부대 중 세 개는 내 곁에 남기겠소.

터키인들과 오르말뢰인들,

그리고 말프로즈 거인들 말이오.

오시앙인들은 나와 함께 가다가

샤를과 프랑스군에 맞설 것이오.

황제가 내게 싸움을 걸면

머리가 몸통에서 떨어져 나갈 것이오.

그에게 다른 선택은 없다는 점은 확실하오!"                    AOI.


**237**

양군의 규모는 엄청나고 그 위용 또한 대단하다.

그들 사이에는 산도, 골짜기도, 언덕도,

숲도 아무것도 없어 숨는 것은 불가능하다.

---

81)  원문 "Ceste bataille seit [……] en sun num."에서 seit 다음 단어가 후대 교정
     자의 가필로 매우 읽기 어려운 상태가 되었다. 대략 uucget 정도로 읽히는데
     판본 연구자들은 이를 jugiee, vencue, nunciee, vüee 등으로 고쳐 읽을 것을 제
     안한다. 여기서는 뒤푸르네 판본의 선택 jugie를 토대로 번역했다.

그들은 완전히 탁 트인 벌판을 사이에 두고 마주 본다.

발리강이 외친다.
"신앙의 적인 내 백성들이여![82]
말을 달려 전투를 시작하라!"

올뤼페른[83]의 앙보르가 군기를 들고,
이교도들은 소리 높여 '프레시외즈'를 외친다.

프랑스군도 답한다.
"오늘 너희에게 큰 패배가 닥치리라!"
이어서 큰 소리로 '몽주아'를 재차 외친다.

황제가 일제히 나팔을 울리게 한다.
그중에서도 상아 나팔 소리가 가장 높이 울려 퍼진다.

이교도들이 말한다.
"샤를의 부대, 참으로 대단하다.
오늘 전투는 치열하고 힘에 겹겠구나!"                    AOI.

---

82) 기독교도들의 시각이 투영된 표현을 이교도 발리강이 그대로 사용한다. 78연 및 93연 주석 참조.

83) (Oluferne), 《안티오크의 노래(Chanson d'Antioche)》 등의 무훈시에는 올리 페른(또는 올뤼페른)이 시리아의 도시 알레프(Alep)로 나온다.

**238**

드넓은 벌판이 활짝 트여 있다.

황금 테두리에 보석을 박아 장식한 투구,

방패, 금세공 장식이 달린 갑옷,

창은 번쩍이고, 창대에 매단 깃발이 나부낀다.

선명한 나팔 소리 가운데

상아 나팔 소리가 우렁차게 울려 퍼진다.


아미르는 동생을 부른다.

그자의 이름은 카나뷔, 플로르데의 왕이며,

발 스브레[84])까지의 땅을 다스린다.

아미르는 동생에게 샤를의 부대를 가리키며 말한다.


"명성 자자한 프랑스의 저 오만함을 보게!

황제는 아주 늠름하게 말을 몰고 있군.

그는 수염을 기른 자들과 함께 뒤에 오고 있네.

얼음 위의 눈처럼 흰 수염을

갑옷 위로 드리운 자들과 말일세.

그들은 창과 검을 휘둘러 싸울 걸세.

우리는 맹렬한 격전을 치르게 될 것이고,

누구도 이런 전투를 본 적이 없을 걸세."


84)  (Floredee), (Val Sevree), 미상의 이교도 지역.

껍질 벗긴 막대기를 던질 수 있는 거리[85])보다 멀리

그의 병사들을 앞질러 나간 발리강은

그들을 독려하며 외친다.

"나를 따르라, 이교도들이여! 내가 앞장서겠다!"

창 자루를 잡아 흔들며 창끝은 샤를을 향해 겨눈다.　　　AOI.


**239**

샤를마뉴는 아미르와 그의 용 문양 깃발,

그리고 이교도군의 각종 군기를 본다.

프랑스군이 있는 자리를 빼고는

엄청난 수의 아라비아 대군이 온 사방을 뒤덮는다.


프랑스 왕은 목소리를 높여 외친다.

"나의 프랑스군이여!

그대들은 훌륭한 기사들이오!

---

85) '껍질 벗긴 막대기(verge pelee)를 던질 수 있는 거리'를 '활 사정거리'라고 옮긴 한국어 번역본이 있다. 이 대목은 적군의 왕 발리강이 부대의 선두에 서서 달리는 모습을 묘사한 장면인데, 활의 사정거리만큼 앞으로 나와 있다고 하면, 일단 논리적으로도 본군과 지나치게 멀리 떨어져 있는 셈이 된다. 대략적인 거리를 나타내기 위한 중세 프랑스어의 표현을 오해한 데에서 비롯된 실수이다. 또한 모음 압운(assonance)을 맞추려고 fleche 대신 verge pelee를 사용했으리라는 역자의 추측도 받아들일 수 없는 것이, 《롤랑의 노래》 텍스트에는 fleche(flèche)라는 단어 자체가 아예 등장하지 않는다. 해당 번역본은 204연의 '막대기(bastuncel)' 역시 '화살류 등의 무기'를 가리키는 것으로 오해하고 있다.

경들은 전장에서 수많은 전투를 치렀소!

이교도들이 오고 있소. 불충하고 비겁한 자들이오.

그들이 믿는 종교는 한 푼의 가치도 없소.

그들의 수가 많다 한들, 그게 무슨 소용이란 말이오?

나를 따르고자 하지 않는 자는 지금 빠질지어다!"

그리고 황제가 말에 박차를 가하자

탕상도르는 네 번의 도약을 한다.

프랑스인들이 말한다. "우리의 왕은 용맹하시다!

폐하, 진격하십시오! 저희 중 누구도 폐하를 버리지 않을 것입니다."

## ✤ 대접전

**240**

날은 맑고, 태양은 찬란히 빛난다.

양쪽 군대 모두 훌륭하고, 전사들은 강력하다.

선두의 부대들이 전투에 돌입한다.

라벨 경과 기느망 경은

준마의 고삐를 늦추고 힘차게 박차를 가한다.

그러자 프랑스 기사들도 전속력으로 돌진하여

예리한 창으로 적을 공격해 나간다.                    AOI.


## 241

용맹한 기사 라벨 경이
순금 박차를 가해 말을 달려서는
페르시아 왕 토를뢰를 공격한다.
그의 방패도 갑옷도 그 공격을 견디지 못한다.
황금빛 창이 토를뢰의 몸에 꽂히고,
그는 작은 덤불 위로 떨어져 죽는다.

프랑스군이 외친다. "주님, 저희를 도우소서!
샤를 폐하께 정의가 있으니 우리가 그를 저버려서는 아니 된
다!"                                          AOI.


## 242

한편 기느망 경은 뢰티스 왕과 싸움을 벌인다.
꽃무늬로 장식된 그의 방패를 부수더니,
다음에는 그의 갑옷을 찢고
창에 달린 깃발까지 몸통에 찔러 넣어,
누가 울든 말든 개의치 않고 죽여 쓰러뜨린다.

그의 공격을 보고 프랑스인들이 외친다.
"경들이여! 지체하지 말고 공격하라!
이교도들을 무찌르는 정의가 샤를 폐하께 있도다!"[86]

하느님께서 진정한 심판을 위해 우리와 함께 하신다!"    AOI.

**243**

말프라미는 순백색 말 위에 올라
프랑스군 복판으로 뛰어든다.
사방으로 찌르고 또 찔러 공격하니,
프랑스군은 한 명 한 명 죽어 쓰러진다.

이를 보고 발리강이 제일 먼저 소리친다.
"나의 신하들이여,
내 오랜 세월 그대들을 먹여 살렸노라.
무기를 들고 수많은 적장에게 도전하며
샤를을 찾고 있는 내 아들이 보이는가!
그보다 더 용맹한 전사를 바라지 않느니라.
날카로운 창을 들고 그를 도우러 가라!"

이 말에 이교도들이 진격한다.
거세게 공격을 가하니 대접전[87]이 벌어진다.

---

86) "Carles ad dreit vers la gent iesnie.": 시행 마지막의 iesnie의 의미 파악이 불가
능하다. 중세 프랑스어에 존재하지 않는 단어로 필사자의 오류로 짐작된다.
뒤푸르네와 세그레, 쇼트 판본은 각각 paiesnie, paienie, paënisme으로 수정하
고 있다. 어느 경우든 '이교도'라고 이해하는 데에 무리가 없다.

87) 원문의 caple은 원래 '검술', '검을 사용한 대결'을 뜻하는 어휘였으나 점점 의
미가 확대되어 창과 검을 사용해 양쪽 기사들이 뒤엉켜 싸우는 접전을 가리

전투는 격렬하고 처참하다.

이처럼 치열한 전투는 이전에도 없었고 이후로도 없을 것이다.

AOI.

## 244

양군의 수 엄청나고, 그 전사들은 용맹하다.

모든 부대가 싸움에 뛰어들고,

이교도들은 맹렬하게 공격한다.


맙소사! 얼마나 많은 창 자루가 꺾이고,

방패는 깨지고, 갑옷의 사슬이 터져 나가

땅을 뒤덮었는지 여러분은 보셨어야 합니다!

들판의 푸르고 부드럽던 풀잎은

[흐르는 피에 젖어 완전히 새빨갛게 물들었습니다!]<sup>88)</sup>


아미르가 그의 군사들을 독려한다.

"전사들이여! 저 그리스도교도들을 공격하라!"


전투는 매우 치열하고 격렬하다.

이처럼 치열한 전투는 이전에도 없었고 이후로도 없을 것이다.

---

키게 된다.《롤랑의 노래》에서도 이 단어는 주로 확장된 의미로 사용된다.

88) 옥스퍼드 필사본에는 이 시행이 누락되어 있다. 베디에와 무아녜 판본은 시
행의 누락을 지적하고 누락된 시행 번호만을 추가해놓았고, 뒤푸르네와 세그
레, 쇼트 판본은 다른 필사본들을 참고하여 해당 시행을 복구했다.

밤이 오기 전에는 전투가 중단되지 않을 것이다          AOI.


**245**

아미르가 그의 부하들을 부르며 외친다.
"공격하라, 이교도 전사들이여!
그대들이 여기에 온 것도 싸우기 위함이 아니던가!
내 그대들에게 고귀하고 아름다운 여인들을 주리라!
또 영지와 봉토를 하사하리라!"


이교도들이 대답한다.
"폐하의 명을 당연히 따르겠습니다!"


어찌나 세차게 공격하는지 창들이 부러져 나가고,
이교도들은 십만 자루가 넘는 검을 뽑아 든다.
처참하고 끔찍한 격전이 아닐 수 없다.


이 전장 한복판에 서보면 진정한 전투가 무엇인지 알 수 있으
리라.                                              AOI.


**246**

황제도 자신의 프랑스 기사들을 독려한다.
"나의 기사들이여, 내 그대들을 사랑하고 신뢰하노라!
그대들은 나를 위해 수많은 전투를 치렀고,
수많은 왕국을 정복해 그 왕들을 쫓아냈도다.

그대들에게 내 몸과 영토, 재산을 다해

보상해주어야 한다는 점 나도 잘 알고 있노라.

어제저녁 롱스보에서 전사한

그대들의 아들, 형제, 후계자들의 복수를 하라!

그대들도 이미 알고 있도다

이교도들에 맞서는 내가 정의의 편임을!"

프랑스인들이 대답한다.

"폐하, 지당하신 말씀입니다."

황제의 주위에 모인 이만 기사들이

죽음과 고통을 겪더라도 그를 저버리지 않겠노라며

일제히 황제에게 충성을 맹세한다.

창을 겨누어 공격하지 않는 이 없고,

곧이어 검을 뽑아 들고 지체 없이 내리친다.[89]

전투는 숨 가쁠 정도로 격렬하게 전개된다.　　　　　AOI.


**247**

한편 말프라미는 전장 한복판으로 말을 달리며

프랑스군을 무참히 죽여 쓰러뜨린다.

---

[89] 2부에서는 전투의 단계가 1부보다 좀 더 명확하게 그려지는 경향이 있다. 전투에 임하는 기사들은 우선 전속력으로 말을 몰아 창으로 상대를 공격하고, 창이 부러진 다음에는 검을 뽑아 혼전에 돌입한다. 이 대목에서도 모든 기사가 창으로 먼저 공격한 후 검을 뽑아 싸우는 전투의 순서를 관찰할 수 있다.

넴 공이 그를 무섭게 노려보더니

용감하게 달려가 공격한다.

그의 방패 윗부분을 부수고

갑옷 자락의 금세공 장식이 튀어 나가도록

노란 깃발까지 창대를 몸통에 쑤셔 박는다.

칠백 명의 전사자들 가운데로 그를 죽여 쓰러뜨린다.


**248**

아미르의 동생 카나뵈 왕이

그의 말에 힘차게 박차를 가한다.

수정 두구가 달린 검을 뽑아

넴의 투구 한복판을 내려치니

투구 반쪽이 쪼개져 떨어지고,

투구 끈 다섯 가닥이 강철 칼날에 잘려 나간다.

투구 아래의 사슬 두건도 아무 소용이 없다.

칼날은 두건 아래 살까지 파고 들어가

살 한 조각을 베어 땅에 떨어뜨린다.


타격이 워낙 컸던 터라 넴 공은 정신이 혼미해져,

만약 하느님의 도움이 없었다면 바로 말에서 떨어졌을 것이다.

넴은 군마의 목을 끌어안고 버틴다.

그 이교도가 재차 공격을 가한다면

고결한 기사도 죽음을 면치 못할 것이다.

프랑스의 샤를 왕이 그를 구하러 달려온다.          AOI.

**249**

넴 공이 끔찍한 고통에 사로잡혀 있으니
샤를은 서둘러 이교도를 공격해야 한다.[90]

"못된 놈! 넴을 공격하다니 네가 스스로 명을 재촉하는구나!"
그러고는 온 힘을 다해 이교도를 타격한다.
그의 방패를 심장 위에서 부수고,
갑옷의 목 부분까지 찢어 그를 죽여 쓰러뜨린다.
안장 위에는 아무도 남지 않는다.

**250**

넴 공이 자기 앞에서 부상을 입고
녹색 풀밭 위로 선혈을 쏟는 것을 보자
샤를마뉴 왕은 크게 괴로워한다.

황제는 그에게 목소리를 낮추어[91] 말한다.

---

90)  원문 "E li paiens de ferir mult le hastet."를 직역하면 "그 이교도(카나뷔 왕)는
    샤를이 [자신을] 공격하도록 재촉한다." 정도가 된다. 즉, 샤를이 제때 개입해
    카나뷔 왕을 쓰러뜨리지 못하면 넴 공이 목숨을 잃을 위기의 순간이라는 말
    이 된다. 번역에 사용한 판본 중 쇼트 판본만이 "그 이교도는 넴을 공격하려
    서두른다."라는 다른 해석을 제시한다. 전혀 불가능한 것은 아니지만 이렇게
    문장을 분석하면 le(넴 공)의 위치가 자연스럽지 않다.

91)  원문 a cunseil는 '비밀리에', '낮은 목소리로'라는 뜻이다. 스스로 적을 제압하
    지 못하고 샤를 왕의 개입으로 간신히 죽음을 면한 상황에서 샤를이 "내가 적
    을 죽였으니 안심하시오!"라고 크게 외친다면 넴 공은 기사로서의 체면이 서
    지 않는 모양이 된다. 샤를이 목소리를 낮추어 말하는 것은 넴 공에 대한 배
    려의 마음을 표현한다.

"친애하는 넴 공, 내 옆에서 말을 모시오!
그대를 괴롭히던 그 못된 놈은 죽었소.
내가 창으로 일격에 그놈 몸통을 뚫어버렸소."

넴 공이 대답한다.
"폐하, 폐하를 믿사옵니다.
신이 얼마간이라도 더 살 수 있다면,
폐하께도 크게 득이 될 것입니다."

두 사람은 애정과 믿음으로 나란히 말을 몰고,
이만 프랑스군이 그들과 함께한다.
그중 힘차게 공격하고 싸우지 않는 자 하나도 없다.　　　AOI.


**251**

아미르가 전장을 가로질러 말을 달려
기느망 경을 공격한다.
심장 위로 그의 방패를 부수더니
갑옷 자락을 찢어버리고
허리를 두 동강 내버린다.
기느망 경은 준마에서 떨어져 죽는다.
이어 아미르는 제부앵과 로랑,
노르망디 영주 노인 리샤르를 죽인다.

이교도들이 외친다.

"프레시외즈는 과연 가치 있는 검이로다!

공격하라, 전사들이여! 우리를 지켜주시는 분이 계시다!" AOI.


**252**

아라비아, 오시앙, 아르구아유의 기사들,

그리고 바스클[92]의 기사들을 여러분이 보셨으면 좋으련만!


그들은 창을 휘둘러 무지막지한 공격을 가한다.

하지만 프랑스 기사들도 물러설 마음이 없다.

양쪽 모두 많은 사람이 죽는다.

저녁때까지 치열한 전투가 계속되고,

프랑스 기사들도 큰 피해를 입는다.

얼마나 큰 고통을 겪어야 이 싸움은 끝이 날 것인가!　　AOI.


**253**

프랑스와 아라비아군 모두 격렬하게 싸운다.

창 자루와 번쩍이는 창날들이 부러져 나간다.


조각나 부서지는 방패들을 보고,

번쩍이는 갑옷들의 삐걱거림과

방패와 투구가 부딪히며 나는 쇳소리,

말에서 떨어지는 기사들의 비명을 듣고

---

92)　(Bascle), 미상의 이교도 지역.

절규하며 죽는 사람들을 목격한 자는
끔찍한 고통이 무엇인지를 기억할 수 있으리라!


이 싸움은 정말 버티기 힘들다.
아미르는 아폴랭에게 기도하고,
테르바강과 마호메트의 가호를 빈다.
"저의 주인이시여, 저는 정성으로 신들을 섬겼나이다!
순금으로 신상을 만들어 바치겠습니다."[93]                    AOI.


그때 그의 총애를 받는 신하 중 하나인 주말팽이
나쁜 소식을 가져와 전한다.
"발리강 폐하, 폐하께 큰 불행이 닥쳤사옵니다.
아드님 말프라미를 잃으셨습니다.
아우이신 카나뵈 또한 죽임을 당했습니다.
프랑스인 두 명의 운이 좋았습니다.
그중 하나는 황제인 듯합니다.
건장한 체구에 군주다운 모습이었습니다.
사월의 꽃처럼 흰 수염을 기르고 있었습니다."


---

93) 베디에와 쇼트 판본은 "순금으로 신상을 만들어 바치겠습니다."라는 시행 뒤
   에 한 행이 누락되어 있는 것으로 본다. 세그레와 쇼트 판본은 "샤를로부터
   저를 보호해주셔야 합니다(Cuntre Carlun devez mei guarantir)."라는 시행을
   추가해 수정하지만, 옥스퍼드 필사본 텍스트를 그대로 유지해도 이해하는 데
   에는 문제가 없다.

소식을 들은 아미르는 투구를 쓴 머리를 떨군다.[94]

너무나 고통스러워 죽을 것만 같다.

아미르는 바다 건너에서 온 장글뢰[95]를 부른다.


**254**

아미르가 말한다.

"앞으로 나오시오, 장글뢰!

그대는 용맹하고 또한 지혜로운 사람이오.

나는 언제나 그대의 충고를 들어왔소.

아라비아와 프랑스군에 대해 어떻게 생각하시오?

우리가 전투에서 승리할 수 있겠소?"


장글뢰가 대답한다.

"발리강 폐하, 폐하는 죽은 목숨입니다!

폐하의 신들은 결코 폐하를 지켜주지 못할 것입니다.

샤를은 사납고 그의 부하들은 용맹스럽습니다.

그들처럼 싸움을 잘하는 민족을 본 적이 없습니다.

---

94) 원문에는 두 개의 시행에 걸쳐 "소식을 들은 아미르는 투구를 숙이고/곧이어 얼굴을 떨군다."로 되어 있다. 투구와 머리를 숙이는 데에 시차를 두어 표현 하는 것이 부자연스러워 하나의 행으로 합쳐 번역했다.

95) 이제까지 '바다 건너에서 온'이라는 별칭이 붙는 인물은 5연의 말비앙 (Malbien d'Ultremer), 228연의 마르퀼(Marcules d'Ultremer) 두 명이었다. 의미는 같지만 장글뢰의 별칭은 명사형인 ultremarin을 사용해 Jangleu l' Ultremarin이라고 적고 있다.

오시앙, 터키, 앙프룅[96], 아라비아 전사들을 부르십시오.
그리고 거인족도 오게 하십시오.[97]
어찌 됐든 지체하지 않으셔야 합니다."

**255**

아미르는 산사나무 꽃처럼 흰 수염을
갑옷 위로 늘어뜨리고 있다.
어떤 일이 있어도 그는 숨고 싶지 않다.
나팔을 입에 대고 높은 소리로 불어대니
이교도들이 그 소리를 듣는다.
사방에서 그의 전투부대들이 다시 집결한다.

오시앙인들은 당나귀나 말처럼 울부짖고,
아르구아유인들은 개처럼 짖어댄다.
그들은 과감하게 프랑스군을 공격하여
가장 병력이 밀집된 곳의 전열을 무너뜨린다.
이 공격으로 칠천여 병사가 죽어 쓰러진다.

---

96) (Enfruns), 미상의 이교도 민족.

97) 236연에서 발리강은 최정예 부대인 터키인, 오르말뢰인, 말프로즈 거인들을
자신 곁에 남기겠으며, 오시앙인 부대는 자신과 함께 가다가 교전에 들어갈
것이라고 말한다. 전세가 불리하고 싸움이 급하니 이들까지 동원해 공격을
전개해야 한다는 조언이다.

**256**

오지에 경은 비겁함이라는 것을 모른다.

일찍이 갑옷을 입은 이들 중 그보다 뛰어난 기사는 없었다.

프랑스군 전열이 무너지는 것을 보자

그는 아르곤의 티에리 공,

앙주의 조프루아, 조즈랑 경을 부르더니

매우 분격하여 샤를에게 말한다.

"이교도들이 어떻게 폐하의 부하들을 죽이는지 보십시오!

만약 폐하께서 이 치욕을 갚으려고 당장 공격하지 않으신다면,

머리 위에 왕관을 쓰고 계시는 것이 합당치 않을 것이옵니다!"


한마디라도 대답하는 자 없다.

대신 박차를 가하여 전속력으로 말을 달려서는

닥치는 대로 적을 공격한다.


**257**

샤를마뉴 왕은 전력을 다해 적을 무찌른다.             AOI.[98]

---

98) 베디에와 쇼트 판본은 AOI 표시를 256연 마지막 행으로 옮기고, 뒤푸르네
판본은 한 행 앞으로 보내야 한다고 인정하면서도 원래의 자리를 유지한다.
무아녜와 세그레 판본은 다른 설명 없이 필사본상의 원래 위치(257연 첫 행)
에 그대로 AOI를 표시하고 있다. 《롤랑의 노래》에서 일반적으로 AOI가 연
의 마지막 행 다음에 나오는 것은 사실이지만, AOI가 정확히 무슨 의미로,
또 어떤 용도로 쓰이고 있는지를 알지 못하는 만큼 원래의 자리에 그대로 표
시하는 편이 현재로서는 좀 더 안전한 선택이라고 생각된다.

넴 공과 덴마크인 오지에는 물론
국왕기를 든 앙주의 조프루아도 뒤지지 않는다.
덴마크인 오지에는 매우 용맹스럽다!
박차를 가해 전속력으로 말을 달려 나가서는
용 문양 깃발을 든 앙보르를 공격하니
앙보르는 용 문양 깃발과 국왕기와 함께
그 자리에서 바로 고꾸라진다.

발리강은 자신의 깃발이 꺾이고
마호메트의 깃발이 땅에 뒹구는 것을 본다.
아미르는 비로소 자신이 그리고
샤를마뉴가 정의의 편임을 느끼기 시작한다.

아라비아 이교도들은 백여 명씩 달아난다.
황제는 프랑스 기사들을 불러 묻는다.[99]
"하느님의 이름을 걸고 대답하시오. 그대들은 나를 돕겠는가?"

---

99) "Paien d'Arabe s'en trunent plus .C.,/Li emperere recleiment ses parenz.": .C.(cent, 100)과 parenz 모두 ei로 이루어진 257연의 모음 압운에 어긋난다. 이런 이유로 세그레와 쇼트 판본을 비롯한 여러 판본에서 첫 행을 "Paien d'Arabe s'en cuntienent plus quei(아라비아 이교도들은 입을 다문다)."로, 두 번째 행을 "Li emperere recleimet ses Franceis(황제는 프랑스 기사들을 불러 묻는다)."로 수정하고 있다. 첫 행의 번역에서는 옥스퍼드 필사본의 텍스트가 의미상 큰 문제가 없다고 보아 그대로 유지했지만, 두 번째 행의 경우 프랑스 기사들의 대답이 이어진다는 점에서 parenz을 Franceis로 수정해 옮겼다.

프랑스 기사들이 답한다.

"어찌 그런 말씀을 하시옵니까?

전력을 다해 공격하지 않는 자 모두 불충한 자들이옵니다!"

AOI.

## ✢ 샤를마뉴와 발리강의 결투

**258**

낮이 지나고 저녁이 된다.

프랑스군과 이교도들은 검을 휘두르며 싸우고 있다.

군대를 이끌고 전투에 임하는 두 사람은 용맹하다.

각자 자신의 전투 함성을 잊지 않는다.

"프레시외즈!" 아미르가 외친다.

"몽주아!" 샤를도 그 유명한 함성을 외치며 응수한다.

두 사람은 높고 우렁찬 목소리를 듣고 서로를 알아본다.

전장 한복판에서 두 사람이 격돌한다.

서로에게 달려들어 원형 무늬로 장식된 방패 위로

창을 세차게 꽂아 넣으며 공격한다.

방패와 부딪친 두 사람의 창이 모두 부러지고

갑옷 자락도 찢겨 나간다.

그러나 공격이 살 속까지 미치지는 못한다.

안장 고정 띠가 끊어지며 안장이 뒤집혀

두 왕은 땅에 떨어져 구른다.

두 사람 모두 재빨리 일어나

아주 용감한 기세로 검을 뽑아 든다.

이 싸움은 이제 미룰 수 없을 것이다.

둘 중 하나가 죽기 전에는 끝날 수 없다. AOI.


## 259

그리운 프랑스의 샤를은 용맹하기 그지없다.

아미르도 그를 두려워하거나 무서워하지 않는다.

칼날을 서로에게 겨누어

방패 위로 엄청난 공격을 주고받는다.

방패를 덮은 가죽을 찢고 두 겹으로 덧댄 나무까지 부순다.

못이 뽑혀 떨어지고 가운데 부분도 터져 나간다.

그러자 방패 없이 갑옷에만 의지한 채 서로를 공격한다.[100]

두 사람의 투구에서 불꽃이 튄다.

이 전투는 끝날 수 없으리라,

---

100) 무훈시에서는 물론이고 아서왕 문학 등 기사들이 등장하는 장르의 전투 장면을 분석해보면, 서로 검을 부딪치며 싸우는 경우는 사실상 없다고 보아도 무방하다. 방어는 방패와 갑옷에 전적으로 의존하고 검은 공격 수단으로만 사용한다. 상대의 방패와 갑옷을 얼마나 빨리 검으로 부수느냐에 승패가 달려 있다고 볼 수 있다.

둘 중 하나가 자신의 잘못을 인정하지 않는 한.　　　　　AOI.

**260**

아미르가 말한다.

"샤를! 잘 생각해보거라. 내게 잘못을 빌어라!

네가 내 아들을 죽인 것을 알고 있노라.

게다가 부당하게도 감히 내 땅을 노리고 있다.

내 신하가 되어라! 그러면 내 너한테 영지를 내릴 테니[101]

동방으로 와서 나를 섬기도록 하여라."

샤를이 대답한다.

"비열한 수작을 부리고 있구나!

이교도에게는 평화도 사랑도 허락할 수 없다.

하느님께서 우리에게 계시하신 종교,

그리스도교를 받아들여라. 그러면 내 너를 즉시 사랑하마.

그리고 전능하신 하늘의 왕을 섬기고 믿거라!"

발리강이 말한다.

"같잖은 훈계를 늘어놓는구나!"

두 사람은 다시 검을 뽑아 서로 공격한다.　　　　　AOI.

---

101) 원문 "en fedeltet veoill rendre([네가] 나에게 충성하도록 만들어주마)."는
　　　그 의미가 명확하지 않다. 세그레와 쇼트 판본의 수정("en fiét le te voeill
　　　rendre")에 따라 번역했다.

**261**

아미르는 무시무시한 완력을 지닌 자이다.
샤를마뉴의 빛나는 강철 투구 위를 내리쳐
투구를 머리 위에서 반으로 쪼개 부숴버린다.
칼날이 머리카락 속까지 들어가
머리 가죽을 손바닥 넓이만큼 벗겨낸다.
상처를 입은 자리에는 두개골이 드러난다.
샤를은 휘청거린다. 하마터면 쓰러질 뻔한다.

그러나 하느님께서는 그가 죽거나 패하기를 원치 않으신다.
대천사 성 가브리엘이 그에게 나타나 묻는다.
"위대한 왕이여, 지금 무엇을 하는 것인가?"

**262**

천사의 성스러운 목소리를 듣자
샤를은 죽음을 두려워하지도 무서워하지도 않는다.
기운을 되찾고 정신도 돌아온다.
샤를은 프랑스의 검으로 아미르를 내리쳐
보석들이 빛나는 투구를 부숴버린다.
머리통이 쪼개지고 뇌가 쏟아져 나온다.
흰 수염이 있는 곳까지 얼굴이 반으로 갈라져
어찌해볼 방도도 없이 쓰러져 죽는다.

"몽주아!"

샤를은 부하들이 자신을 주목하도록 외친다.[102]

그 함성을 듣고 넴 공이 달려와

탕상도르의 고삐를 잡으니 대왕이 말에 오른다.


이교도들은 도망친다.

하느님께서는 그들이 살아남기를 원치 않으신다.

프랑스군이 그들을 추격한다.


## ✢ 사라고사 함락


**263**

우리 주 하느님의 뜻대로 이교도들은 도주한다.

프랑스군이 황제와 함께 그들을 추격한다.


왕이 외친다.

"경들이 겪은 고통의 대가를 치르게 하라!

그리하여 분노를 잠재우고 심장을 진정시킬지어다!

오늘 아침 그대들의 눈에서 흐르는 눈물을 보았노라!"


---

102) "Munjoie escriet pur la reconuisance." 몽주아의 종교적 의미를 감안할 때 무아네 판본처럼 "(하느님에 대한) 감사의 표시로 몽주아를 외친다."라고 이해하는 것도 충분히 가능하다.

프랑스인들이 대답한다.
"폐하, 마땅히 그리하겠습니다!"

모두 있는 힘을 다하여 거세게 공격하니
전장에 있던 이교도 중 살아서 빠져나가는 자 거의 없다.

**264**

찌는 더위 속에 먼지가 인다.
이교도들은 도주하고 프랑스군은 그 뒤를 바싹 쫓는다.
추격은 사라고사로까지 이어진다.

브라미몽드 왕비는 탑 꼭대기로 올라간다.
거짓된 종교의 사제들과 고위 성직자들이 왕비를 따른다.
하느님께서는 이들을 결코 사랑하시지 않는다.
이들은 성직의 품급도 삭발례도 받지 않은 자들이다.

아라비아군이 도륙당하는 모습을 보자
왕비는 큰 소리로 외친다.
"마호메트여, 도와주소서!
아! 고귀하신 폐하, 우리 편이 패했습니다.
아미르도 치욕스러운 죽임을 당했습니다!"

그 말을 듣자 마르실은 벽을 향해 돌아누워
눈물을 쏟더니 돌연 머리를 떨군다.

마르실은 불행에 짓눌려 고통스럽게 죽는다.

그의 영혼은 악마에게 넘겨진다. AOI.


**265**

이교도들은 대부분 죽고, 일부만 도주한다.[103]

샤를은 승리를 거둔다.

사라고사 성문도 부숴버린다.

이제 도시를 지키는 자 아무도 없음을 잘 안다.

샤를은 성을 장악하여 군대와 함께 들어온다.

정복자의 권리대로 샤를의 군대는 여기서 숙영한다.

흰 수염을 휘날리는 늠름한 왕에게

브라미몽드는 도시의 탑들을 바친다.

큰 탑이 열 개, 작은 탑은 쉰 개에 이른다.


주님의 가호를 받는 자, 훌륭한 과업을 이루는 법이다.


**266**

낮이 지나고 밤이 내린다.

달은 밝고 별들은 빛난다.

황제는 사라고사를 정복했다.

---

103) '도주한다'라는 번역은 세그레와 쇼트 판본의 수정을 토대로 했다. 옥스퍼드 필사본 텍스트의 시행 마지막에 기존의 글자들을 긁어내고 추가된 cunfundue는 문맥에 맞지 않을 뿐만 아니라 여성형이 나올 자리도 아니다.

천 명의 프랑스군으로 하여금 도시와
유대교회당과 이슬람교 사원을 수색하게 한다.
쇠망치와 도끼를 들고
신상들과 모든 우상을 부수니
어떤 요술도 거짓 종교도 남지 않을 것이다.

왕은 하느님을 믿고, 하느님을 섬기고자 한다.
이에 주교들이 물에 축복을 내리고
이교도들을 세례당으로 데려간다.
샤를 왕의 명을 거역하려는 자가 있으면
체포해 불에 태우거나 죽여버린다.

십만이 훨씬 넘는 이교도가 세례를 받아
진정한 그리스도인이 된다.
왕비 하나만 남는다.
왕비는 포로로 그리운 프랑스에 데려갈 것이다.
왕은 그녀를 사랑으로 개종시키고자 하는 것이다.

**267**

밤이 지나고 날이 밝는다.
샤를은 사라고사의 모든 탑에
노련한 병사 천 명을 남겨 주둔시킨다.
그들은 황제의 이름으로 도시를 지킨다.

왕과 그의 모든 부하가 말에 오른다.

브라미몽드도 포로로 데려간다.

그녀를 위해 좋은 일을 한다는 생각 외에 다른 의도는 없다.


프랑스군은 기쁨과 환희에 넘친 자긍심을 갖고 돌아간다.

그들은 위용을 과시하며 나르본[104]을 지나고,

명성 높은[105] 도시 보르도에 도착하자

고귀한 성자 쇠랭[106]의 제단 위에

금과 망공 금화를 가득 채운 롤랑의 상아 나팔을 바친다.

그곳을 찾는 순례자들은 지금도 이 상아 나팔을 볼 수 있다.


대형 선박을 타고 지롱드[107]강을 건넌 후

---

104) 나르본(Narbonne)은 지중해 쪽에 위치한 도시로 사라고사에서 보르도로 돌
    아갈 때 지나갈 수가 없고, 또 그쪽으로 돌아서 갈 필요도 없는 곳이다. 지
    리적으로만 따지면 무아네 판본의 지적처럼 바욘(Bayonne) 옆의 아르본
    (Arbonne)의 오기로 보는 편이 논리적일 수 있다. 하지만《나르본의 에므리
    (Aymeri de Narbonne)》등의 무훈시에서 기욤 도랑주(Guillaum d'Orange,
    오렌지공 윌리엄스)가 활약한 무대인 나르본은 중세 무훈시의 상징적 장소
    이기도 하다. 만약 나르본을 지리적 위치만을 고려하여 아르본으로 수정한
    다면, 쇼트 판본의 지적대로《롤랑의 노래》의 시적 정취를 없애버리는 것일
    수도 있다.

105) 옥스퍼드 필사본 텍스트의 시행 마지막 단어가 누락되어 있다. 뒤푸르네 판
    본(valur)과 쇼트 판본(renun)의 제안을 토대로 '명성 높은'이라고 번역했다.

106) 성 세브랭(Saint Séverin)이라고도 불리는 성 쇠랭(Saint Seurin, ?~403)은
    퀼른과 보르도의 주교를 지낸 성자이다.

107) Gironde(Girunde), 프랑스 남서부를 가로지르는 강 이름. 아키텐분지와 보
    르도를 지난다.

그의 조카와 조카의 고귀한 동료 올리비에,

지혜롭고 용맹하던 대주교의 시신을 블라유로 옮겨

시신들을 흰색 관에 안치시킨다.

이들은 성 로맹 성소에 잠들어 있다.[108]

프랑스인들은 그들을 하느님과 하느님의 여러 이름[109]에 맡긴
다.


샤를은 말을 몰아 산을 넘고 계곡을 지난다.

엑스에 도착하기 전에는 어디서도 멈추려 하지 않는다.


드디어 엑스에 도착한 샤를은 석대로 내려선다.

샤를 왕은 왕궁 안으로 들어가자

---

108) 보르도에서 지롱드강을 건너 약 50킬로미터 북쪽에 위치하는 블라유
   (Blaye)의 성 로맹 성소(Basilique Saint-Romain de Blaye)에 롤랑과 올리비에
   에, 그리고 튀르팽의 시신이 안치되었다고 전해진다. 성 로맹 성소는 17세
   기에 파괴되어 사라졌으나 1960년대에 그 유적이 발굴되었다.

109) 하느님과 하느님의 여러 이름(Dieu et ses noms): 《여우 이야기(Roman
   de Renard)》, 《몽토방의 르노(Renaud de Montauban)》, 《루시용의 지라르
   (Girard de Roussillon)》 등에서도 볼 수 있는 '하느님과 하느님의 여러 이름'
   은 위험에 처했을 때나 망자의 구원을 염원하고 하느님의 자비를 구하고자
   할 때 낭송하던 기도였다. 72개 혹은 100개의 하느님 이름(엘로힘, 야훼, 엘
   로이, 엘 샤다이 등)이 열거되어 있다.
      연구자들 가운데는 이 대목의 nuns이 '이름'(현대 프랑스어 nom)이 아니
   라 라틴어 nonnus에서 온 형태로 '(성 로맹 성소의) 고위 사제'를 가리킨
   다고 주장하는 이도 있으며, 일부 현대 번역에서 이 주장을 따르기도 한
   다. 이 주장에 따르면, 269연에서 오드의 시신이 수녀원에 옮겨지는 장면
   의 nuneins('수녀들')과 롤랑의 시신이 성 로맹 성소에 안치되는 267연의
   nuns('고위 사제')이 대칭을 이룬다는 것이다.

---

바바리아, 작센[110], 로렌, 프리지아,

알레만니아, 그리고 부르고뉴,

푸아투, 노르망디, 브르타뉴로

전령을 보내 재판관들을 소집한다.

프랑스에서 가장 지혜로운 사람들이다.

이제 가늘롱의 재판이 시작된다.

---

110)  209연에서 보듯이 작센은 프랑크 왕국의 영토 중 샤를 왕에게 비협조적인
      지역으로 그려진다. 실제로 샤를 왕에게 군사 도발을 감행하기도 했다. 이와
      는 상관없이 왕국을 구성하는 일원이므로 궁정 재판에 참석하는 것은 당연
      한 일이다.

5장

배신자의 처단

# ✤ 오드의 죽음

**268**

황제는 에스파냐에서 돌아와

프랑스의 거처 중 가장 아름다운 엑스로 온다.

왕궁으로 올라가 넓은 접견실로 들어간다.

그때 아름다운 규수 오드가 들어온다.


오드가 왕에게 말한다.

"장수 롤랑은 어디에 계신가요?

저와 결혼하겠다고 맹세한 롤랑 경 말입니다."


그러자 고통과 슬픔이 샤를마뉴를 짓누른다.

그는 눈물을 흘리며 흰 턱수염을 잡아당긴다.

"친애하는 오드, 죽은 사람의 소식을 묻고 있구나.

롤랑 대신 더 좋은 짝을 네게 배필로 주마.

루이[1] 말이다. 더 좋은 사람을 찾을 수는 없을 것이다.

그는 내 아들이고 내 왕국을 다스릴 것이니 말이다."


오드가 대답한다.

"이상한 말씀을 하시는군요.

---

1)  샤를마뉴의 아들 경건왕 루이(Louis le Pieux, 루트비히 1세)가 실제로 태어난
   해는 롱스보 전투가 있었던 778년이다.


5장 배신자의 처단

롤랑이 죽었는데 제가 살아남다니요!

하느님과 모든 성인, 그리고 천사들께서도 원치 않으실 겁니다."

오드는 얼굴에 핏기를 잃고 샤를마뉴의 발치에 넘어져

곧바로 죽는다. 하느님께서 그녀의 영혼을 불쌍히 여기시길![2]

프랑스 기사들은 슬피 울며 그녀를 동정한다.


**269**

아름다운 오드는 생을 마감했다.

왕은 그녀가 기절한 줄 알고

그녀를 가련히 여겨 눈물을 흘리면서

손수 안아 일으켜 세운다.

그러자 그의 어깨 위로 오드의 머리가 떨구어진다.

그녀가 죽었음을 알게 된 샤를은

즉시 네 명의 귀부인을 부른다.

이들은 오드를 수녀원으로 데려가

아침이 밝을 때까지 밤새도록 시신을 지킨다.

한 제단의 발치에 성대하게 그녀의 시신을 안장한다.

왕이 그녀에게 모든 예우를 다한 것이다.                    AOI.

---

2) 주인공 롤랑의 약혼녀 오드는 268~269 단 두 연에 등장한다. 죽음을 앞두고
기사로서의 명예와 그리운 프랑스, 그리고 샤를마뉴만을 생각하는 롤랑과 달
리 오드에게는 롤랑을 향한 사랑이 삶의 전부였다. 존재 이유를 잃은 사랑은
곧바로 오드를 죽음으로 이끈다. 여러 문학작품의 비슷한 장면에 흔히 등장하
는 독약도 필요 없이 사랑 그 자체가 죽음의 원인인 것이다.

## ✞ 가늘롱의 재판

**270**

황제는 엑스로 돌아왔다.

반역자 가늘롱은 엑스 왕궁 앞에

쇠사슬로 묶여 있다.

농노[3])들이 그를 말뚝에 결박하고,

두 손은 사슴 가죽끈으로 묶어놓았다.

그들은 작대기와 몽둥이로 가늘롱을 마구 때린다.

고통 속에서 재판을 기다리는 것 외에

그가 어찌 다른 대접을 기대할 수 있겠는가!

**271**

옛 사적[4])의 기록에 따르면,

샤를은 여러 지역의 신하들을 소집해

엑스 궁에 모이도록 했다고 한다.

성대한 대축제의 날이었다.

이날은 고귀한 성 실베스트르[5])의 축일이라고도 불린다.

---

3) 농노들에게 넘겨졌다는 것은 가늘롱에 대한 처우가 매우 모욕적이었음을 강조하기 위함이다.

4) 《프랑크족 연대기》. 111연 주석 참조.

5) 성 실베스트르(Saint Sylvestre)는 314년 1월 31일에 즉위한 로마 주교(33대 교황)이며, 축일은 12월 31일이다.

이제 반역을 저지른 가늘롱의 재판 이야기가 시작된다.

황제는 자신 앞으로 가늘롱을 끌고 오도록 명한다.　　　　AOI.


**272**

"경들은 들으시오!" 샤를마뉴 왕이 말한다.

"그대들은 법에 따라 가늘롱을 심판하시오.

저자는 에스파냐 원정에 나와 함께했소.

그는 내 휘하의 프랑스군 이만 명,

그대들이 다시는 볼 수 없는 내 조카,

용맹하고 예의 바른 올리비에를 내게서 앗아갔소.

십이 기사를 돈 때문에 배신한 것이오."


가늘롱이 말한다.

"제가 숨기는 것이 있다면 반역자여도 좋습니다!

롤랑은 제게 금전과 재산상의 손해를 끼쳤습니다.[6]

---

6)  가늘롱의 반박 논리는 매우 이해하기 어렵다. 1부에서 롤랑과 가늘롱이 갈등을 겪을 때 재산 문제가 언급된 적은 한 번도 없었기 때문이다. 이 시행에 대해 많은 연구자가 이미 의견을 개진한 바 있다. 필사자의 실수로 시행의 의미가 훼손되었을 가능성에 주목하기도 하고, 롤랑의 엄청난 재산에 대한 질투에서 비롯된 거짓말로 보기도 한다. 시행에 사용된 동사 forfaire가 '손해를 끼치다'라는 일반적인 의미가 아니라 '(롤랑이 재산상으로 자신을) 압도한다'라는 뜻으로 사용되었다는 것이다. 둘 다 설득력이 떨어지는 설명이다. En or e en aveir를 '금전과 재산상으로'가 아니라 비유적 의미인 '명예와 평판'으로 보아야 한다는 의견도 있다. 하지만 특사 지명 과정에서 롤랑이 가늘롱을 조롱하기는 했어도 기사로서의 명예를 실추시켰다고 볼 수 있는 대목은 나오지 않는다.

이런 이유로 저는 그의 죽음과 파멸을 바랐던 것입니다.

그러나 결단코 저는 반역의 죄를 범하지 않았습니다."

프랑스인들이 대답한다. "이제 심의를 하겠소이다."


**273**

가늘롱은 왕 앞에 서 있다.

건장한 체구에 얼굴색 또한 고귀하다.

그가 충성을 갖추었다면 훌륭한 기사라 해도 좋을 것이다.

그는 프랑스인들과 재판관들 모두,

그리고 그를 지지하는 서른 명의 친족들을 둘러보더니

목소리를 높여 힘차게 외친다.

"하느님의 이름을 걸고 말씀드립니다. 들어보십시오!

---

뒤푸르네는 가늘롱이 자신의 행위가 단지 자존심이 상해서였기 때문이 아니라 롤랑에 대해 오랫동안 쌓인 원한에서 비롯된 것임을 보이면서, 특히 황제와는 관련이 없는 사안임을, 즉 반역은 아니라는 주장을 하기 위한 의도적인 거짓말일 수 있다고 본다.

지금까지의 해석들이 간과한 것은 바로 앞에서 샤를 왕이 '돈 때문에' 혹은 '돈을 받고(por aveir)' 십이 기사를 배신했다고 가늘롱의 죄목을 판관들에게 고지했다는 점이다. 가늘롱이 특사 임무를 마치고 복귀할 때 마르실 등 사라센인들에게 엄청난 금은보화를 받아서 왔다는 것은 샤를 왕과 프랑스 기사들이 모두 보아 이미 알고 있는 사실이다. 샤를의 고발도 바로 이 의미였다. 자신이 받은 재화가 반역의 대가가 아니라 롤랑이 끼친 손해에 대한 보상이었으며, 롤랑을 죽이려고 했던 것도 자신이 입은 손해를 벌충하기 위한 정당한 시도였다고 주장해야 궁색하나마 마르실에게 받은 재산에 대한 해명을 할 수 있는 상황이다. 즉, 롤랑과의 일은 순전히 개인적인 재산상의 갈등일 뿐이며, 신하로서 황제를 배신하는 행위는 없었다고 강조하는 것이다.

저는 이번 원정에 황제 폐하를 모시고 참전했습니다.

충성과 사랑으로 폐하를 섬겼습니다.

그런데 폐하의 조카 롤랑이 저를 증오하여

저를 죽음과 고통으로 몰아넣었습니다.

저를 마르실 왕에게 보내는 특사로 지명한 것이지요.

기지를 발휘한 덕에 저는 생명을 건질 수 있었습니다.

그래서 저는 전사 롤랑과 올리비에,

그리고 그들의 모든 동료에게 도전했습니다.

샤를 왕과 그의 고결한 신하들도 직접 들으신 이야기입니다.

저는 복수를 했을 뿐, 반역을 저지르지는 않았습니다."


프랑스인들이 대답한다.

"그 점에 대해 논의하러 가겠소이다."


**274**

가늘롱의 대재판이 시작된다.

그를 위해 모인 서른 명의 친족들 가운데는

모두가 믿고 따르는 인물이 하나 있다.

바로 소랑스[7] 성의 피나벨이다.

그는 말솜씨가 좋고 설득력 있게 말할 줄 안다.

또한 무기를 잡으면 용맹한 기사이기도 하다.　　　　AOI.


---

7)　(Sorence), 미상의 지역.

가늘롱이 그에게 말한다.

"경만 믿겠소![8] 나를 죽음과 이 법정 고발에서 구해주시오."


피나벨이 말한다.

"그대는 곧 죄를 벗으실 거요.

그대에게 교수형을 선고할 프랑스인은 없소.

만약 있다면 황제께서는 그자와 내가 결투를 벌이게 하실 테고,

내 칼날로 그자의 말을 반박할 것이오."

가늘롱 경이 그의 발치에 엎드린다.


**275**

바바리아, 작센, 푸아투, 노르망디,

그리고 프랑스인들이 모여 심의를 시작한다.

알레만니아와 티우아[9] 사람들도 여럿 있다.

오베르뉴인들이 그중 가장 정중하여

피나벨을 의식해 조심스럽게 처신한다.

서로 의견을 나누더니 다음과 같이 말한다.

"이쯤에서 덮는 게 좋겠소!

---

8) 옥스퍼드 필사본의 해당 부분은 여러 차례 긁어 지우고 수정이 가해져 매우
   불완전한 상태로 남아 있다. 여러 판본의 주석을 바탕으로 문맥의 의미를 번역
   해 넣었다.

9) Tiedeis(Thios), 피카르디 등 북부 프랑스를 포함해 플랑드르, 룩셈부르크, 로
   렌, 왈로니, 지금의 네덜란드 등 북부 게르만 계통 언어들을 통칭하던 말로, 여
   기서는 그 언어를 사용하는 사람들로 이해할 수 있다.

재판은 그만하고 폐하께 청해봅시다.

이번에는 가늘롱을 방면하시고

향후 사랑과 충성으로 폐하를 섬기도록 말이오.

어차피 롤랑은 죽었고, 아무도 그를 다시 볼 수 없소.

황금으로도 재물로도 그를 다시 살려낼 수는 없소.

그를 위해 싸우는 자는 미친 사람일 거요."

이 말에 동의하고 찬성하지 않는 자 없다.

단 한 사람 조프루아[10] 경의 동생 티에리만 반대한다.　　AOI.

**276**

재판관들은 샤를마뉴에게 돌아가 말한다.

"폐하, 신들이 폐하께 청하옵니다.

가늘롱 경의 방면을 선언하시고,

향후 충성과 사랑으로 폐하를 섬기도록 하십시오.

그의 목숨을 구해주십시오. 신분이 매우 높은 자입니다.

그를 죽인다고 죽은 사람이 돌아올 리는 없습니다.[11]

어떤 재물로도 롤랑 경을 살려낼 수는 없사옵니다."

---

10)　에스파냐 원정에서 국왕기를 들고 샤를 황제 옆을 지켰던 기사.

11)　원문 "Ja por murir n'en ert veüd gerun."의 의미를 파악하기가 매우 어렵다.
　　뒤푸르네의 제안대로 gerun을 barun으로 바꾸어 이해해야 문맥의 의미를 살
　　릴 수 있을 것으로 생각된다.

왕이 말한다.

"그대들 모두가 나를 배신하는구려!"[12]                    AOI.


## ✤ 피나벨과 티에리의 결투 재판

**277**

모두가 자기를 버린 것을 보자

샤를마뉴는 얼굴을 깊숙이 숙인다.

고통에 겨워 자신의 불행을 탄식한다.


그때 그의 앞으로 기사 티에리가 나선다.

그는 앙주 공 조프루아의 동생이다.

그의 가냘픈 몸은 마르고 호리호리하며

검은 머리에 얼굴은 갈색빛[13]이 도는 편이다.

키가 크지는 않지만 그렇다고 그렇게 작지도 않다.


~~~~~~~~~~

12) 황제가 가늘롱을 구금하고 고문할 수는 있어도 그에 대한 판결을 내리고 처형할 권리는 갖지 못한다. 왕국의 귀족들로 이루어진 재판정만이 판결을 내릴 수 있다.

13) 지금까지 작품 속에 등장한 '기사다운 기사'는 기독교군과 이교도군을 막론하고 '건장한 체구'와 '환한 얼굴빛'을 지녔다. 마른 체구의 티에리가 얼굴빛이 환하지 못하고 '갈색'이라는 말은 적어도 외견상으로는 훌륭한 기사로 보이지 않고, 피나벨의 적수가 되지 못할 것으로 여겨진다는 뜻이다.

티에리는 정중하게 황제에게 말한다.

"폐하, 그렇게 침통해하지 마십시오.

폐하께서도 아시다시피 저는 오랫동안 폐하를 섬겼습니다.

제 선조들의 이름을 걸고 저는 이 재판을 지켜야 합니다.

롤랑이 가늘롱에게 어떤 잘못을 했건 간에

폐하를 섬기는 몸이니 롤랑은 보호받았어야 합니다.

그런데도 롤랑을 배반했으니 가늘롱은 반역자입니다.[14]

폐하께 거짓 맹세를 했고, 폐하께 죄를 범한 것입니다.

이런 이유로 저는 그가 목이 매달리고,

육체적 고통을 겪고 만신창이가 되어[15]

반역을 저지른 배신자답게 죽어야 한다고 판결합니다.

제 말을 반박하려는 친족이 그에게 있다면,

제 허리에 차고 있는 이 검으로

지금 즉시 제 판결을 방어하고자 합니다."


프랑스인들이 말한다. "말씀 잘하셨소."


**278**

피나벨이 왕 앞으로 나선다.

---

14) 티에리의 논리는 간단하다. 롤랑은 황제를 섬기는 신하이니 보호받아야 마땅한데, 그를 배반했다는 것은 곧 황제에 대한 배반이며 반역이라는 논리다.

15) 필사본에는 시행의 중간 이후가 누락된 채 다음 행과 합쳐져 하나의 행으로 적혀 있다. 뒤푸르네와 쇼트 판본의 제안에 따라 빠진 부분을 보충하여 옮겼다.

키가 크고 건장하며 용맹하고 날렵하다.

그에게 일격을 당하고도 살아남은 자는 없다.

피나벨이 왕에게 말한다.

"폐하, 폐하께서 주재하시는 재판입니다.

그러니 이런 소란이 일어나지 않도록 명해주십시오.

지금 티에리가 자신의 판결을 내놓았습니다.

저는 그의 의견을 부정하고, 그와 싸우겠습니다."

피나벨은 왕에게 사슴 가죽으로 만든 오른쪽 장갑을 내민다.

샤를 왕이 말한다.

"확실한 보증인을 요구하겠노라."

가늘롱의 친척 서른 명이 그의 보증인으로 나선다.

왕이 말한다.

"그대들을 볼모로 피나벨을 풀어주겠소."[16]

그리고 판결이 날 때까지 보증인들을 감시하게 한다.　　 AOI.

### 279

티에리는 결투가 벌어지게 된 것을 보자

---

16) 무아녜와 조냉은 보증인을 세우는 조건으로 풀어주는 대상을 가늘롱으로 분
석한다. 279연의 티에리를 풀어주는 장면과 대칭을 이루려면 방면의 대상은
가늘롱이 아니라 결투 당사자인 피나벨이어야 한다.

샤를에게 오른쪽 장갑을 바친다.

황제는 담보를 받는 조건으로 그를 풀어준다.[17]

이어서 네 개의 긴 의자를 그곳으로 가져오게 시켜

결투 당사자들을 앉게 한다.

정해진 규칙에 따라 결투가 신청되었음이 인정되고,

덴마크의 오지에가 이 절차를 주관한다.

두 사람은 각자의 말과 무구를 요구한다.


**280**

두 사람은 결투가 결정되자                                    AOI.


---

17)  대부분의 현대 프랑스어 번역에서 이 시행을 "황제는 보증인을 세우는 조건
으로 그를(=티에리를) 풀어준다."라고 옮긴다. 278연에서 피나벨은 친척 서
른 명을 보증인으로 세우는 조건으로 풀려나 결투를 준비한다. 티에리의 경
우도 같은 조건이어야 할 테니 보증인이 있어야 하는데, 티에리의 보증인들
이 누구인지가 나오지 않고, 이후로도 보증인들에 대해서는 언급되지 않는
다. 또한 원문의 hostage는 보어격(=피제격, cas-régime)이므로 단수 형태이
다. 무아네와 쇼트, 조냉 판본에서처럼 '볼모들(otages)'이라고 복수형으로 처
리하는 것은 불가능해 보인다. 또한 무아네와 조냉의 현대 프랑스어 번역에
서처럼 '황제가 그를 보증한다'라고 옮기면 샤를 황제가 볼모를 자청하는 격
이 되어버린다. 타케시 마츠무라(Takeshi Matsumura)는 《중세 프랑스어 사전
(Dictionnaire du français médiéval)》 ostage(2) 항목에서 해당 대목을 예시로
들며 hostage가 '담보물, 보증금(garantie)'이라는 뜻으로 사용된 것으로 보고
있다. 황제를 위해 결투에 나서는 티에리에게 보증인을 요구한다거나 황제가
스스로 목숨을 걸고 보증인이 된다고 무리한 분석을 하기보다는 담보물이나
보증금을 받고 티에리를 풀어준다고 보는 편이 논리적이다. 뒤푸르네 역시
이 시행의 hostage는 추상적 의미로 '공탁금, 보증금'과 같은 뜻으로 이해해야
함을 지적한다. 또한 이 담보물이나 보증금을 티에리가 황제에게 내민 장갑
이라고 해석하는 것도 충분히 가능하며, 어떤 면에서는 이 맥락에 가장 어울
리는 해석이라고도 판단된다.

고해성사를 하여 죄의 사함과 축복을 받는다.
미사를 드리고 영성체를 한 후
성당에 많은 봉헌물을 바친다.

둘 다 샤를 앞으로 돌아온다.
발에는 박차를 달고,
튼튼하고 가벼운 흰 갑옷을 입고는
머리에 번쩍이는 투구를 조여 맨다.
허리에는 순금 날밑이 달린 검을 차고
네 구역으로 나누어 색칠한 방패를 목에 건다.
오른손에는 예리한 창을 들고
날랜 군마에 오른다.
그러자 십만 기사들이 눈물을 흘린다.
롤랑에 대한 애정으로 티에리를 동정하는 기사들이다.
하느님만이 싸움의 결말을 알고 계신다.

## 281

엑스 성벽 아래 펼쳐진 드넓은 초원에서
두 전사의 결투가 벌어진다.
둘 다 기사답고 용감하며,
그들의 말은 빠르고 혈기가 넘친다.
고삐를 완전히 늦추어 잡고는 힘차게 박차를 가하며
전속력으로 상대를 공격하러 돌진한다.
두 사람의 방패 모두 깨져 조각나버린다.

사슬 갑옷은 찢어지고 안장 고정 띠도 끊어져
안장이 기울면서 통째로 땅에 떨어진다.
이 광경을 바라보는 십만 기사들이 눈물을 흘린다.


**282**

말에서 떨어진 두 기사는 얼른 다시 일어선다.                    AOI.
피나벨은 강하고 빠르며 민첩하다.
두 사람은 서로 공격하기 시작한다.
이제 말이 없으니[18] 순금 날밑이 달린 검을 잡고
강철로 만든 투구 위를 내리치고 또 내려친다.
격렬한 공격이 이어지자 투구가 쪼개진다.
프랑스 기사들은 몹시 절망한다.


"아! 하느님!" 샤를이 말한다. "정의가 빛나게 해주소서!"


**283**

피나벨이 말한다. "티에리, 싸움을 포기하시오!
사랑과 충성으로 내 그대의 부하가 되겠소.
그대가 원하는 만큼 재산도 주겠네.
대신 가늘롱을 폐하와 화해시켜주시오."


---

18)  '말이 없다'라고 굳이 언급하는 이유는 말을 타고 공격할 때만 사용하는 창을
버리고 이제 검을 뽑아 싸운다는 점을 설명하기 위해서이다.

티에리가 대답한다. "말도 안 되는 소리 하지 마시오!

조금이라도 그대의 제안을 따른다면 나는 천하의 배신자가 될

거요!

하느님께서 오늘 우리 중 누가 옳은지를 가려주실 것이오!"

AOI.


## 284

티에리가 말한다.

"피나벨, 그대는 진정한 기사요.

크고 건장하며, 풍채도 좋소.

그대의 동료들에게 용맹함을 인정받고 있소.

그러니 이 결투를 포기하시오.

내가 그대를 샤를마뉴와 화해시켜주겠소.

그러나 가늘롱의 처벌은 반드시 이루어져야 하오.

그에 대해 이야기하지 않는 날이 하루도 없도록 말이오."


피나벨이 말한다.

"절대로 아니 될 말이오!

나는 어떤 일이 있어도 내 혈족을 지켜내고,

이 세상 누구에게도 굴복하지 않을 것이오!

비난받을 일을 하느니 차라리 죽는 편이 낫소."


두 사람은 검을 휘둘러 다시 싸운다.

금 테두리에 보석을 박아 장식한 투구 위를 내리치니

허공으로 불꽃이 튀어 오른다.

그들을 떼어놓는 것은 불가능하다.

하나가 죽지 않고서는 끝나지 않을 싸움이다.　　　　　　AOI.


**285**

소랑스의 피나벨은 놀라울 만큼 용맹하다.

그는 티에리의 프로방스산 투구 위를 내리친다.

불꽃이 튀어 풀밭에 불이 붙을 정도이다.

강철 칼날 끝을 그에게 뻗어 이마 위로 내려그으니

얼굴 위에서 투구가 반으로 쪼개지고[19],

티에리의 오른쪽 뺨을 온통 피로 적시더니

배 윗부분까지 갑옷을 찢어버린다.

그러나 하느님께서 그가 쓰러져 죽는 것을 막아주신다.　　AOI.


**286**

티에리는 얼굴에 검을 맞았음을 느낀다.

붉은 피가 흘러 풀밭 위로 떨어진다.

그는 빛나는[20] 강철 투구 위로 피나벨을 후려쳐

---

19) "Desur le frunt li ad faite descendre."/"En mi le vis li ad faite descendre.": 두
행의 후반부가 동일하다. 필사자의 명백한 실수로 여겨 둘째 행을 쇼트 판본
의 수정("Parmi le vis le helme li detrenchet")에 따라 번역했다.

20) 모음 앞은 위치에 놓인 brun은 베디에, 무아녜, 뒤푸르네처럼 '갈색'을 뜻하는
형용사로 볼 것이 아니라 bruni('연마해 광택을 낸, 빛나는')의 변형된 형태로
보는 쪽이 옳다. 결투를 준비하는 장면을 그린 280연에서도 이미 '번쩍이는

코를 보호하는 부분까지 투구를 부숴 쪼개버린다.

머리에서 뇌가 쏟아져 나오게 하더니

머리에 박힌 검을 흔들어 그를 죽여 쓰러뜨린다.

이 공격으로 티에리는 결투에서 승리한다.


프랑스인들이 외친다.

"하느님께서 기적을 일으키셨다!

가늘롱은 목매달아 마땅하고,

보증인으로 나선 그의 친척들도 마찬가지로다."          AOI.


**287**

티에리가 결투에서 승리하자

샤를 황제가 그에게 달려온다.

넴 공, 덴마크의 오지에,

앙주의 조프루아, 블라유의 기욤을 포함해

마흔 명[21]의 기사가 그를 따른다.

왕은 티에리를 품에 안는다.

~~~~~~~~~~~~

투구(helmes clers)'라고 묘사된 바 있다. 쇼트 판본도 '빛나는'의 뜻으로 옮기
고 있다.

21)  판본에 따라서는 모음 압운 문제를 이유로 '마흔 명(quarante)'을 '네 명
(quatre)'으로 수정하여 넴, 오지에, 조프루아, 기욤 네 명의 기사와 수를 맞추
기도 한다. 특별히 수정을 요하는 대목으로 보이지는 않아 필사본 문장의 의
미를 그대로 유지해 옮겼다. 더구나 많은 사람의 관심이 쏠린 이 결투 재판에
네 명의 기사만이 황제를 보좌한다고 보기는 어려울 것 같다.

커다란 담비 털 망토로 그의 얼굴을 닦아주고
망토를 벗자, 주위에서 새 망토를 가져와 입힌다.
사람들은 조심스럽게 무장을 벗기고,
아라비아산 노새 위에 티에리를 태운다.
그는 기사들의 호위를 받으며 유쾌하게 돌아온다.
함께 엑스 왕궁에 도착해 광장에서 말을 내린다.

이제 남은 자들의 처형이 시작된다.


## ✛ 가늘롱의 처형

**288**

샤를마뉴는 자신의 신하와 장수들을 부른다.
"내가 볼모로 잡은 자들을 어떻게 하면 좋겠소?
가늘롱을 편들려고 재판에 나왔고,
피나벨을 위해 볼모가 된 자들이오."

프랑스인들이 대답한다.
"단 한 명도 살려두어서는 아니 됩니다!"

왕은 형 집행관 바브룅을 불러 명한다.
"가서 저들 모두를 '저주받은 나무'에 매달아라!

하얗게 세어버린 내 턱수염을 걸고 말하건대,

만약 하나라도 살아 빠져나간다면, 너는 죽음을 면치 못하리
라."

바브룅이 대답한다.

"제가 어찌 폐하의 명을 어기겠나이까?"

그는 백 명의 부하와 함께 볼모들을 강제로 끌고 간다.

보증을 섰던 서른 명은 교수형에 처해진다.

배신자는 자기 자신뿐만 아니라 남의 목숨까지 잃게 하는 법
이다.                                                          AOI.

## 289

이제 바바리아, 알레만니아, 푸아투,

브르타뉴, 노르망디 사람들은 돌아간다.

다른 누구보다도 프랑스인들은

가늘롱이 끔찍한 고통 속에서 죽어야 한다고 결정한다.

네 필의 군마를 내오게 하고,

각각의 말에 그의 팔과 다리를 하나씩 묶는다.

말들은 성질이 급하고 혈기가 넘친다.

병사 네 명이 들판 한가운데 있는 냇물을 향해

말들이 달려가도록 다그친다.

가늘롱은 끔찍한 최후를 맞는다.

모든 힘줄이 당겨지다가,

사지가 몸에서 찢겨 나간다.

녹색 풀밭 위에는 선혈이 낭자하다.

가늘롱은 비겁한 반역자답게 죽는다.


남을 배신한 자가 그것을 자랑스러워해서는 안 되는 법이다.


## ✢ "튀롤드의 이야기 여기서 끝난다"


**290**

복수가 끝나자 황제는 프랑스의 주교들,

그리고 바바리아와 알레만니아 주교들을 부른다.


"내 거처에 고귀한 여인 한 명이 포로로 있소.

그녀는 설교와 잠언을 많이 들어

하느님을 믿고 그리스도교인이 되고 싶어 하오.

하느님께서 그녀 영혼의 주인이 되시도록 그녀에게 세례를 주시오."


주교들이 대답한다.

"신망 있고 지체 높은 귀부인들을 대모로 찾아주소서!"

많은 사람이 모인 가운데 엑스 궁의 세례대에서[22]

에스파냐 왕비는 세례를 받고

세례명으로 쥘리엔이라는 이름을 받는다.

그녀는 진정한 신앙을 알게 되어 그리스도교인이 된다.


**291**

반역자에게 징벌을 내려 그의 분노를 가라앉히고 나자

황제는 브라미몽드를 그리스도교 신앙으로 개종시켰다.


낮이 지나고 밤이 찾아온다.

왕은 둥근 천장의 침실로 들어 자리에 눕는다.

성 가브리엘이 하느님의 말씀을 전하러 와 그에게 말한다.

"샤를, 네 제국의 군대를 일으켜라!

전력을 다해 비르[23] 땅으로 가서,

이교도들이 포위한 도시 앵프[24]의 비비앙 왕을 구하거라.

그리스도인들이 너를 부르며 애원하고 있다."

---

22) 필사본의 시행이 완성되지 않아 의미를 파악하기 힘들다. 뒤푸르네와 쇼트의
번역을 따라 빠진 부분을 보충해 옮겼다.

23) (Bire), '비르 땅(la tere de Bire)'인지 '에비르 땅(la tere d'Ebire)'인지가 불분
명하다. 번역에 참고한 판본들은 모두 '비르'라고 적고 주석에 '에비르'로 읽
어야 할 가능성을 지적한다. '비르'와 '에비르' 모두 확인되지 않는 미상의 지
역이다.

24) (Imphe), 미상의 도시.

황제는 그리로 가고 싶지 않으리라.

"하느님!" 왕이 말한다. "제 삶은 너무나 고되군요!"

그는 눈물을 쏟으며 흰 턱수염을 잡아당긴다.


튀롤드의 이야기 여기서 끝난다.[25]


<hr />

25)  "Ci fait la geste que Turoldus declinet.":《롤랑의 노래》마지막을 장식하는 유
     명한 시행이지만 그 의미를 정확하게 파악하기가 매우 어렵다. 우선 이 문장
     하나만 놓고 볼 때 튀롤드(튀롤뒤스)는 저자, 번역자, 교정자, 낭송자, 필사자
     모두에 해당할 수 있다. 두 번째로 geste는 무훈시의 소재로 사용되는 권위 있
     는 사료를 가리킬 수도 있지만 '영웅적 이야기' 또는 '시'라는 뜻으로도 사용
     된다. 사료라는 뜻으로 본다면, 작품의 소재가 여기서 멈추니 무훈시《롤랑의
     노래》도 함께 멈춘다는 의미일 테고, 무훈시 그 자체를 가리킨다면 여기서 작
     품을 종결한다는 말이 된다. 마지막으로 동사 decliner는 '옮겨 적다', '번역하
     다', '이야기하다', '알게 하다', '소개하다', '완성하다'의 뜻은 물론 '기운을 잃
     다'(이 경우 '튀롤드의 기운이 소진되어 여기서 'geste'가 끝난다."라는 뜻)의
     의미로 이해하는 것도 충분히 가능하다. 이 모든 가능성 가운데 임의로 선택
     하여 의미를 조합해내는 수밖에 없다.

## 프랑스어와 프랑스 문학의 시작

프랑스어는 이탈리아어, 에스파냐어, 카탈루냐어, 포르투갈
어, 루마니아어 등과 함께 라틴어라는 공통 조상에서 파생된 언
어들을 통칭하는 '로망어'(영어식으로는 '로맨스어')에 속한다. 로
마에 의해 정복된 드넓은 영토들 가운데 이탈리아반도를 포함해
'로마화'가 가장 신속하고 완전하게 이루어진 갈리아(Gallia, 오늘
날의 프랑스에 해당하는 지역. 프랑스어로는 골Gaule)와 이스파니
아(Hispania, 오늘날의 에스파냐)에서 사용되던 라틴어가 변질되
어 현재의 로망어군을 이루게 된다. '로망어'라는 명칭은 이미 로
마 시대부터 사용되던 것으로서 로마의 '라틴어(lingua latina)'가
아닌 속주, 즉 '로마니아(Romania)'에서 사용되던 라틴어(lingua
romana)라는 의미였다. 때로는 '시골말(lingua rusticana)'이라고 불
리기도 했다.

피정복 지역이 정복자의 문화에 동화되는 속도와 범위 면에서
갈리아 지방의 로마화는 인류 역사상 유례를 찾을 수 없을 정도
였다. 로마의 지배가 시작되고 초기 로마 이주민들이 정착했을
무렵에는 물론 토착어와 라틴어가 함께 사용되는 이개어(二個語)

상태가 존재했겠지만, 로마 행정 체계가 자리 잡고 학교가 세워져 교육이 이루어지면서 토착민들이 사용하던 켈트어는 완전히 사라지게 된다. 현재 프랑스어에 남아 있는 켈트어의 잔재는 일부 지역의 농경 용어 등 극소수의 어휘에만 남아 있을 정도이다. 즉, 프랑스어 어휘와 문법 체계 안에서 토착어인 켈트어의 지분은 전혀 없다고 할 수 있으며, 프랑스어는 순수하게 구어 라틴어에서 비롯된 언어이다.

로마제국의 쇠퇴와 함께 변방 속주들의 행정 체계가 무너지고, 특히 교육 시스템이 와해되면서 언어 또한 빠른 속도로 변질되어간다. 가장 큰 변화는 로마 속주들에서 사용되던 라틴어 장단모음 구별의 붕괴와 강세 체계의 변화에 따른 이중모음화에서 시작된다.

현대 프랑스어, 이탈리아어, 에스파냐어 모두에 흔적이 남아 있는 '로망어 공통 이중모음화'가 3~4세기에 일어나면서 라틴어와는 다른 모음 체계가 탄생하게 된다.

라틴어 petra, novum, 이탈리아어 pietra, nuovo, 에스파냐어 piedra, nuevo, 프랑스어 pierre, nuef(neuf)

이탈리아나 이스파니아에서와는 달리 갈리아 지방에서는 두 번째 이중모음화인 '프랑스어 이중모음화'가 6세기에 시작되어 라틴어 모음 체계와 더욱 멀어진다.

| 라틴어 | 프랑스어 이중모음화 | 현대 프랑스어 |
|---|---|---|
| m<u>a</u>re | m<u>ae</u>re | mer |
| m<u>e</u> | m<u>ei</u> | moi |
| fl<u>o</u>rem | fl<u>ou</u>re | fleur |

6세기의 프랑스어 이중모음화에는 갈리아로 이주해온 게르만족의 영향이 컸다. 로마 정복 당시 원주민인 켈트족이 토착어를 버리고 빠르게 라틴어를 받아들였던 것과는 반대로, 이번에는 지배 세력인 프랑크족이 자신들의 언어를 버리고 갈리아 지방의 라틴어를 배워 사용하면서 생겨난 음성 변화의 결과이다. 라틴어와는 전혀 다른 강세 체계와 조음 방식을 지닌 게르만어의 간섭으로 세 개의 이중모음이 추가로 생겨났을 뿐만 아니라, 극단적인 구개음화, 강세를 받지 못한 모음들의 탈락으로 이어져 에스파냐어나 이탈리아어와는 상당히 다른 모습으로 형태가 변화하게 된다. '물'이라는 뜻의 라틴어 단어 aqua를 예로 들어보자.

라틴어 aqua, 이탈리아어 acqua, 에스파냐어 agua, 프랑스어 eau

이탈리아어와 에스파냐어에서는 라틴어 어원 형태가 거의 변하지 않고 유지되지만, 프랑스어의 eau는 어원을 미리 알지 못하면 라틴어 aqua와 같은 단어임을 짐작하는 것이 불가능하다. 이렇게 갈리아의 로망어가 다른 지역의 로망어들과 다른 모습으로 발전하면서 '갈로로망어'라는 명칭으로 구별되기 시작하며, 이 갈로로망어가 프랑스어의 직접 조상이 된다. 철저하게 구어 상태로만 존재했던 갈로로망어는 음성·형태상으로의 추정만 가능할 뿐 연구의 대상으로 삼을 수 있는 문헌 자료가 남아 있지 않다.

프랑스어 발달사를 이야기할 때는 항상 〈스트라스부르 맹약(Serments de Strasbourg)〉으로부터 시작한다. 〈스트라스부르 맹약〉은 익히 알려져 있듯이, 샤를마뉴의 세 손자 가운데 서프랑크왕국의 대머리왕 샤를과 동프랑크왕국의 게르만왕 루이가 큰형 로테르에 대항하려고 842년에 맺은 정치·군사 조약이다. 이 조약문이 언어사적 중요성을 지니는 이유는 최초의 프랑스어 문헌이라는 점 외에도 이미 서프랑크와 동프랑크의 언어는 서로 소통이 불가능한 상태가 되었다는 점을 알려주기 때문이다. 동일한 내용의 조약문이 각각 서프랑크의 언어와 동프랑크의 언어로 작성되어 게르만왕 루이가 서프랑크 군대 앞에서 낭독한 조약문이 바로 〈스트라스부르 맹약〉인 것이다.

하느님을 위하여, 우리 기독교 백성들의 공통된 구원을 위하여, 오늘부로, 하느님께서 내게 지혜와 권한을 주시는 한, 나는 여기 있는 내 동생 샤를을, 형제를 당연히 도와야 하듯이, 그가 내게 똑같이 도움을 준다는 조건으로, 물질적이든 다른 어떤 것이든 도움을 주어 지지할 것이다. 또한 나는 내 동생 샤를에게 적대적이라고 알고 있는 로테르와 어떤 약조도 하지 않을 것이다.

Pro Deo amur et pro christian poblo et nostro commun salvament, d'ist di en avant, in quant Deus savir et podir me dunat, si salvarai eo

옮긴이 해제

cist meon fradre Karlo et in aiudha et in cadhuna cosa, si cum om per dreit son fradra salvar dift, in o quid il mi altresi fazet, et ab Ludher nul plaid nunquam prindrai, qui meon vol cist meon fradre Karle in damno sit.

게르만어를 버리고 피정복민의 언어를 받아들인 서프랑크의 언어는 프랑스어로, 자신들의 원래 언어를 고수한 동프랑크의 언어는 독일어로 각각 발전해 나가게 된다.

〈스트라스부르 맹약〉이후로도《성 윌랄리 찬가(Séquence de sainte Eulalie)》,《클레르몽의 예수 수난시(Passion de Clermont)》,《성 레제전(Vie de saint Léger)》과 같은 9~10세기 문헌이 존재하기는 하지만, 지나치게 짧은 텍스트들이어서 언어 체계를 기술하기가 쉽지 않고, 과연 이 텍스트들의 언어를 온전한 '프랑스어'라고 할 수 있는지에 대해서도 의문이 제기된다. 프랑스어의 가장 오래된 모습으로 간주하면서도, 프랑스어 태동기이기는 하지만 아직은 갈로로망어 상태를 완전히 벗어나지 못한 것으로 보기도 한다.

오늘날 프랑스어 발달사 기술에서 구어 라틴어의 한 상태가 아니라 새로운 언어로 구별되는 프랑스어의 시작점을 11세기《성 알렉시전(Vie de saint Alexis)》과《롤랑의 노래(Chanson de Roland)》로 잡는 데에는 이견이 없다.[1] 그런데《성 알렉시전》은 625행에 불과한 짧은 성자전인 데다, 순수한 창작물이 아니라 라틴어 성자전에 대한 번역의 성격을 가져 최초의 프랑스어 문학

으로 간주하기에는 대표성이 떨어진다. 반면《롤랑의 노래》는 프
랑스어의 최초 상태를 증언하는 언어 사료로서의 의미 외에도,
프랑스어가 지닌 문학 언어로서의 가능성을 입증하는 텍스트이
다. 이제 막 새로운 언어로 독립하여 어휘는 빈곤하고 문법마저
부재한 언어 상황 속에서 무훈시 장르는 물론이고 중세 프랑스
문학을 대표하는 걸작으로 자리매김한 것이다.

《롤랑의 노래》는 당대에 이미 문학적 성공과 인기를 구가하여
독일, 웨일스, 플랑드르, 스칸디나비아 등 여러 언어로 번역되었
을 뿐만 아니라, 프랑스 내에서도 개작이 이어지고《롤랑의 노
래》를 모티브로 삼는 다양한 작품들이 탄생하기에 이른다. 15세
기 말에서 16세기 초에 각각 쓰여진 이탈리아 작품《사랑에 빠
진 오를란도(Orlando innamorato)》와《광란의 오를란도(Orlando
furioso)》역시《롤랑의 노래》의 전통을 잇고 있다. 또한《롤랑의
노래》의 바탕에 깔린 정서인 민족 감정은 프랑스의 정체성을 북
돋으며 로망어 문학에서 프랑스 문학으로 나아가게 만들었다.

## 최초의, 최고의 무훈시

로망어에서 갈라져 나와 새로운 언어로 독립한 프랑스어는 11
세기 말에 크게 북부와 남부 두 개의 방언으로 다시 구별된다. 흔
히 북부 프랑스어를 '오일어(langue d'oïl)', 남부 프랑스어를 '오크

---

1) 《롤랑의 노래》는 11세기 후반의 작품으로 추정될 뿐 정확한 작성 연대는 알
수 없다. 연구자나 사전에 따라 1080년, 1086년, 1100년경을 작성 시기로 추정
한다.

어(langue d'oc)'라고 부르는데, 긍정으로 대답하기 위해 사용되는 현대 프랑스어 '위(oui)'에 대응하는 두 가지 형태 '오일'과 '오크'의 대립에서 비롯된 명칭이다. 오크어를 사용하던 남부 프랑스의 트루바두르(troubadour)들이 사랑을 주제로 한 서정시를 발전시켰다면, 오일어 시인들인 북부 프랑스의 트루베르(trouvère)들이 노래한 시들은 주로 무훈시였다.《롤랑의 노래》는 바로 이 무훈시 중 가장 오래된 작품이면서 최고의 걸작이기도 하다. 다른 예술 분야도 마찬가지이지만, 문학 장르가 통상적으로 태동과 발전 과정, 정점, 쇠퇴기를 겪게 되어 있다는 점에서 과연《롤랑의 노래》이전에 다른 무훈시가 존재하지 않았는가에 대한 의문이 들 수밖에 없다. 하지만《롤랑의 노래》이전에 작성된 무훈시 필사본이 남아 있지도 않을뿐더러, 어떤 기록에서도 앞선 시기의 무훈시에 대한 언급을 찾을 수 없다는 점에서《롤랑의 노래》가 '최초의 무훈시'임은 부정할 수 없는 사실로 간주된다.

기사들의 '무훈(geste)'을 주제로 하는 무훈시(chanson de geste)는 기본적으로 구전문학에 속하며 청중들 앞에서 악기 반주에 맞추어 낭송 내지는 낭창되던 장르였다. 무훈시가 유행하던 중세 당시부터 트루베르들은 무훈시를 세 개의 작품군으로 분류했다. 샤를마뉴와 그의 기사들의 활약을 다루는 '왕의 무훈시' 계열, 반란 제후들의 투쟁을 주제로 한 '동 드 마양스(Doon de Mayence) 무훈시' 계열, 그리고 기욤 도랑주(Guillaume d'Orange, 오렌지공 윌리엄스)를 주인공으로 하는 '가랭 드 몽글란(Garin de Monglane) 무훈시' 계열로 나뉜다.《롤랑의 노래》는 당연히 왕의 무훈시에 속한다.

12세기 말 이후로는 12음절 시행의 무훈시들도 등장하지만, 무훈시의 기본 형식은 4/6(또는 드물게 6/4)의 중간 휴지를 갖는 10음절 시행으로 이루어진다. 각 연(laisse)마다 모음 압운이 사용되는 것이 특징이다(53연 주석 참조). 중간 휴지 없는 8음절 시행에 각운을 사용하는 운문 소설(roman)과는 매우 다른 작시법적 특징을 갖는 장르라고 할 수 있다.

무훈시는 항상 카롤링왕조 시대(샤를마뉴 또는 그의 아들 루이 르 피외)를 배경으로 한다. 가장 오래된 무훈시인 《롤랑의 노래》가 11세기 말의 작품인 점을 감안하면 300년 전에 일어났거나 일어났다고 전해지는 사건들을 소재로 삼는 것이다. 카롤링왕조 시대의 문학적 창작물이 구전 형태로 전해져 11세기 말 이후 무훈시로 재탄생한 것인지, 11세기 말 이후의 작가들이 300년 전의 사건들을 소재로 만들어낸 작품들이 무훈시인지에 대해서는 여러 주장이 개진된 바 있으나 기록의 부재로 인해 여전히 결론을 이끌어내지 못하고 있다.

무훈시의 이해에 있어 그 기원보다 중요한 것은 역사적 사실 또는 사실이라고 믿어지던 사건을 소재로 했더라도 무훈시는 역사 기록이 아니라 픽션(허구)에 속하는 문학 장르라는 점이다. 중세 문학작품으로는 드물게 국내에서도 상당한 지명도를 갖는 《롤랑의 노래》의 경우 역사적 사실의 왜곡, 고증 및 설정 오류 등을 언급하며 상당히 비판적인 견해를 담은 글들을 발견하게 된다. 중세에는 역사 기술에도 픽션의 요소가 개입한다. 하물며 문학작품에 역사적 엄밀성의 잣대를 들이밀 수는 없는 일이다.《롤랑의 노래》를 2003~2004년 사이에 방영된 인기 드라마 〈대장금〉과 비교하면 쉽게 이해할 수 있을 것이다. 〈대장금〉은《중종실록》에 한 번 언급된 '대장금'이라는 이름 하나에서 착안한 이야기라고 한다. '대장금'이 정말 엄청난 의녀였기 때문에 '대장금'이라고 불렸던 것인지, '장금'이라는 여성이 궁궐 안에 두 명있어서 '대장금', '소장금'으로 구별해 불렀는데 그중 '대장금'을 언급한 것인지는 알 길이 없다. 단지 '대장금'이라는 언급을 바탕으로 상상력을 발휘한 결과가 드라마 〈대장금〉일 뿐이다.《롤랑의 노래》도 마찬가지다. 에스파냐 원정에서 돌아오던 샤를마뉴의 후위부대가 습격당한 사실을 기록한 역사서《샤를마뉴 전기(Vita Karoli Magni)》에 언급된 세 명의 인물 중 누구인지를 알 수없는 '브르타뉴 변경백 롤랑'을 롱스보 전투의 주인공으로 삼은순수한 창작물로 이해할 필요가 있다.

중세 문학작품을 이해하려면 현대의 관점에서 바라볼 것이 아니라 중세 사람들의 논리와 사고방식, 그리고 세계관 안으로 들어가는 것이 필요하다. 무훈시의 경우에도 실제 역사나 지리적사실과 관계없이 무훈시들에서 통용되는 역사적·지리적 관념 또는 세계관이 존재하기 때문이다.《롤랑의 노래》에 등장하는 '바빌론'이라는 지명을 그 예로 들 수 있다. 고대 도시 바빌론이 중세작품《롤랑의 노래》에 등장하는 것은 있을 수 없는 일이며, 작가의 무지를 드러내는 것이라는 내용의 글을 읽은 적이 있다. 그런데 무훈시 속의 '바빌론'은 이집트의 카이로를 지칭하는 이름일 뿐이다. 바빌론을 카이로로 이해하고 작품 속의 지리적 상황을 살펴보면 특별히 잘못되었다고 볼 대목도 존재하지 않는다.

### 《롤랑의 노래》의 기원 논쟁

《롤랑의 노래》가 무훈시 장르를 넘어 프랑스 중세 문학을 대표하는 작품이라는 사실에는 변함이 없으나, 이것이 오늘날 차지하고 있는 위상은 19세기 말에 촉발되었던 독일과의 기원 관련 논쟁에서 비롯되었다고도 볼 수 있다. 《롤랑의 노래》가 프랑스 문학의 시작을 알리는 작품이니만큼 이 논쟁은 결국 프랑스 문학의 기원에 관한 것이기도 했다. 또한 프랑크왕국을 프랑스로 보아야 하는지의 문제가 그 바탕에 깔려 있었다.

프랑스 중세 연구가 제도적으로 정립되기 시작하는 시점은 보불전쟁(1870~1871) 이후였다. 시대의 영향을 받아 중세 연구의 출발은 민족주의·국가주의라는 강력한 이데올로기가 투영되어 있었다. 보불전쟁의 치욕적인 패배로 스트라스부르를 포함한 알자스로렌 지방을 독일에 빼앗긴 프랑스는 이제 영토 문제를 떠나 《롤랑의 노래》라는 문학적 기념비가 프랑스와 독일 중 누구의 것인지를 놓고 싸워야 했다. 보불전쟁의 패배를 겪은 1870년 세대의 프랑스 중세 연구자들에게 있어서 중세 문학의 연구는 독일을 상대하는 전쟁의 한 형태였지만, 당시의 고전 및 중세 연구와 고문서 판독학, 문헌학 분야의 연구 성과는 독일에 많이 뒤처져 있었다. 실제로 이 시기의 독일 대학들은 프랑스보다 더 많은 중세 전공 교수를 확보하고 더 많은 프랑스 중세 문학 관련 강의를 개설했으며, 프랑스 중세 문학작품의 정본 출판은 독일 제국의 지원을 받는 국책 사업이기도 했다.

　프랑스는 독일과 경쟁하려고 중세 무훈시들의 정본화에 나섰으며, 무훈시를 대표하는 《롤랑의 노래》는 전적으로 애국적 맥락에서 받아들여졌고 국가적 자산이라는 영예로운 자리에 오르게 된다. 독일군이 파리를 포위하고 프랑스 정부가 수도를 버리고 보르도로 떠나려던 시점에 가스통 파리스(Gaston Paris, 1839~1903)는 콜레주드프랑스(Collège de France) 강단에서 "이 단순한 시행들 안에는 …… 이미 프랑스의 목소리가 울리고 있습니다. 전장에서 수없이 울려 퍼진 저 남성적이고 영웅적인 목소리 …… 조국의 그 위대한 목소리 말입니다."라고 단언했다. 그는 "롱스보에서 죽은 사람들과 그들의 복수를 한 사람들의 아들들을 위해 우리는 우리가 누구인지 알도록 합시다."(La Poésie au Moyen Âge)라고 강조했다. 1877년 아그레가시옹(agrégation, 고교·대학의 교수 자격시험) 프로그램에 등록된 《롤랑의 노래》는 곧 고등학교 수업 시간에도 등장하게 된다. 고등학생들에게 조국애를 고취시키고자 하는 것이 그 의도였다. 레옹 고티에(Léon Gautier, 1832~1897)는 중등교육 교사들에게 다음과 같이 말하고 있다.

　우리가 바라는 것은 학생들에게 떨리는 목소리로 감동을 품은 가슴으로 우리의 오래된 시를 읽어주는 것이다. 특히 이 작품을 읽으며 프랑스 젊은이들에게 '얘들아, 프랑스가 지금보다 여덟 세기도 더 전에

이미 얼마나 위대했는지, 얼마나 사랑받았는지 알겠지.'라고 말해줄
수 있기를 바란다.(*Les Épopées françaises*)


독일을 극복하려는 프랑스의 이러한 노력에도 불구하고, 문헌
학과 고전 및 중세 문학 분야에서 독일의 연구 성과가 워낙 독보
적이다 보니 프랑스의 중세 문학 초기 연구도 독일의 영향을 받
을 수밖에 없었다. 독일 유학파였던 가스통 파리스는 19세기 말
프랑스 중세 연구의 기틀을 마련하려고 애쓴 사람이었지만, 그의
이론은 프리드리히 보프, 카를 라흐만, 요한 헤르더, 아우구스트
빌헬름, 프리드리히 폰 슐레겔, 야콥과 빌헬름 그림 형제를 위시
한 독일 낭만파에서 주장하는 프랑스 문학의 기원에 관한 학설
에 기반한 것이었다.

파리스는 《샤를마뉴 시사》(1865)에서 《롤랑의 노래》의 가장 오
래된 소재는 사건을 직접 목격한 사람들, 아니면 778년 롱스보
전투에 직접 참전했던 사람들에게서 비롯된 애가(cantilène)에서
나왔으리라고 추측한다. 즉, 이 짧은 대중시들이 나중에 모아져
무훈시가 탄생된 것으로 보는 것이다. 무훈시의 근간을 이루는
대중시가 카롤링 시대부터 존재했다고 보면 이 대중시들이 게르
만 기원을 갖는다는 말이 된다. 시를 쓰는 데에 사용된 언어가 로
망어였다는 사실이 게르만 서사시의 영향을 부정하지는 못한다.
파리스는 결국 "[롤랑의] 아버지는 라인강 건너에서 왔다."라고
단정하면서 "하지만 어머니는 여전히 갈로로망이다. …… 씨앗은
독일이지만 발달은 로마니아의 것이다."(Romania, 1884)라는 다

분히 방어적 입장에 머물고 만다.

제1차 세계대전 직전에 네 권으로 출판된 조제프 베디에(Charles-Marie-Joseph Bédier, 1864~1938)의 《서사시 전설》(1908~1913)은 가스통 파리스의 이론에 대한 반박이자 거부였다. 가스통 파리스가 집단에 의한 민중 기원설, 즉 게르만 기원설을 주장했다면, 베디에는 《롤랑의 노래》를 단일 저자가 후대, 즉 11세기에 작성한 것으로 보고 있다. 그에 따르면, 이 시인이 순례의 여정 동안 에스파냐에서 수집한 문헌 자료들을 토대로 《롤랑의 노래》를 지었으리라는 것이다. 이 주장은 삼중의 효과를 낳았다. 우선 프랑스 문학의 시작과 게르만 전통 사이의 거리를 최대한 멀리 떨어뜨려놓았고, 다음으로는 《롤랑의 노래》가 형식도 갖추지 못한 모방물이거나 '민중의 정신'이라는 막연한 개념이 아니라 단 한 명의 시인이 천재성을 발휘하여 창작해낸 작품이며, 마지막으로 프랑스 무훈시가 결국에는 게르만 서사시의 사생아에 불과하다는 게르만 기원설을 거부하면서 《롤랑의 노래》에 프랑스 국적을 되찾아주었다는 점이다. 《롤랑의 노래》가 11세기 창작물이라면 작품 속의 Franc과 Français는 모두 '프랑스인'이라는 뜻 외에는 다른 의미를 가질 수 없기 때문이다. 베디에는 독일인들이 스키타이족에게 《니벨룽겐의 노래》를 돌려주지 않는 한, 프랑스가 독일에 《롤랑의 노래》를 넘겨주지는 않을 것이라고 결론 내린다.[2]

《롤랑의 노래》 기원에 대한 베디에의 주장은 수십 년 동안 그 권위를 인정받으며 《롤랑의 노래》는 물론 프랑스 무훈시의 기원을 설명하는 정설로 자리 잡았다. 하지만 베디에의 학설에도 맹점은 존재한다. 같은 11세기 텍스트이나 시기적으로《롤랑의 노래》보다 30~40년 정도 앞선《에밀리아누스 (수도원 코덱스의) 주석(Nota Emilianense)》(18연 주석 참조)에 이미 샤를마뉴의 십이기사에 해당하는 '열두 조카'가 언급되며, 그중 롤랑과 함께 거론되는 올리비에와 튀르팽은《롤랑의 노래》이전에는 등장할 수 없는 인물들이다.[3] 또한《롤랑의 노래》옥스퍼드 사본 이전의 여러 공문서에 등장하는 올리비에와 롤랑 형제들의 존재도 설명하지 못한다.《롤랑의 노래》옥스퍼드 사본 이전에 이미 올리비에와 롤랑의 우정과 활약이 널리 알려져 있지 않았다면 두 사람의 이름을 여러 지방에서 형제에게 붙여주지는 않았을 것이다.[4]

---

2) 《니벨룽겐의 노래》가 게르만족이 아닌 스키타이족 기원이라는 요제프 괴레스(Johann Joseph von Görres, 1776~1848)의 주장에 대해 반발하며 사용한 야콥 그림(Jacob Grimm, 1785~1863)의 말에 빗댄 표현이다. 그림은 괴레스에게 보낸 서한에서 다음과 같이 말했다. "우리 영웅시의 기원을 문제 삼는다면, 우선 저는 우리가 사랑해 마지않는 라인강 기슭을 포기하지 않을 것임을 분명히 밝힙니다. 만약 (《니벨룽겐의 노래》가) 스키타이족 기원이라는 것을 제가 받아들여야 한다면, 그것은 마치 제 종교를 버리고 더 오래된 다른 종교를 믿어야 한다는 말과 같을 것입니다."

3) 《에밀리아누스 (수도원 코덱스의) 주석(Nota Emilianense)》은 베디에 시대에는 아직 알려지지 않았던 자료이다.

4) 이 공문서들에서 언급되는 올리비에·롤랑 형제들의 경우, 항상 올리비에가 형이고 롤랑이 동생이라는 점이 매우 흥미롭다.《롤랑의 노래》에서의 올리비에와 롤랑의 행동 방식을 상기하여 지혜로운 형 올리비에가 동생 롤랑을 잘 이끌어주기를 바라는 부모의 마음이 반영된 것이 아닐까 하는 추측도 가능하며, 이 점 역시《롤랑의 노래》의 주요 줄거리가 이미 널리 알려져 있었음을 방증한다고 하겠다.

즉,《롤랑의 노래》의 모든 것이 단 한 명의 시인에 의해 창작되었다고 보기는 힘들다고 볼 수도 있다. 하지만 에밀리아누스의 주석이나 실제로 존재했던 올리비에·롤랑 형제들의 기록 모두 11세기의 것으로《롤랑의 노래》작성 시기와 크게 다르지 않기 때문에 베디에가 말하는 게르만 전통과의 단절을 무너뜨리는 것은 아니다.

샤를마뉴의 프랑크왕국을 프랑스로 보느냐 독일로 보느냐의 문제는 사실 중요하지 않다. 샤를마뉴가 일상어로 게르만어가 아닌 로망어를 사용했다는 점 역시《롤랑의 노래》의 기원을 설명해주진 않는다. 중요한 것은《롤랑의 노래》라는 작품 배경으로서의 프랑크왕국은 프랑크족이 세운 게르만 왕국이 아니라, 11세기 프랑스인의 관점에서 바라본 프랑스의 역사에 속한다는 점이다.

### 샤를마뉴의 '큰 죄'

본문 207연의 주석에서 본 바와 같이 오크어 판본《롤랑의 노래》에는 샤를마뉴의 놀라운 고백이 나온다. 롤랑의 주검 앞에서 샤를마뉴가 오열하며 자신이 '큰 죄'를 지어 누이에게서 롤랑을 얻었다는 고백이다. 옥스퍼드 사본에는 해당 내용이 등장하지 않는다. 하지만《롤랑의 노래》옥스퍼드 사본의 저자 역시 롤랑이 샤를마뉴의 아들이라는 이 전설을 알고 있음을 독자(또는 청중)들에게 알려주는 대목이 바로 155연에서 성 질(Saint Gilles, 라틴어식 이름은 아이기디우스Ægidius)을 언급하는 장면이다. 성 질은 샤를마뉴가 범한 큰 죄를 삭제해준 성인으로, 그의 이름이 텍스트 속에서 언급되는 것만으로도 롤랑의 출생 비밀과 롤랑에 대해 샤를마뉴가 기울이는 각별한 애정의 이유를 설명해준다.

성 질은 롱스보 전투가 일어나기 전에 살았던 인물이지만 10세기 말에 작성된 것으로 보이는《성 질전(傳)(Vita Sancti Egidii)》의 한 버전에서는 이 성인을 샤를마뉴와 동시대의 인물로 그리고 있다. 이 전설에 따르면 성 질이 집전한 미사에서 샤를마뉴는 차마 자신이 저지른 근친상간의 죄를 고백하지 못하고 있는데, 천사가 내려와 샤를마뉴의 죄가 적힌 책자를 제단에 펼쳐놓았고 성 질의 기도로 근친상간의 죄가 삭제되었다고 한다. 또한 이 전설을 보면 샤를마뉴와 그의 누이동생 지젤(Gisèle, 기젤라Gisela) 사이에서 롤랑이 태어났다고 한다.

물론 이 전설은 무훈시가 만들어낸 것이다. 747년생인 샤를마뉴와 757년생인 지젤이 롱스보 전투(778)에서 활약할 나이의 아들을 둘 수는 없었다. 롱스보 전투 당시 롤랑의 나이를 스무 살이라고 잡는다면 758년에 롤랑을 낳았어야 하는데, 그렇게 되면 샤를마뉴와 지젤이 각각 열한 살과 한 살의 나이에 근친상간을 범했다는 어처구니없는 계산이 나오게 된다.

《샤를마뉴 전기》에서 브르타뉴 변경백 롤랑의 이름이 언급된 것을 제외하면 카롤링왕조의 어떤 기록에도 롤랑이 등장하지 않는다는 점으로 미루어보면, 이 전설은《롤랑의 노래》이야기가 인기를 얻고 널리 퍼진 시기에 작가들의 상상력으로 만들어낸 것으로 보인다. 근친상간을 강하게 규탄하던 성직자 세계에서 롤랑의 비극적 죽음이 결국은 아버지인 샤를마뉴가 범한 큰 죄의 논리적 귀결이라는 점을 보이기 위해 이 설정이 구축된 것으로 보기도 한다.

### 롤랑과 올리비에

올리비에는 《롤랑의 노래》를 통해 만들어진 인물이다. 《롤랑의 노래》가 워낙 유명해지다 보니 형제에게 올리비에와 롤랑이라는 이름을 지어주는 유행이 생겨날 정도였고, 결국에는 두 사람이 만나는 과정을 그리는 작품까지 등장한다.

베르트랑 드 바르쉬르오브(Bertrand de Bar-Sur-Aube)의 12세기 후반 무훈시 《비엔의 지라르(Girart de Vienne)》는 가랭 드 몽글란의 네 아들 에르노, 지라르, 레니에(올리비에의 아버지), 밀롱의 이야기를 다룬 '가랭 드 몽글란 무훈시' 계열에 속한다. 샤를마뉴와 그의 기사들이 주요 인물로 등장한다는 점에서 '왕의 무훈시' 계열에도 속하고, 샤를마뉴와의 격렬한 대립을 그리고 있다는 점에서 반란 제후들을 주제로 하는 '동 드 마양스 무훈시' 계열로 간주할 수도 있는 독특한 무훈시다.

샤를마뉴의 왕비가 자신에게 모욕을 주었다는 사실을 알게 된 지라르는 격분하여 형제들과 함께 군대를 일으키고, 이를 진압하기 위해 샤를마뉴도 자신의 부대를 이끌고 달려온다. 긴 전투 끝에 샤를마뉴와 지라르는 각각 자신의 조카 롤랑과 올리비에를 내세워 결투 재판을 벌이게 된다. 비엔을 마주 보는 론강의 한 섬에서 롤랑과 올리비에는 목숨을 건 혈투를 벌이고 결국은 천사의 개입으로 결투를 중단한 후 샤를마뉴의 에스파냐 원정에 동행하게 된다. 이 과정에서 서로의 무예와 기사다움에 매료되어 영원한 우정을 맹세하고, 올리비에의 여동생 오드와 롤랑의 약혼이 결정된다. 친구가 된 두 기사의 중재로 샤를마뉴와 지라르는 화해하게 된다는 내용이다.

롤랑과 올리비에의 전투는 141~170연에 걸쳐 펼쳐진다. 먼저 승기를 잡은 쪽은 롤랑이었다. 롤랑의 방패를 공격하다가 검이 끼어 부러지게 된 올리비에는 절체절명의 위기에 빠진다. 맨손으로 롤랑에게 돌진하는 올리비에에게 롤랑은 뒤랑달을 거두고 자부심 가득한 표정으로 "나는 샤를마뉴 황제의 조카 롤랑이다. 무기를 들지 않은 기사를 공격하지 않는다."라고 말하면서 올리비에에게 다른 검을 가지고 와 다시 싸우자고 제안한다. 이때 올리비에가 새로 선택한 검이 바로 오트클레르이다. 이후 하느님의 명을 받은 천사가 개입할 때까지 우열을 가릴 수 없는 접전이 펼쳐진다.[5]

---

5) 《세기의 전설》에 수록된 빅토르 위고(Victor-Marie Hugo, 1802~188)의 시 〈롤랑의 결혼〉이 바로 이 롤랑과 올리비에의 결투 에피소드를 바탕으로 하고 있다. 내용은 약간 다르다. 위고의 시에서는 올리비에의 검이 부러졌을 때 롤랑이 이미 오트클레르의 존재를 알고 있었다. 롤랑은 올리비에에게 명성이 자자한 검 오트클레르를 가지고 와서 다시 싸우자고 제안한다. 이후 접전을 벌이다가 이번에는 올리비에의 공격에 롤랑이 뒤랑달을 놓쳐 강물에 빠뜨리게 된다. 롤랑이 했던 것처럼 올리비에는 공격을 멈추고 다른 검을 가져오게 하나 롤랑은 필요 없다며 참나무 뿌리를 뜯어내 몽둥이처럼 잡고 달려든다. 올리비에 역시 몽둥이를 든 상대에게 검을 휘두를 수 없다며 오트클레르를 버리고 느릅나무 뿌리로 몽둥이를 만들어 든다. 싸움을 시작한 지 닷새째가 되는 날 올리비에는 싸움을 멈추고 친구가 되자는 제안을 하고 롤랑도 이를 기꺼이 받아들인다.

옮긴이 해제

작성 연대상으로 보면《비엔의 지라르》가《롤랑의 노래》보다 100년 뒤의 작품이지만, 롤랑과 올리비에가 어떻게 만나 우정을 맺게 되었는지를 보여주고, 에스파냐 원정에 참전하게 되는 과정을 설명한다. 두 기사는 이후 7년 동안 에스파냐에 머물며 샤를마뉴의 전위부대를 이끌고 활약하게 된다.

## 기사의 시대 그리고 몰락

무훈시의 절정기는 기사들이 전투에서 차지하는 위상이 최고조에 올라 있던 시기와 일치한다. 기사의 등장은 전투 양상을 획기적으로 변화시켰다. 중무장한 기사들이 전투의 중심으로 부상하는 것은 제2차 세계대전 시작과 함께 독일군이 구사했던 기갑부대의 운용 방식과 비교할 수 있는 사건이었다. 제1차 세계대전 중에 등장한 전차는 보병과 함께 움직이며 지원하던 무기였다. 하인츠 구데리안(Heinz Wilhelm Guderian, 1888~1954)이 창안한 독일군 기갑부대의 단독 운용은 전쟁의 양상을 완전히 바꾸어놓으며 현대전의 시작을 알리게 되었다. 마찬가지로 중세 기사의 등장은 이제까지의 보병 위주 전투에서 벗어나 새로운 방식의 전쟁을 유럽에 도입하게 된다.

기사들이 등장하기 전에 유럽에 기병이 없었던 것은 물론 아니다. 고대 세계를 제패했던 그리스와 로마는 물론, 이들에게 도전했던 여러 문명권의 군대에도 기병이 존재했다. 하지만 기병이 군대의 핵심 전력으로 자리 잡지는 못했고, 어디까지나 보병을 호위하거나 측면 기습을 위한 보조 전력에 불과했다. 이유는 크게 세 가지로 요약된다. 우선 농업 생산량이 떨어져 사료가 부족한 관계로 말들의 영양 상태가 전반적으로 좋지 못했다. 갑옷을 입은 중기병을 태우고 전장을 달리기에는 역부족이었다. 여기에 더해 등자를 사용하지 않던 시기라 기병들은 달리는 말 위에서 버티며 상대의 강한 타격을 받아내거나 창을 들고 돌격하여 공격하는 것이 불가능했다. 마지막으로 편자가 보급되지 않은 탓에 거친 지면에서 말들이 마음껏 달릴 수가 없었다.

중세로 접어들면서 농업기술의 발달에 힘입어 농업 생산량이 비약적으로 늘어나고, 품종개량을 통해 무거운 갑옷을 입은 기병을 태운 채 지치지 않고 빠르게 전장을 누빌 수 있는 대형마들이 등장하게 된다. 등자의 사용은 말 위에 탄 기병에게 안정된 공격과 방어를 가능하게 해주었고, 기병은 이전보다 훨씬 쉽게 말을 다룰 수 있게 되었다. 또한 편자가 널리 보급되어 지면 상태가 좋지 않아도 말들이 무리 없이 달리는 것이 가능해졌다.

기마 부대가 전력의 중심을 이루게 된 계기는 메로빙왕조 후기에 피레네산맥을 넘어 침입해오는 이베리아반도의 이슬람 세력과 교전을 거치면서였다. 8세기 프랑크왕국의 재상이었던 카를 마르텔(Karl Martell, 688~741)은 이슬람군의 우수한 기병들을 보고 감탄하여 게르만 종사제도에 기반한 기마 부대를 집중적으로 육성하게 되는데, 종사들에게 말을 키울 수 있는 땅을 내리는 대신 전시에는 기병으로 참전하도록 했다. 이것이 중세 봉건 기사의 시작이라고 할 수 있다.

'기사'와 '기병'은 구별되는 개념이다. '기병'이 단순히 말을 타고 싸우는 무사를 지칭하는 데 반해 '기사'는 중세 봉건제도를 배경으로 하는 제도적 계급이다. 기사 제도는 본질적으로 게르만족의 '종사제'에서 비롯되었다. 자유민 신분의 게르만 부족원은 창과 방패를 받는 일종의 성인식을 거쳐 전사가 되며, 족장이나 장로의 휘하에 들어간다. 전사들은 자신을 이끄는 족장이나 장로에게 충성하고 전투에 참가하며, 족장 또는 장로는 말과 가축, 무기, 식량 등을 공급해 전사들을 보살폈다. 장로급 수장과 종사들 사이의 관계는 전시에만 일시적으로 맺어지는 계약이 아니라 평시에도 지속되는 것으로 중세 봉건제도의 군신 관계와 궤를 같이한다.

《롤랑의 노래》 사건의 배경이 되는 샤를마뉴 시기의 프랑크왕국 기마 부대는 유럽 최강이라고 부를 수 있는 수준으로 발전했고[6], 프랑크왕국이 옛 로마를 대신해 유럽의 패권을 차지하게 된다. 위에서 이미 언급한 대로 품종개량을 통한 군마의 체격 향상과 농업의 발전, 등자와 편자의 도입, 사슬 갑옷의 보급이 이어지면서 9세기에서 10세기 사이에는 기사들이 전장을 지배하게 되었고, 기사 계급과 봉건제도는 유럽 사회에 확고하게 자리 잡는다.

이론적으로 기사 제도는 모든 신분에게 개방되어 있었다. 자유민은 물론 전장에서 큰 공을 세운 농노도 기사로 서임될 수 있었다. 하지만 실제로는 거의 모든 기사가 군인 계급에서 배출되었

---

6)  물론 《롤랑의 노래》에 등장하는 기사들은 8세기라기보다는 작품 작성 연대인 11세기 기사의 모습에 가깝다.

다. 기사들 가운데 고위 영주나 국왕에게서 영지를 받은 자들의 신분이 세습되고, 영지 또한 자손들에게 세습되면서 13세기경부터는 근대적 의미의 귀족계급이 생겨난다. 견습 기사의 모집 또한 범귀족 가문 출신의 자제들로 범위가 축소되어간다.

오로지 전쟁만이 존재 이유이던 기사의 성격이 변질되기 시작한 데에는 기독교의 역할 또한 지대했다. 십자군 전쟁에서 볼 수 있듯이, 교회는 기독교를 지키고 그 세력을 넓히기 위해 기사의 무력을 적극적으로 빌리기도 했지만, 근본적으로는 폭력 지향적인 기사 제도에 대해 적대적이었다. 자신보다 강한 상대를 만났을 때 사용하던 방식대로 교회는 일단은 이 무력 집단과 타협하여 공존하는 길을 택하는 대신 내부로 침투해 와해시키는 전략을 취했다. 기독교화된 무사들은 표면적으로나마 그리스도교와 약자를 위해서만 무력을 사용한다는 이상을 추구하게 되었고, 기사 집단이 충분히 기독교화된 이후 교회는 다양한 제약을 가하여 전쟁을 막기 시작한다. 11세기에 영주 간의 전쟁이 일어났을 때 수요일 저녁부터 월요일 아침까지의 휴전(trêve de Dieu, 교회 명령에 따른 영주간의 휴전)이 그 예 가운데 하나이다.

봉건 영주들의 약화와 왕권의 신장도 기사 제도가 쇠락하게 되는 주요 원인이 된다. 봉건제도 하에서 왕은 수많은 영주 가운데 하나였다고 해도 과언이 아니다. 국왕의 입장에서는 영주들의 사병 집단이라고 할 기사들이 왕권을 전 영토로 확장하는 데에 장애물로 간주되었다. 국왕이 직접 통치하는 영토가 늘어날수록 기사들이 설 자리가 줄어든 것은 당연한 일이다. 이제 국왕은 기사들의 힘을 빌리기보다는 자기 휘하의 정규군을 활용하게 된 것이다.

하지만 기사 제도의 몰락은 무엇보다도 전쟁 방식의 변화에서 비롯된다. 중무장한 기사들이 밀집대형으로 적진을 향해 돌격하는 전술은 이제 효과를 보지 못하게 되었다. 기사들을 상대하는 다양한 전술과 무기가 개발되고, 무게가 지나치게 늘어난 갑옷으로 인해 둔해진 기사들은 더는 전쟁의 중심에 설 수 없게 되었다. 백년전쟁(1337~1453) 초기 전투에서 프랑스 기사들이 영국 웨일스 강궁 부대의 화살에 전멸하다시피 하면서 기사들은 유럽의 전장에서 사실상 퇴장하게 된다.

### 기사의 장비

말을 타고 싸우는 기사에게 가장 중요한 장비는 전투용 군마(destrier)였다. 체구가 크고 강하며 빠르고 오래 달릴 수 있는 품종의 말을 군마로 이용했다. 무장하지 않은 상태로 이동할 때는 군마 대신 의장마(palefroi)를 이용했다.[7]

기사의 공격용 무기는 장창과 검이었다. 멀리서 적을 공격하는 활이나 투창은 기사가 사용하기에 적절하지 않은 '비겁한 무기'

---

7) 의장마는 주로 먼 거리를 속보로 이동할 때 타던 고급 마종이다. 특히 측대보(같은 쪽 앞다리와 뒷다리를 동시에 내딛는 말의 걸음)로 걷는 의장마들은 등 위의 움직임이 적어 말에 탄 사람의 피로를 줄여주기 때문에 더 큰 가치를 인정받았고, 성직자나 여성 등 승마에 익숙하지 않은 신분의 이동 수단으로도 이용되었다.

로 간주했다. 말에 올라 장창을 겨누고 적진 또는 상대 기사에게 돌진하는 것으로 전투를 시작하고, 적군과 뒤엉켜 싸우는 혼전 상황에서는 검을 뽑아 공격했다. 장창의 경우 몇 차례의 타격이면 부러져버렸기 때문에 전투 초반을 제외하고는 주로 검을 사용해 싸웠다. 중세 기사를 주인공으로 하는 영화 등에서 보는 것과는 달리 검과 검을 맞부딪치며 싸우는 경우는 많지 않았고, 검은 공격용으로만 주로 사용했다. 상대의 공격은 왼손에 든 방패로 막아야 했기 때문에 오른손만을 사용해 검을 휘둘렀다. 양손으로 잡고 사용하는 장검은 기사가 아니라 좁은 통로 앞을 지키는 병사들이 사용하는 무기였다. 기사의 검은 찌르기와 베기가 모두 가능했으나, 중세 후기로 가면서 갑옷이 두꺼워지게 되자 더는 공격의 효과를 거둘 수가 없었고, 철퇴 등 다른 무기를 사용하게 된다.

기사는 자신의 몸을 보호하기 위해 갑옷과 투구를 착용하고 방패를 들었다. 13세기 이전에는 주로 사슬 갑옷을 입었다. 속을 넣어 누빈 보호용 옷을 먼저 입고 그 위에 작은 사슬고리를 연결해 만든 갑옷을 입었는데, 11세기에는 주로 소매는 팔꿈치까지, 아래로는 무릎까지 내려오는 갑옷이 사용되었다. 가랑이 앞뒤로 절개선을 두어 말에 올랐을 때 자연스럽게 양쪽으로 벌어질 수 있도록 만들었다. 12세기 이후로는 팔뚝까지 보호하는 사슬 장갑을 착용하고, 무릎부터 발까지 보호할 수 있는 사슬 장화를 신었다. 《롤랑의 노래》에는 갑옷에 대해 두 개의 어휘가 사용된다. 사슬 갑옷을 가리키는 haubert 외에 broigne(작품 내의 표기는 bronie, brunie)가 나오는데, 원래 broigne는 가죽 갑옷 위에 철판이나 사슬고리를 부착한 형태로 사슬 갑옷 이전에 사용되던 형태이지만 작품 속에서는 구별하지 않고 모두 사슬 갑옷을 가리킨다. 이후 가슴 부위를 중심으로 철판 조각을 부착하여 갑옷을 강화하다가 13세기 이후에는 '중세 기사'라는 말을 들었을 때 우리가 주로 떠올리는 판금 갑옷이 등장한다. 중세 최후기인 15세기에 이르면 갑옷은 더욱 두꺼워지고 왼쪽 어깨부터 팔꿈치까지의 관절 구동 부위를 생략하고 통쇠로 연결한 육중한 갑옷도 나오게 된다. 이런 갑옷은 무게가 60킬로그램에 이르게 되어 기사를 말에 태우기 위한 전용 기중기가 필요할 정도였다. 말에게도 갑옷을 입혔기 때문에 중무장한 기사를 태운 중세 후기의 군마는 이미 민첩성을 상실한 상태였다. 보병들은 밧줄이나 그물 등을 이용해 기사를 말에서 떨어뜨렸고, 재빨리 일어나지 못하고 버둥거리는 기사는 보병들의 손쉬운 먹잇감이 되었다.

《롤랑의 노래》에 등장하는 11세기 기사들이 머리를 보호하려고 착용하는 장비는 사슬 두건과 투구였다. 안면부만 드러나는 형태의 사슬 두건 위로 원뿔형의 투구를 끈으로 조여 고정하는 방식이었다. 코를 보호하려고 투구의 이마 부분에서 내려오는 철판을 덧댄 형태가 주로 사용되었다. 안면부가 적의 공격에 노출되어 있기는 하지만 얼굴 전체를 가리다시피 하는 이후의 투구들보다 시야 확보가 쉬워 전투에는 좀 더 효과적이었다고 할 수 있다.

사슬 갑옷이 창이나 검의 공격으로부터 기사의 몸을 충분히 보호해주지 못하는 관계로 방패는 매우 중요한 방어 수단이었다. 사슬 갑옷을 입던 시기의 기사들은 몸 전체를 효과적으로 방어하려고 위아래로 길고 밑으로 갈수록 좁아지는 형태의 방패를 주로 사용했다. 방어력이 높아진 판금 갑옷이 사용되기 시작하는 13세기 이후의 방패는 문장 형태로 상반신 부분만 가릴 수 있는 모습으로 변화한다. 방패는 왼쪽 팔뚝에 끈으로 고정한 상태에서 손잡이를 잡도록 고안되었으며, 전투 상황이 아닐 때는 목에 걸 수 있게 만들어졌다.

중세 기사들에 대해 이야기할 때 언급되지 않는 경우가 많지만, 기사의 상징과도 같은 작은 장비가 하나 더 있다. 바로 박차이다. 갑옷이나 투구, 검, 장창 등은 기사의 전유물은 아니었다. 아직 서임 받지 않은 견습 기사나 종자도 기사의 무구를 갖추고 전투에 참전하는 것이 가능했다.[8] 하지만 박차는 정식 기사들만이 착용할 수 있는 장비였다. 《롤랑의 노래》에서 기사들이 말을 달려 질주하는 모습을 묘사할 때 '순금 박차'에 대한 언급이 자주 나오는 것도 이들이 높은 신분의 훌륭한 기사임을 강조하기 위해서이다.

### 기사 수업과 서임

기사의 아들은 일곱 살 정도까지는 집안의 여성들에 의해 전

---

8) 원칙적으로 견습 기사들은 참전하지 않고 뒤에서 대기하도록 되어 있으나, 자신이 모시는 기사가 위기에 처했을 때 전투에 뛰어들거나 아예 전투 개시 시점부터 참전하는 일도 드물지 않았다. 전투에서 공을 세워 승리한 후 현장에서 기사로 서임되는 것이 견습 기사들에게는 가장 명예로운 일로 여겨졌다.

적으로 보육되었다. 이후 아버지 기사를 따라 기초적인 승마와 검술, 수렵을 익힌다. 열두 살 정도의 나이가 되면 아버지는 아들을 기사로 키워줄 '보호자'를 찾게 된다. 아버지의 계급에 따라 직속상관 격인 하급 가신에게 보낼 수도 있고, 대영주 또는 왕이나 황제에게 보낼 수도 있다. 아들의 출세를 위해 가급적 고위 기사 휘하로 보내고자 하는 것은 당연한 일이었다.

기사 휘하로 들어간 소년은 의복이나 장비 관리, 식사 시중, 말 관리 등 기사의 모든 일상을 시중들며 한편으로는 무예를 연마한다. 그러다가 기사가 될 자격이 충분하다고 확인된 견습 기사들은 의식을 거쳐 기사로 서임된다.[9]

초기의 서임 의식은 비교적 단순했다. 영주가 기사 후보에게 기사의 장비를 하사하고, 갑옷을 입은 신임 기사의 허리에 검을 채워주는 형식이었다. 이 과정이 끝나면 독특한 절차가 이어진다. 두 손을 모은 채 고개를 숙이고 있는 신임 기사의 목덜미를 영주가 손바닥 또는 주먹으로 강하게 후려치는 것이다. 이 행위의 의미가 정확히 어떤 것이었는지는 알 수 없다. 영주와 기사 사이의 군신 관계 계약이 성립되었음을 뜻한다거나, 기사로서의 의무를 확실하게 상기시키기 위함이라는 등의 여러 추측이 제시될 뿐이다. 신임 기사의 목을 손으로 치는 행위가 칼의 넓적한 면으로 목덜미를 때리는 방식으로 바뀌고, 나중에는 칼의 옆면을 어

---

9)  11세기에는 신분이 높은 가문의 자제들의 경우 열다섯 살에서 스무 살 사이에 기사 서임을 받았으나, 성년의 개념이 변화하면서 13세기 후반 이후로는 주로 스무 살에서 스물한 살의 나이에 기사가 되었다.

깨 위에 대는 상징적인 행위로 변해 오늘날에도 명예 칭호로서의 기사 작위를 받을 때 이어지고 있다.

기사 제도가 기독교화한 이후로는 종교의식이 더해진다. 먼저 기사에게 수여될 검을 사제가 축복하여 성당 제단에 올려놓는다. 기사 후보는 고해성사를 드린 후 검이 놓인 제단 앞에서 밤을 새운다. 서임식 아침이 밝으면 기사 후보는 먼저 영성체[10]를 하고, 도열한 병사들 앞으로 나아가 영주를 마주 보고 선다. 사제가 검을 축복하고 영주는 기사의 보증인 격으로 나온 이들의 도움을 받아 갑옷을 입히고 박차를 채운 후 검을 수여한다. 무장을 한 신임 기사는 기사로서의 법도를 준수할 것을 서약하고 기도문을 낭송한다. 이후 위에서 설명한 대로 신임 기사의 목덜미를 영주가 손 또는 칼의 옆면으로 후려치는 절차가 이어지게 된다.

### 영주와 기사의 서약

기사와 영주의 계약으로 생겨나는 의무는 상호적이다. 기사는 영주에게 충성을 바치고 영주의 부름에 응해 언제든 전쟁에 따라나서야 한다. 영주는 휘하의 기사에게 영지를 내리거나 물질적 보상을 하여 그의 생계를 책임지고, 기사가 갈등에 휘말렸을 때 그의 생명과 명예를 보호할 의무를 갖는다.

---

10) 미사 때마다 영성체를 하는 오늘날과 달리 중세에는 특별한 경우가 아니면 영성체를 하지 않았다. 성 루이왕의 경우도 1년에 두세 번 정도만 오랜 준비를 한 후 성체를 모셨다고 한다. 서임식 직전에 영성체를 한다는 것은 그만큼 기사 서임식이 중요한 의식임을 말해준다.

영주와 기사 간의 군신 관계, 즉 봉건 서약은 가족 간의 의무보다도 강한 것으로 여겨졌다. 이를 대표적으로 보여주는 작품이 12세기 후반의 무훈시 《라울 드 캉브레(Raoul de Cambrai)》이다. 이 작품의 주인공 베르니에는 자기 가문의 영지를 공격하는 영주 라울을 따라 참전하고 친어머니마저 직접 죽음으로 몰아넣고 나서야 영주 라울과의 서약 관계가 해제된 것으로 생각한다. 집안의 편에 서서 라울을 처단하지만, 자신이 섬기던 영주를 죽였다는 죄책감에 시달리게 되고 결국 속죄를 위한 순례의 길에 올랐다가 라울의 삼촌 게리에게 처참하게 살해당한다. 작품의 분위기는 주군을 배신한 베르니에가 단죄받을 수밖에 없었음을 보이고 있다.

자신의 가신인 기사를 보호할 의무가 있다고는 하나 영주는 그 가신의 기사로서의 명예를 실추시켜서는 안 된다. 《롤랑의 노래》에서 가늘롱이 롤랑을 후위부대 지휘관으로 지명해 천거했을 때 샤를마뉴는 이것이 가늘롱의 함정임을 바로 알아차린다. 하지만 이미 지명된 이상 이를 거부할 방도가 없다. 만약 가늘롱의 지명을 받아들이지 않는다면 롤랑이 후위부대를 맡을 역량을 지니지 못한다거나 황제가 부당하게 개입하여 롤랑을 보호하려고 든다는 의미가 되기 때문이다. 샤를마뉴가 롤랑의 후위군 지명을 막아야 했다면, 마르실에게 보낼 특사 지명 회의에서처럼 가늘롱의 지명 전에 롤랑은 후위군으로 보낼 수 없음을 미리 말했어야 한다.

물론 실제의 군주와 기사들 사이의 관계가 항상 충성심과 신의, 명예의 존중으로 맺어진 상호적 관계였던 것은 아니다. 오히려 봉건 영주와 그의 기사들 간의 관계는 철저하게 이익을 바탕으로 하는 경우가 많았다. 군주에게 충성하며 약자를 보호하고, 그리스도교를 수호하기 위해 순교자적 자세로 전투에 임하는 무훈시 속의 이상화된 기사들과는 달리, 실제 기사들은 야만적 호승심에 들뜨고 전리품의 획득에 혈안이 된 약탈자로 행동하는 일이 드물지 않았다. 중세의 청중과 독자를 열광시키고, 후대인들의 가슴까지 뛰게 만들던 무훈시 속의 기사와 성군들은 어쩌면 시인의 머릿속에만 존재하던 가공의 영웅들에 불과했을지도 모른다.

## 번역 저본 소개

　현재까지 보존된 중세 프랑스어판《롤랑의 노래》필사본은 모두 9종이며, 그중 작품 전체를 수록한 필사본이 7종, 일부만이 남은 필사본이 2종이다. 판본 연구자에 따라 이 필사본들의 계통 분류 방법이 약간 다르기도 하지만, 모두의 공통된 의견은 가장 오래된 필사본인 옥스퍼드 필사본이 다른 필사본들과 계통적으로 뚜렷하게 구별된다는 점이다. 또 하나의 공통 의견은 옥스퍼드 필사본에 수록된 텍스트의 압도적 우수성이다. 다른 필사본들이 없어도 옥스퍼드 필사본 혼자서《롤랑의 노래》라는 작품의 충분한 증거가 된다고 단언하는 이들도 있을 정도이며, 별도의 수식 없이《롤랑의 노래》라고 말하면 곧 옥스퍼드 필사본으로 이해된다.

　12세기 초반에 작성된 것으로 추정되는 옥스퍼드 사본은 저가 양피지를 사용하고 아무 장식도 넣지 않은 작은 크기의 필사본이다.[1] 장서용이 아닌 실무자들을 위한 실용 필사본이라는 뜻을

---

1) 옥스퍼드 필사본에는 앙글로-노르망 방언 요소가 강하게 반영된 중세 프랑스어가 사용된다. 중세 프랑스어의 노르망디 방언이 노르만 왕조의 성립과 함께 영국으로 전해지며, 영국 왕실을 중심으로 사용되던 프랑스어를 앙글로-노르망 방언이라고 한다.

갖는 '음유시인의 필사본(manuscrits de jongleur)' 계열에 속하며, 음유시인들이 무훈시 공연을 준비하거나 실제 공연할 때 사용되었으리라는 의견과 실제로 공연된 《롤랑의 노래》의 한 버전을 음유시인들이 기록으로 남긴 필사본일 것이라는 의견이 공존한다.

중세 필사본들은 원작을 그대로 옮겨 적는 것이 아니라, 어휘와 문장 구조의 현대화를 넘어 상당한 분량의 내용을 추가하거나 삭제하는 등 거의 개작의 형태를 보이는 경우가 많다. 옥스퍼드 필사본을 제외한 《롤랑의 노래》의 다른 필사본들도 유사한 경향을 보인다. 반면 옥스퍼드 필사본은 텍스트 수정을 최소화하면서 원전의 모습을 충실히 재현하고 있는 것으로 평가된다. 물론 필사 오류가 전혀 없는 것은 아니며, 몇몇 시행이 누락되기도 했지만 시연 전체가 누락된 경우는 한 번도 없다. 또한 필사자는 자신이 이해하지 못한 시행의 경우도 수정하기보다는 원래 모습 그대로 옮겨 적곤 한다. 고문헌 정본화의 유명한 경험칙 중 하나인 '렉티오 디피킬리오르 포티오르(Lectio difficilior potior)'[2]를 상기하더라도, 원 텍스트의 모습을 고수하려는 필사자의 노력은 이견의 여지 없이 옥스퍼드 필사본에 《롤랑의 노래》 정본화 작업의 저본 위상을 제공한다.

---

2)  직역하면 "더 어려운 쪽이 더 좋은 것이다."라는 뜻의 라틴어 문장으로, 두 개의 필사본이 한 대목에서 서로 다른 형태를 보일 때, 이해하기 힘든 쪽이 원래의 모습일 확률이 훨씬 높다는 말이다. 필사자들이 이해 불가능하거나 어려운 표현과 마주쳤을 때, 보다 평이하고 이해하기 쉬운 모습으로 임의 수정하는 빈도가 매우 높았기 때문이다.

본 번역 역시 옥스퍼드 대학교 보들레이언 도서관의 딕비 23번 필사본(Oxford, Bodleian Library, Digby, 23)에 근거한 판본들을 바탕으로 하고 있다. 맨 마지막에 따로 언급하는 샤토루 필사본에 의한 판본과 오크어 판본을 제외하면, 번역에 사용한 모든 판본과 번역본은 옥스퍼드 필사본을 기반으로 한다.

번역의 저본으로 삼은 판본은 제라르 무아네 판이다.

- *La Chanson de Roland*, Texte original et traduction par Gérard Moignet, Paris, Bordas, 1985(개정판, 초판 1969).

무아네는 베디에 판본을 비판적으로 재검토한 후 필요 없는 수정을 복구하여 지금까지 출간된《롤랑의 노래》가운데 옥스퍼드 필사본에 가장 충실한 텍스트를 제공하고 있다. 또한 정본화 작업의 과정과 필사본의 원래 상태에 대한 주석을 상세히 제공하고 있으며, 중세 프랑스어 원문의 구조를 가능한 한 유지하는 방식의 현대 프랑스어 번역을 함께 수록하고 있다.

다음 4종의 판본들 역시 텍스트 수정 등 번역에 함께 참고하여 거의 저본 수준으로 활용했다.

- *La Chanson de Roland*, publiée d'après le manuscrit d'Oxford et traduite par Joseph Bédier, Paris, Piazza, 1938(최종 개정판, 초판년도 정보 없음).
- *La Chanson de Roland*, Édition critique par Cesare Segre, Genève,

Droz, 《Textes Littéraires Français》, 2003(초판 Napoli, 1971).

- *La Chanson de Roland*, Présentation et traduction par Jean
  Dufournet, Paris, GF Flammarion, 1993.

- *La Chanson de Roland*, Édition critique et traduction par Ian Short,
  Paris, Librairie Générale Française, 《Lettres Gothiques》1990.

조제프 베디에 판본은 현대적 문헌학 방법론에 입각한《롤랑의 노래》비판정본의 시초라고 할 수 있으며,《롤랑의 노래》모든 판본의 기초가 되고 있다. 옥스퍼드 필사본의 텍스트와 함께 완전한 산문역으로 현대 프랑스어 번역이 제공된다.

체사레 세그레 판본은 현재 구할 수 있는 유일한 식자판(édition savante)으로, 현재까지 전해지는《롤랑의 노래》의 모든 필사본을 활용하여 풍부한 텍스트 주석과 이형태를 제시하고 수정의 근거를 명확하게 보여준다.

장 뒤푸르네 판본은 가장 이해하기 쉬운 현대 프랑스어 번역과 함께 상세한 내용 주석을 제공하는 것이 장점이다. 중세 프랑스어 원문 자체에는 비교적 오류가 잦은 편이다.

이언 쇼트 판본은 수정이나 텍스트 이해의 면에서 대체로 세그레 판본을 따라가는 경향이 있다. 다른 판본들과 다른 해석을 제시하는 빈도가 비교적 높아 원문 문장의 분석에 새로운 시각을 제공하기도 하나, 텍스트 수정의 근거가 거의 제시되지 않는 점이 불편하다.

피에르 조냉 판본과 레옹 고티에 판본은 위에서 제시한 판본들에 비해서는 참고 빈도가 낮았다.

- *La Chanson de Roland*, Édition de Pierre Jonin, Paris, Gallimard, 《Folio》, 1979.
- *La Chanson de Roland*, Texte critique, traduction et commentaire par Léon Gautier, Tours, Alfred Mame, 1881.

조넹 판본의 경우 저본급으로 활용한 여타 판본에 비해 번역에 도움이 될 만한 정보를 찾지 못했고, 고티에 판본은 현대 문헌학의 방법론 정립 이전의 판본이라 텍스트의 신뢰도가 떨어지는 면이 있다. 대신 기사들의 장비 등 중세 문물이나 문화에 대한 주석은 요긴하게 활용할 수 있었다.

한국어 선행 번역 2종과 일역본도 번역에 참고했다.

- 《롤랑의 노래》, 송면 옮김, 한국출판사, 1982.
- 《롤랑전》, 이형식 옮김, 궁리, 2005.
- 《ロオランの歌》, 坂丈緒 譯, 東京: 河出書房, "世界文學全集(古典篇). 第3卷: 中世敍事詩篇", 1951.
- 《ロランの歌》, 有永弘人 譯, 東京: 岩波文庫, 1965.

송면 선생과 이형식 선생의 선행 번역에도 큰 도움을 받았다. 특히 우리말 표현의 정확도를 높이는 데에 귀중한 정보를 제공해주었다. 일역본들은 주로 명사 번역을 할 때 참고하려고 사용한 정도이다.

옥스퍼드 필사본 외에 샤토루 필사본을 저본으로 한 판본과 오크어 판본 역시 작품의 전체적인 내용을 파악하려고 활용했다.

- *La Chanson de Roland, le manuscrit de Châteauroux*, Édition bilingue établie, traduite, présentée et annontée par Jean Subrenat, Paris, Champion, 2016.
- *Le Roland occitan, Roland à Saragosse; Ronsasvals*, Édition et traduction par Gérard Gouiran et Robert Lafont, Paris, 10/18, 1991.

# 찾아보기

※ 숫자는 해당 어휘가 출현하는 시연 번호이며, 굵은 글씨의 번호는 주석이 달린 연을 표시한다.

## 지명, 민족명

아프리카(Affrike), 아프리카인(Affrican) 120, 209

알레만니아(Alemaigne), 알레만니아인 (Alemans) 219, 267, 275, 289, 290

알렉산드리아(Alixandre), 알렉산드리아 산(alexandrin) **31**, 35, 189

알제(jazerenc) **124**

알틸(Haltilie, Haltoïe) **14**, 37

알페른(Alfrere) **143**

앙베르(Envers) **122**

앙주(Anjou) **8**, 172, 206, 211, 212, 225, 256, 257, 277, 287

앙프룅(Enfruns) **254**

앵프(Imphe) **291**

에브로(Sebre) **180**, 191, 196, 198, 200

에스파냐(Espaigne), 에스파냐인/에스 파냐의(Espan) 1, 4, 14, 15, 19, 31, 33, 36, 47, 53, 54, 55, 66, 67, 68, 69, 72, 73, 80, 81, 85, 86, 87, 91, 124, 132, 139, 152, 153, 157, 161, 168, 175, 176, 179, 189, 190, 192, 194, 195, 197, 199, 202, 207, 208, 211, 225, 227, 268, 272, 290

에티오피아(Ehiope) **143**

엑스(Eis, Ais) **3**, 4, 9, 13, 33, 36, 57, 109, 186, **193**, 204, 209, 267, 268, 270, 271, 281, 287, 290

예루살렘(Jerusalem) 118

예리코(Jericho) **232**

오르말뢰족(Ormaleus, Ormaleis) 233, 236

오베르뉴(Alverne) **222**, 275

오시앙(Occian) 233, 236, 252, 254, 255

올뤼페른(Oluferne) **237**

외지에족(Eugiez) 233

잉글랜드(Engletere) 28, 172


**ㅈ**

작센(Saisonie, Saisnes), 작센인(Seisne) 172, 209, **267**, 275

지롱드 강(Girunde) **267**


**ㅋ**

카르카주안(Carcasonie) **29**

카르타고(Kartagene) **143**

카즈마린(Cazmarine) **77**

카파도키아(Capadoce) **122**

칼라브리아(Calabre) **28**

코르드르(Cordres) **5**, 8

코미블(Commibles) 14

콘스탄티노플(Costentinnoble) **172**

다파모르(Dapamort) 231, 232

드니 (성) (Seint Denis) **173**

드로옹(Droün) 152

**ㄹ**

라벨(Rabel) 217, 240, 241

라자로 (성) (Seint Lazaron) **176**

랑보(Rembalt) 223

레니에(Rainer) 163

로맹 (성) (Seint Romain) **267**

로랑(Lorant) **217**, 251

롤랑(Rollant) 8, 12, 14, 18, 20, 21, 22,
24, 27, 29, 30, 31, 36, 41, 42, 43,
44, 45, 46, 47, 48, 49, 52, 53, 54,
55, 58, 59, 60, 61, 62, 63, 64, 65,
68, 69, 71, 72, 73, 74, 75, 76, 77,
78, 79, 80, 83, 84, 85, 86, 87, 88,
90, 91, 93, 99, 104, 105, 106, 107,
108, 110, 112, 115, 117, 119, 123,
124, 127, 128, 129, 130, 131, 132,
133, 134, 135, 136, 137, 138, 139,
140, 141, 142, 143, 144, 146, 147,
148, 149, 150, 151, 152, 153, 154,
155, 156, 157, 158, 159, 160, 161,
162, 163, 164, 165, 166, 167, 168,
169, 170, 171, 172, 173, 174, 175,
176, 177, 180, 184, 194, 195, 199,
200, 204, 205, 206, 207, 208, 209,
210, 213, 216, 217, 226, 229, 230,
267, 268, 272, 273, 275, 276, 277,
280

루이(Loewis) **268**

리샤르 (노인) (Richard li velz) 12, 220,
251

**ㅁ**

마르가니스(Marganices) 143, 145, 146

마르가리트(Margariz) 77, 102, **103**

마르실(Marsiliun, Marsilie) 1, 2, 5, 6, 7,
9, 10, 13, 14, 15, 16, 17, 20, 21, 32,
33, 34, 35, 37, 38, 39, 40, 43, 44,
45, 46, 47, 48, 52, 54, 68, 69, 70,
71, 72, 73, 74, 75, 76, 90, 93, 94,
111, 112, 113, 118, 125, 131, 142,
143, 187, 188, 189, 190, 193, 194,
195, 196, 197, 198, 199, 200, 201,
202, 264, 273

마르퀼(Marcules) 228

마리아(Seinte Marie) 113, 171, 173, 210

마시네르(Machiner) 5

마외(Maheu) 5

마호메트(Mahum, Mahumet) **1**, 32, 47,

## 옮긴이 김준한

고려대학교 불어불문학과를 졸업하고, 중세 프랑스어를 읽고 이해할 방법을 찾고자 유학을 떠나 파리 소르본 대학교(Université de Paris-Sorbonne, Paris IV) 불어과 문학박사 학위를 받았다. 《롤랑의 노래》의 번역: 프랑스 중세 문학작품 번역의 문제〉를 비롯하여 《롤랑의 노래》와 중세 프랑스 문헌 및 문학에 관한 30여 편의 학술논문을 발표했고, 저서로는 《프랑스 문학의 이해》(공저)가 있다. 현재 고려대학교 불어불문학과 초빙교수로 재직 중이며, 《롤랑의 노래》에 관한 국내 최고의 권위자로 손꼽힌다.

# 롤랑의 노래

**1판 1쇄 발행일** 2022년 4월 11일

**옮긴이** 김준한

**발행인** 김학원
**발행처** (주)휴머니스트출판그룹
**출판등록** 제313-2007-000007호(2007년 1월 5일)
**주소** (03991) 서울시 마포구 동교로23길 76(연남동)
**전화** 02-335-4422 **팩스** 02-334-3427
**저자·독자 서비스** humanist@humanistbooks.com
**홈페이지** www.humanistbooks.com
**유튜브** youtube.com/user/humanistma **포스트** post.naver.com/hmcv
**페이스북** facebook.com/hmcv2001 **인스타그램** @humanist_insta

**편집주간** 황서현 **편집** 하빛 임미영 **디자인** 김태형
**조판** 홍영사 **용지** 화인페이퍼 **인쇄** 삼조인쇄 **제본** 경일제책

ⓒ 김준한, 2022

ISBN 979-11-6080-826-1 03860